Un Étrange Pays

奇幻國度

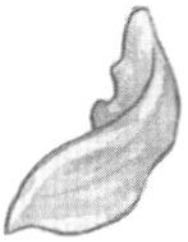

Muriel Barbery
妙莉葉‧芭貝里

吳謦竹、周桂音——譯

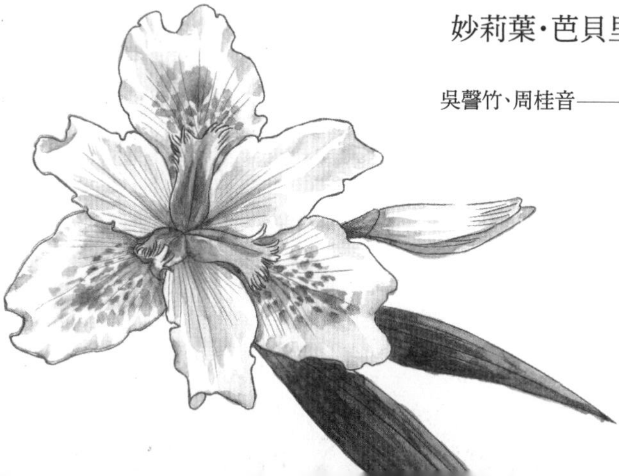

獻給賽巴斯汀

獻給我的父親傑哈

致親愛的台灣讀者：

我與台灣之間的故事，開始變得像是一本長篇小說，我為此感到欣喜。而我更用心致力的是，我所寫的每一本書都非常不同，就像邀請讀者踏上一場場風光各異的旅行。然而，這幾本書之間仍有著許多關連。隨著韶光流逝，我更了解自己是個怎麼樣的作家：我寫的小說，主題甚少改變，而形式則有許多變化。小說主題始終是關於美、友情、愛，我們永恆的救贖，除此之外又加上了死亡或戰爭這類嚴肅的主題。但這些小說的結構則不停轉變，使我每次都得以在省思探討之中發現新面向，並能以嶄新的角度探索人生的意義。

《奇幻世界》是《精靈少女》的續篇，但這兩本書各自獨立，可以分開閱讀。《奇幻世界》描繪的壯闊景觀有一部分是在想像的國度，人類角色與精靈人物透過他們追尋美、友誼與愛的過程，相互結合在這奇幻國度之中生活、相愛、死去。為何是這些精靈、為什麼是一個想像的國度呢？人們經常這樣問我。答案很簡單，但同時也很複雜。作家永遠無法確切知曉自己為何受到一些連貫的影像與想法引導，是小說驅使作者書寫，而非由作家掌控小說的起源與進展；然而，回顧這個轉向想像與魔幻的變化，我認為這樣的改變似乎出於直覺，我有預感，它將能夠在召喚與詩意之中，賜予我許多自由與力量，而我探索這條道路時，也更能夠深入事物核心。

還有一件事需要補充說明，或許這一點是最重要的：精靈世界有許多地方的靈感皆來自亞洲。首先是我曾旅居兩年的日本：書中好些場所的靈感皆取自京都，而精靈們的城市名稱更是出自這個日本古都裡的廟宇之名。還有什麼比精靈更適合傳遞關於這些景致與美妙庭園的描述呢？還有什麼比精靈更能體現日常生活中對於美之追尋呢？但你們也會在其中認出台灣對本書的影響。我曾三度造訪台灣，留下非常深刻的印象。小說中有一幕關於「空杯聞茶香」的場景，靈感乃是來自台北的一間茶藝館。我忠實的出版社朋友們每次都盛情帶我造訪該茶館，在此衷心感謝他們。

祝你們在閱讀之中尋得這動盪的時代中極度欠缺的悠閒與詩意。讀這本小說或許需要一份專注力，現代生活太常使我們喪失這份專注力，而我衷心希望，但願本書能碰觸到你們之中某些人的心靈深處。

——妙莉葉．芭貝里，

二〇二〇年七月，寫於羅亞爾河谷

目錄

人物表

法國勃艮第村莊

斜坡上的農場

瑪利亞・孚爾
安德列・孚爾：瑪利亞養父
蘿斯・孚爾：瑪利亞養母
歐杰妮：瑪利亞姨婆
尚赫內・孚爾：農場居民，安德列父親
瑪格麗特：手藝精湛的廚娘，歐杰妮母親

馬歇洛農場

歐傑・馬歇洛：農夫，孚爾家鄰居
羅蕾特・馬歇洛：歐傑妻子

馮斯瓦神父：教區神父
瓊諾：信差

義大利阿布魯佐村莊

克拉拉・桑堤
桑堤神父：克拉拉養父，聖斯第芬諾教區神父
亞力山卓：桑堤神父弟弟，皮耶妥・沃爾普友人
老女傭：在桑堤神父家幫忙料理起居，照顧克拉拉的老太太

羅馬

拉斐爾・桑坦杰羅：行政首長，後成為義大利總理，聯邦國中主導人類世界戰爭的首腦

阿齊瓦提宅邸

古斯塔．阿齊瓦提：大師

蕾諾拉．阿齊瓦提：大師妻子，皮耶妥妹妹

彼特：大師秘書，克拉拉監護人

沃爾普別墅

皮耶妥．沃爾普：藝術品交易商，古斯塔．阿齊瓦提連襟

羅貝多．沃爾普：皮耶妥父親

克雷蒙別墅

克雷蒙家族：富裕貴族

瑪妲：克雷蒙家長女，亞力山卓的摯愛

德蕾莎：克雷蒙家么女，技藝精湛的鋼琴家

西班牙

葉培斯城堡

阿雷翰卓・德・葉培斯：同盟國陣營將軍
胡安・德・葉培斯：阿雷翰卓父親
路易・阿瓦雷茲：阿雷翰卓監護人，葉培斯城堡代理人
米奎・亞班尼茲：同盟國陣營參謀總長
赫蘇・羅卡莫拉：同盟國陣營少校，阿雷翰卓的得力助手

薄霧國

索隆：委員會主席（擁有灰馬、野兔分身）
達芍：霧之屋守護者（擁有白馬、野豬分身）

馬居斯與玻律斯：彼特同鄉摯友

卡度斯與歐度斯：霧之屋助手

獨角獸精靈：薄霧國參謀長

狂草：哈那塞茶屋組織

艾略斯：園藝總管，薄霧國中欲毀滅人類並統治精靈與人類世界的首領

愛的最後一刻
一切終歸虛空而美好

四卷書

戰爭

當時，一場盛大戰事，史無前例的戰略較勁，摧毀了兩個彼此友好的世界。

我想要為你們娓娓道來這段歷史，因為僅用一本書的篇幅無法完全說盡。事實上，假如人類與精靈能認識這四卷書，他們必定可以得到更多內心的平靜。

這四卷書來自四種源頭，然而一般習慣將它們概分為兩類動機：一為殺伐，一為詩篇。

第一卷書——從未在夜深人靜時禱告乞求之人，將無法了解欲望的代價

第二卷書——分不清武力和勇氣之人，將無法平靜地昂首越過恐懼的國度

第三卷書——雙眼從未被美所灼燒之人，將無法在陽光之下死去

第四卷書——而為愛設下種種條件之人，將飽嘗無盡苦痛

當烽火連天而生靈互相屠殺之際，誰有時間想到偉大的四卷書？儘管，書中篇章早已和大地與天空的吟唱交織合一，即使在戰火最猛烈處都能聽見。

同盟

在那悲慘的時刻，有一群精靈與人類懂得傾聽風與夢的聲音，且深信四卷書必將重生。

他們之中包含兩個年輕女子、一位神父、一名畫家，和一個極為卓越出眾，卻沒有顯赫家世的精靈，若非是在這場漫長戰事中持續扮演促成多次交流的重要角色，他的名字絕不會在歷史洪流中留下任何紀錄。

接下來就是人類與精靈最後一次結盟的始末。

物語

可是，故事開始之前還有件事得說明：生活在西班牙地底下的我們，只負責述說西方的故事。我知道在東方，我們的同類並不住在地底深處而是在山巔，北方同伴住在冰凍大海的水濱，南方的則是住在滿是野生動物的平原上。

誰能聽見我們呢？我們沒有使者、沒有講壇、沒有臉孔，我們聆聽亡者對我們述說故事，然後再在生者的耳邊悄聲道來。

同盟

一九三八

序言

在我敘述的這個故事一開頭，人類世界已經歷了六年戰爭。戰爭是「聯邦國」所發起，由拉斐爾・桑坦杰羅統治下的義大利主導，主要會員國還包括法國與德國。一場大規模軍事行動入侵了由西班牙、大不列顛和北歐諸國等成員組成的「同盟國」領土後，戰爭將持續數月的流言便突然傳了開來。

西班牙的處境十分耐人尋味：國王是同盟國理所當然的盟友，但是國內部分軍隊醞釀叛變已有很長一段時間，他們最終促成分裂並歸附了聯邦國。因此，戰爭一開打，效忠皇權與同盟國的西班牙正規部隊就被叛變將領部隊團團圍住，導致西班牙孤立無援。

值得注意的是，自一九三二年衝突爆發的第一年開始，在遭到聯邦國占領的各國中就組織起獨立的民間抵抗運動。

打從一開始，桑坦杰羅的意圖就很明顯。不顧同盟國成員拒絕重新協商前一場戰爭訂下的條約，他打算使用武力重劃歐洲各國邊界。他以義大利人的優越性與種族純正為名義，實施大規模遷移境內波特族人的政策。一九三二年，他促使通過種族隔離法令，不久之後更將條文納入義大利憲法之中；一九三八年，在聯邦國統治範圍內的歐洲隨處可見集中營。

為了你們的亡者

阿雷翰卓・德・葉培斯正是出生於目前被皚皚白雪所覆蓋、他所保衛著的這片土地上。其他人打仗是為了得勝，葉培斯將軍卻是為了保衛歷代祖先的土地與墳墓而戰，絲毫不在意同盟國最後是否能取得勝利。他的故鄉貧困，即便身為當地貴族，在西班牙其他地區的人眼裡，也全是窮酸落魄的模樣；因此，他的父親在當時既身分高貴卻也清苦異常。堡壘所在的岬角位於埃斯特雷馬杜拉與卡斯提亞雷昂[1]兩地邊界上，飢腸轆轆的人們能夠在此飽覽兩地最為壯麗的美景。手一揚，就能把老鷹朝著薩拉曼卡或是卡塞雷斯的方向隨意放飛。天大的好運讓阿雷翰卓在歷經六年遠方的戰鬥之後，還能重新回到這兒，此時埃斯特雷馬杜拉正好成為發動強烈攻勢的樞紐，藉此，人們希望能為戰爭畫下句點。這個好運甚至使得這位年輕將軍以英雄之姿重歸故里，因為他展現出了超乎長官們所能企及的戰略布署能力。

說到這些長官，他們才能卓越，知道如何指揮、如何作戰，也很容易就能鎖定他們認為比過往

---

① Extremadura，西班牙西部的自治區，包含卡塞雷斯省（Cáceres）、巴達霍斯省（Badajoz），其西界緊鄰葡萄牙。Castile and León，西班牙西北部的自治區，下文所提城市薩拉曼卡（Salamanca）為該區首府。

戰爭所遭遇到更可恨的敵人。他們願意獻身為同盟國效勞，也願意為因叛變而分裂的西班牙效忠。他們在先前兩場戰役中身先士卒，秉持的正是發自內心信念的大無畏精神。令人驚訝的是，大部分軍官都來自農村，當時城市多半已淪入敵人之手。這些成員從小就習於使槍，只是崎嶇不平的地勢使得任務更為艱難，也不利於軍隊調動。他們效忠於同盟國陣營，與面對先祖或皇權的忠誠並無二致，對於和叛徒兄弟對戰毫無顧忌。即使必須以一擋十，他們也毫不在意。正因如此，他們所犯下的第一個錯誤就是過於魯莽：承繼著父祖輩的英勇，軍官總是身先士卒在第一線作戰，直到包含阿雷翰卓在內的許多人提出建言後，才讓主事者明白被推上戰場的士兵不能沒有將帥的道理。既然軍官們早已充分證明自己並非懦夫，人們也就為之奏起了榮耀頌歌。此外，所有人都一致贊同，真正的榮耀應該歸於天地，更只有活著才能榮耀已逝亡者。

法義聯軍發動奇襲攻克了歐洲，並讓毫無準備的西班牙頃刻間烽火連天、血流成河。聯邦國壓根不在意士兵折損多寡，持續將一批批人馬送進西班牙。同盟國指揮將領明白，就算最頂尖的軍官仍效忠皇室，我方軍隊人數與敵方相較簡直是笑話，在敵眾我寡的情況下，想以人數優勢取勝絕無可能，只能祈求出現一連串奇蹟。然而，就在盟軍仍在重整旗鼓的數週間，這位葉培斯中尉已創下奇蹟。他麾下士兵與友軍整隊會合時，大家發現他的兵員與武器都是整個軍隊裡最短缺的，但是損傷人數卻最少，更對叛軍造成最嚴重打擊。當時的參謀總長，是一位現已殉職、極為傑出的將軍，名為米奎·亞班尼茲。他向來樂於提攜英勇的年輕軍官，同時貶抑無法展現謀略、缺乏作戰計畫的軍官。好的戰略就像是軍官的脊椎，而通盤的布署則好比心肺。無疑地，在一比十的兵力懸殊局勢下，絕對不容絲毫怯懦或意志消沉，因此亞班尼茲亟需戰略家。

在阿雷翰卓身上，他看見了一個上上之選。

在戰鬥的頭幾天，葉培斯中尉與指揮部之間的連繫被截斷。他因而全權作主大展拳腳，僅遵循一個簡單原則：減少人力、時間、彈藥及糧食耗損。常規軍分布得更為四散，也無法再在陸地上彼此連繫。資源短缺的問題很快就會發生，每個人都可以預見大難即將臨頭：他們會像過街老鼠般被殲滅，被占盡人數優勢的大批敵軍團團包圍，繼而孤立無援地死去。在無法互通消息的情況下，能否掌握地面情勢成為軍隊存亡關鍵；阿雷翰卓帶著沉重心情，忍痛派出更多優秀士兵四處偵查，遺憾的是，折損人數也多於他所預期。不過，還是有足夠的士兵平安歸隊，讓他得以通盤掌握戰役情勢。同一時間，敵軍卻因為兵員優勢而掉以輕心。阿雷翰卓在撤退時也盡可能滲透到各地，就如同水流入岩石與植物根部間的每個縫隙，他潛入最易於防守與補給的地點，再透過閃電行動擾亂敵軍，製造出無所不在的假象。即使自身軍隊飽受轟炸，他仍在戰鬥中克制砲彈用量。甚至在十二月的某一天，停用砲彈長達半小時之久。敵軍砲火如暴雨般猛烈，阿雷翰卓的士兵只能祈禱。然而，就在對方將領深信只剩下一小群餘孽未除，派出步兵準備殲滅敵軍時，方才禱告著的阿雷翰卓士兵，此刻深深感激他們的中尉在危急中積攢下充足彈藥。他們如同撒網般分駐山谷各處，並未如敵軍所料為猛烈砲火擊潰，反而在撤退途中一路回擊，最終抵達一處可以長駐的地點，同時也造成敵軍重大損傷。當晚夜色降臨之際，對方將領目瞪口呆，無法理解為何沒有得勝，也還不知道自己已經輸掉戰役。

阿雷翰卓晉升為少校，在他的請求下，亞班尼茲也將一位士兵破格拔擢為中尉。此人隨後在阿雷翰卓升為將軍後成了少校。他名喚赫蘇．羅卡莫拉，據本人說法，他來自西班牙埃斯特雷馬杜拉自治區，一個遺世獨立於卡塞雷斯西南方兩片荒煙廣漠間的窮鄉僻壤。小鎮裡一座寬廣湖泊是當地窮苦居民賴以為生的唯一資源。他們將湖裡捕撈到的漁獲運送到與葡萄牙接壤處販賣。生活就在捕魚與同樣辛勞的長途跋涉中輪轉，夏天飽受烈日曝曬，冬天則寒風刺骨。當地神父過著一樣艱困的生活，鎮長也終日忙於捕魚工作。很不幸，近十年湖水水位不斷下降。無論是祈禱或宗教儀式都幫不上忙：上帝或自然之母的怒火讓湖水一天天蒸發，後代子孫只能被迫遠走他鄉或留下來迎接滅亡。從此，在命運的捉弄下，往日磨難竟然成了一種渴求。曾經詛咒自己出身的人們，轉而對小鎮生出一股揪心的依戀。即使這樣的生活沒有太多可喜之處，他們仍選擇要留下來，和最後一尾魚同生共死。

「大多數的人都寧死也不願改變。」某晚與阿雷翰卓在一小塊林蔭地上紮營時，赫蘇這麼說道。當時，兩人都覺得自己或許隔天就會喪命。

「但你不是，你離開了。」阿雷翰卓說。

「我不是因為怕死才走的。」赫蘇回答。

「那是為什麼？」

「我命中注定要體驗身而為人的赤裸與苦難。我的命運從小鎮開展，而最終必須走向世界。」

§

作戰期間，阿雷翰卓始終將赫蘇留在身邊。這個艱苦漁村之子是他可以毫不遲疑將自己的生命交付在對方手上的兩個男人之一。另一個就是米奎．亞班尼茲將軍了，效忠皇權軍隊的最高統帥。他身材矮小，有著一雙極為彎曲的O型腿，因此眾人總說他是在馬背上出生，享有皇軍最優秀騎士盛名，而且能跳得比躍上馬鞍時還高。他會從馬背上以晶亮眼眸注視著你，在那當下，你心中再也沒有任何比討他歡心更重要的事了。到底是什麼織就了他的領袖特質？他眼神中又總帶點難掩的疲倦與哀傷。絕大多數時候，他都專注傾聽、不多做評論，下達指令的語氣就像是與朋友交談般，絲毫不帶軍人的強硬口吻。然後，所有人各歸崗位，準備好隨時為他或為西班牙赴死，兩者並無不同，因為恐懼已在那一刻煙消雲散。

我們必須想像一下生活在生與死的國度是怎樣的光景。這是一個奇幻世界，只有善於謀略之人通曉其語言。他們向生者與死者說話時，必須把兩者視為一體，而阿雷翰卓懂得這種語言。小時候，不論走在哪條路上，他總無法克制地走向葉培斯家族墓園。在那兒的墓碑與十字架間，他感覺找到了歸屬。他並不知道如何跟他們說話，但是那個地方的祥和寧靜，對他來說卻像是以細微聲響傳達千言萬語。除此之外，就連在這些微音沒有特別意涵之時，他也能在無聲之中對死者樂音所傳達的訊息瞭然於胸。在這些圓滿的時刻，他從餘光瞥見一道強烈閃光，同時理解到出現在眼前的是某種未知、強大的靈體。

亞班尼茲也對此並不陌生，甚至從中獲得力量，而成為卓越非凡的領導人。戰事第三年的十一月間，他來到葉培斯拜訪阿雷翰卓。這位年輕少校離開北方來到城堡，對此次召集原因一無所悉。天空微雪，亞班尼茲看來有些陰鬱，談話內容更是不尋常。

「還記得我們第一次見面時你說的話嗎？」亞班尼茲問道。「你說戰爭會綿延不休，而且得要看透它一連串偽裝的表象，未能體認到這點的人現在都已經死了。」

「還有其他人也死了，那些瞭解利害關係的人。」阿雷翰卓說。

「誰會得勝？」就像是有人拋出一個問題似的，亞班尼茲回應道，「大家總是不停煩我，問我戰爭、問我勝利的事，可是從來沒有人問過對的問題。」

他在靜默中舉杯。城堡雖已風華不在，卻仍有著傲人的地窖，往日獻給阿雷翰卓父親——胡安．德．葉培斯，甚至是他的祖父、曾祖父，一直追溯到久遠以前所有年代的佳釀，都是在此愈陳愈醇。事情的經過是這樣的。在歐洲某處，有位男子某日醒來時，明白自己應該上路前往他從未聽說過的，位於埃斯特雷馬杜拉的某個城堡。男子絲毫不覺得這個想法實在異想天開又不切實際，一刻也不遲疑地踏上旅途。之後一群豐裕的葡萄酒莊園主人，他們各自的酒窖中都儲放著以其天賦釀成的美酒。他們從中取出幾瓶原本要留待兒子婚禮上使用的佳釀，絡繹不絕地走到城堡大門前，將酒獻給阿雷翰卓的父親、祖父，或其他先祖。在得到一些膳食以及一杯雪莉酒款待後，他們會在塔頂站上一會兒，然後就重新啟程，沒有任何其他儀式。回到自己的土地之後，每天早晨他們總會憶及雪莉酒、大塊麵包，還有紫紅色的生火腿；日復一日，身邊的人都看得出來他們變了許多。城堡裡到底發生了什麼事？什麼也沒有。歷代的葉培斯伯爵宅邸裡一切如常，對城堡所引來的不尋常拜訪不以為意。沒有人覺得訝異，事情就這樣發生，然後被遺忘，阿雷翰卓甚至是最先對這種情形表達擔憂的人。然而，沒有人能夠回答他的疑惑。整個童年，他都覺得自己在這個不正常的城堡裡是個異類。當這個感覺大到壓得胸口喘不過氣時，他就會跑去墓園與亡者交談。

多虧了到墳墓尋清靜的偏好，二十年前，家族慘遭滅門的十一月天，他人正好在墓園。那日，一群人包圍城堡，見人就殺。沒有人知道他們有多少人，是怎麼來的，又是怎麼離開的。一點警戒也沒有，就連向來很有戒心的老婦人或是牧羊人精明的眼睛，也沒看見他們靠近，他們彷彿從天而降，隨後又憑空消失。那天，阿雷翰卓感覺閃光中帶有血的氣味，因而離開了墓園。返程路上除了鹿與野兔的足跡外，雪地上什麼也沒留下。然而，正要跨過城門的那一刻，他就明白了。他不由自主地跪了下來，帶著痛苦前進。

§

阿雷翰卓那年十歲，是整個家族唯一的倖存者。

葬禮極為特別。據說整個埃斯特雷馬杜拉地區的人都聚集到葉培斯領地了，就連以往的旅客也及時趕到村莊參加。不僅出現罕見的大量人群，當天的一切都非比尋常：彌撒、出殯隊伍、落葬，以及神父講道時身上長袍被一陣狂風吹得翻飛。棺木才剛出城堡就起了風，葬禮禱告文話音剛落，風又立刻止住了。一切重歸寧靜，直到響起三聲鐘響，所有人才恍如從某個陌生國度歸來。眾人整日的心神都被這段走在未知道路上的內在旅程給悄悄占據，對神父嘴裡含混不清的拉丁文，還有一群缺牙老人的荒謬送葬隊伍皆無動於衷。此刻，所有人從漫長冥想狀態中醒了過來，看著阿雷翰卓登上碉堡陡立的斜坡。只有一個男人陪在他身旁，大夥十分讚賞小鎮委員會作出決議，將孩子交到這位思慮周延的男子手上。人們知道他會悉心照料城堡與孩子，也很開心有人可以教導孩子某些高貴事物，成為他的啟蒙老師，大夥尤其對於自己無須負責此事鬆了好大一口氣。

路易．阿瓦雷茲約莫五十多歲，出於造物主的殘酷或漫不經心，他個子矮小、身軀有些佝僂且極為乾瘦。然而，當他脫下外衣開始繁重勞動，卻顯露出清晰肌肉線條，且出人意表地健壯。此外，他的相貌平凡無奇，且喜怒不形於色，臉上有著一雙閃亮有神而深沉的湛藍眼睛。平凡容貌與如炬目光所帶來的反差，正足以說明這是個怎樣的男人。以職務來說，他是地方總管，負責維護這塊區域、收取地租、買賣木材、管理帳務。不過，若以靈魂的層次來看，他是城堡繁星的守護者。夜間，當他們在冷清城堡的廚房中用餐時，路易會喋喋不休地對著他受託照料的孤兒說話，因為這個獻身於軍職與日常買賣交易的男子其實不僅學養深厚，更是一位偉大詩人。他捧卷不輟、遍覽群書，更寫了這首只有滿懷熱情的靈魂才能孕育出的詩作——揉合了太陽咒文與星辰絮語、愛與信仰、夜晚祈禱與靜思探索。寫下這首詩的時候，他透過詩所帶來的幻象，看見森林邊界的亮光，就和阿雷翰卓從亡者身上看到的一樣。在所有人之中，唯一能夠回答男孩對於朝聖的疑問的，就是路易。不過，他閉口不談。

就這樣，八年間，每日近午時分，都可以看見他陪著少年一起走下城堡，坐在旅館的桌邊，穿著同一件立領白衫與淺色西裝外套、同一雙磨損了的皮靴，和同一頂寬簷帽，夏季以稻草編織，初雪落下後則替換成毛呢材質，每到冬季再加上一條騎馬牧人慣穿的長斗篷。人們為他送上一杯雪莉酒後，他會在那兒待上一小時，此時大家接二連三上前探問他的最新詩作，或是預測的戰事走向。坐著的時候，他看起來很高大，因為他習慣將背挺直，一手放在蹺著腳的腿上，另一手的手肘撐在桌上。偶爾啜飲一口酒，再拿起酒杯旁折妥的白色餐巾擦拭嘴唇。雖然在這些看似閒聊、實為商討的過程中，他說了不少話，但是周身卻彷彿籠罩著一層寧靜。展現的翩翩風度並不使人畏懼，卻相當提振士氣、鼓舞人心。阿雷翰卓就在一旁靜靜學習與理解貧困人民的生活。

單憑這位出身寒微的男人就足以撐起整個地方。鄰近區域的人們全都因為在這樣一個人身上得到了支持而感覺幸福。若不是有他在，他們必將日益衰敗並走向滅亡。事實上，萬事萬物都是一體兩面，差別只在於選擇看見偉大榮耀而非苦難卑微，抑或是刻意忽視光輝榮耀背後顯而易見的頹敗。貧窮並未讓這個地方困頓潦倒，由匱乏孕育而出的光輝與美夢的芬芳反而更為動人。在路易．阿瓦雷茲管理城堡時，人們眼中的故鄉是令人驕傲的，即使大家明知土地變得貧瘠低產、牆壁也搖搖欲墜。在葉培斯家族滅門慘案後，路易也自然而然承擔起原本屬於葉培斯家族的職責。他主持了悲劇後的第一場鄉鎮代表會議。事後回想起來，當時似乎是極為神聖的時刻。在我們這個傾頹的世界中，諸如此類的回憶顯得比生命還要珍貴。他先請全體與會者起立，再朗讀榮耀死者的致詞。無疑地，這些話語是讓阿雷翰卓免於陷入瘋狂悲傷的救贖，讓他得以長成心智健全之人。尤其最後一句話，是特別獻給阿雷翰卓的，即使路易刻意避免望向他：生者將負起死者之擔。遺孤阿雷翰卓始終在他監護人右手邊，眼神灼熱激動，卻又穩若磐石。然而，話音一落，他眼色已黯淡下來，開始在座位上動個不停，就像其他同齡孩子一樣。隨後，總管路易依循前人的方式以唱名方式表決，並於決議時敲響議事槌。等到所有議題都完成審查和表決後，他再次讓眾人起身，並請神父為亡者祈禱。老神父把句子唸得結結巴巴，路易於是接著唸，末了全體同聲應答。然而，別誤以為路易．阿瓦雷茲能夠治理地方僅在於他恪守儀式規範：如果說他身上有股渾然天成的威嚴風範，這是因為他將這片富含靈性的土地上所有盤根錯節的關係都串連了起來。而凡是能夠領受這片土地詩意的人，就有與生俱來治理它的能力。在最後一聲阿門後，婦女吟唱起一首埃斯特雷馬杜拉地區的古老歌曲。這首歌今日不復流傳，歌詞是以現在已無人能夠翻譯的語言寫成，可是它的曲調卻是優美宛如天籟！無法理解意涵也絲毫無損其美，人們從中品味到豐沃土地與暴風雨天空欲傳達的訊息，而生活的苦難與收穫的歡欣交織其中。

路易．阿瓦雷茲就是啟發阿雷翰卓獻身戰事的人。十六歲生日那天晚上，兩人坐在火堆前守夜，阿雷翰卓喝下人生中第一口酒。胡安死後，就再也無人前來拜訪城堡了，但是地窖裡仍貯藏著足以喝上好幾輩子的美酒。就在路易向他朗誦當日早晨寫下的詩句時，阿雷翰卓飲畢第二杯佩楚堡紅酒。

「有些詩是從我心底汲取出來的，」路易說，「但是這首，卻是來自另一個世界。」

天上地下
為汝之亡者而生
全然純真赤裸
向普世人類證明
為在最終時刻降臨之時
願汝之高貴凌駕吾人之上

「怎樣才能變高貴？」一陣靜默後，阿雷翰卓問道。

「勇氣」，路易答。

「那又要怎樣才會有勇氣？」阿雷翰卓追問。

「正視自己的恐懼。對大多數人來說，就是死亡的恐懼。」

「我不怕死。」阿雷翰卓說，「我怕的是身負人類重擔，卻因為內心惡魔戰勝守護者而敗下陣來。」

「那麼，你得去能夠打這場戰役的地方。」

§

兩年後，阿雷翰卓離家進了軍校。他既無金援也無人脈，直到戰事剛開打時還只是個中尉，更不擅於運用心計謀取升遷。他一心只想學習。因此，完成學業後，陸續在幾個深受部屬敬重的將領麾下任職，也得以繼續學習。等到戰事爆發時，他覺得自己已做好準備。

當然，他大錯特錯。

他直接從戰果受到教訓，之後，在最初幾場交戰中的某晚，也從一位名叫赫蘇．羅卡莫拉士兵身上學到了一課。阿雷翰卓很早就注意到赫蘇．羅卡莫拉總能很有效率地依令行事。有些小事讓阿雷翰卓明白他來自貧苦環境，然而赫蘇舉手投足間卻不容他人心生狎暱侮慢——在他身上有種雖非出生於顯赫世家，但高貴情操卻銘刻於心的貴族世冑氣質。他容貌英俊，有張坦率真誠、輪廓分明的臉、一對晶亮的藍眼睛，以及彷如用蕾絲鉤針織就的嘴唇。他和阿雷翰卓一樣，身材並不高大，但是儀表堂堂，一頭黑髮、寬闊肩膀，還擁有一雙不屬於漁夫的手。除此之外，他喜歡兜著圈子用誇飾的成語讓一本正經的騎兵氣得面紅耳赤，這也讓他成為一號頭痛人物。

對戰第五天，阿雷翰卓的部隊被敵軍團團包圍而動彈不得，他見到士兵們慌張失措，再也無心理解他下的命令，甚至在執行時完全背道而馳。然而，就這麼好巧不巧，赫蘇．羅卡莫拉突然來到他身邊，以一雙忠犬望著主人的眼神請求他下令。

「北邊側翼的大砲要轉向，」阿雷翰卓喊道。對他來說，突然出現一位準備好聆聽指令的士兵簡直太幸運了。

接著，他看向赫蘇，突然意識到這人此刻應該跟六公里外的第三小隊外在一起。

「然後往南撤退嗎？」赫蘇回喊。

這些指示非常明確，阿雷翰卓也早已重複多次了，但始終沒有人明白或願意好好落實。是赫蘇・羅卡莫拉讓命令能夠一一貫徹執行。而且，他就此守在中尉身旁寸步不離。一將長官交辦的事項分派下去，立刻像忠犬般回到主人身旁，等待下一步他早已能預知的指示。歷經兩小時行動後，他們來到地勢險峻的山頂，稍有不慎就可能在下山途中失足墜落深淵。阿雷翰卓大喊：「去吧！去吧！不用再請示我了！」赫蘇面無表情地望著他，於是他又喊道：「快去！」接著赫蘇便如小狗般飛奔而去，向士兵們傳達一連串指令，之後沒有多浪費任何時間又迅速回到長官身旁。

他們存活了下來。兩人聊起來。他們每晚都會說說話，像兄弟般開始瞭解彼此，而無從屬階級之分。每至翌日拂曉，中尉與他的士兵才又別上徽章，謹守軍階規範，並肩作戰。阿雷翰卓表明想給赫蘇更令人欽羨的階級地位時，赫蘇說：「這世上我唯一無法承受的煉獄痛苦只有捕魚。」

也是赫蘇教會了他關於戰爭與謀略最重要的一課，讓他成為一位戰略家。

「這會是一場漫長的戰役。」他們在一小片有遮蔭的高原上紮營時，赫蘇對他的中尉長官說道。

「所以你覺得我們不會這麼快投降？」阿雷翰卓問。

「我們是這片土地的主人，不會這麼快戰敗。但是，打勝仗又是另一回事了。我們的將領得花上一些時間才會明白，就算戰爭形式改變了，本質卻絲毫未變。一旦前線穩定下來，甚至是前所未見的堅固厚實防線，將領們會發現沒有人可以快速致勝，並理解到我們先前把所有重心都放在現下早已無用的戰術、戰法上，到頭來戰爭本質卻始終如一。」

「一場決鬥。」阿雷翰卓說。

「一場生死決鬥。」赫蘇補充，「我們會調整戰法，但是最終，最優秀的戰略家才是贏家。」

「怎樣才是最優秀的戰略家？」阿雷翰卓問。

「好點子永遠比武器重要。」赫蘇說，「誰會把天堂鑰匙交到工程師手上？我們內在的神性決定命運。最優秀的戰略家會是那個勇於直視死亡，並從中看見我們無須害怕失去的那個人。然而，每場戰役總會有不同的謀略家應運而生。」

「漁夫是真正高竿的主宰。」阿雷翰卓笑道。

於是，赫蘇說起了自己的故事。

「我是漁家子弟，但是在還不會行走，也不會說話的年紀，我望向那片湖泊的第一眼，就知道自己不會是漁夫。後來，我卻忘了自己曾經瞭然於心的事。長成少年的我也跟隨了父親腳步。我知道怎麼放網、收網，也會縫補漁網，還有其他工作上所需知曉的一切。我人生一開始的十四個年頭都在纜繩與航行中度過，未曾憶起我看向湖泊的第一眼。但是，我在十五歲那天早晨去了湖邊。當時天剛矇矇亮，眼前景色像是被人潑上墨汁。水色深沉黝黑，但是薄霧顯現出令人難以置信的圖案。這景色……這景色直入人心。我看見湖水乾涸、一場大戰役，還有一張孩童的臉，但是瞬間又被另一張老人的臉所取代。最後，一切消逝，霧氣升至天空，我淚流滿面地跪了下來，因為，我知道自己將要背叛父親、離開家鄉。我哭了良久，直到我的身體變得比幻象中所見的湖水還要乾枯，這才重新站起身，看了黝黑的湖水最後一眼。在那一刻，我感覺到身上被交予某種重任，同時也讓我從羞愧中解脫。我向神父學習讀書寫字，並在兩年後從軍。」

阿雷翰卓從小在兄長關懷與同伴友愛中長大，但未曾經驗過戰火中生死與共的同袍情懷。他十八歲時，將軍隊視為驗證勇氣之地，並體驗到因為隨時可能開打的戰事而生出的團結一心。然而，他仍從未遇到任何一顆能夠與之共鳴的心。在這場戰事的最後一年，他為了在城堡中設立指揮總部而回到葉培斯。徒步走在小鎮街道上，他很開心地看到人們上前來握手，長者也來給他擁抱。到了城堡前，神父也來了，身旁還有拄著拐杖的鎮長陪同。兩人身著黑衣，看起來就像是笨拙灰暗的稻草人，但是臉龐卻閃閃發亮，為他們的少主躋身當代偉大將軍之列感到驕傲。大夥的認可與歡慶讓阿雷翰卓滿心激動。赫蘇．羅卡莫拉少校面帶微笑站在他身旁。葉培斯地方上的人們十分欣賞赫蘇坦率的目光，以及他對他們將軍所展現的崇敬。如果阿雷翰卓知道鄉親們滿心歡喜是因為他雖貴為領主，卻不吝對赫蘇這漁夫展現友誼，他的情緒肯定更加激昂。

此刻，年輕將軍與他的年輕少校站在城堡塔頂，戰事已延續了六年之久，這場戰亂一如所有戰爭，總是帶來許多災難。而他們努力在塔頂站穩的身影，就宛如整個世界在戰爭中勉力維持一息尚存的姿態。身處頂端，一小顆滾動的石頭就足以決定生死勝敗。

「要下雪了。」赫蘇說。

阿雷翰卓一生中只遇過兩次下雪的十一月。一次是二十年前，整個家族遭到謀殺那天。另一次則是三年前，亞班尼茲到葉培斯來找他之時。當時，戰爭衝突正以無人得以預測的規模擴張。在雙方就延燒戰事交換意見後，亞班尼茲請求阿雷翰卓帶他去墓園。兩人站在墓碑前靜默無語，好一會兒後，出現一道熟悉的閃光。雪開始嚴嚴實實地落下，墓園很快就覆上了一層薄薄的粉末，在一日將盡之際閃耀著。他們離開時，亞班尼茲似乎仍認真沉浸在思路清晰的長考中。翌日，嚴寒拂曉時，亞班尼茲在離去前對阿雷翰卓說要將他晉升為中將，並由他帶領第一軍團。

三個月後，阿雷翰卓接獲亞班尼茲死訊，他知道自己生命中的每個重要標記，都是由最親近的人的死所劃下。亞班尼茲的死不僅為他個人帶來傷痛，就一位戰鬥軍人而言也是十分悲慽：領軍統帥就得要有和亞班尼茲一樣的性格，而阿雷翰卓之前卻從未遇過像他這樣的人。他心中迴響起將軍在他們第二次經過城堡前時說的話：「盡你所能好好思考籌劃。」

雖然亞班尼茲出身馬德里，但是他曾說過自己童年好幾個夏天都是在母親娘家度過，那是在格拉納達某座高山的山坡上。

「我在那裡了解到思想的力量。」他對阿雷翰卓說。「當你看到太陽在無止境的雪地上升起，阿爾罕布拉宮突然間躍現眼前時，你還能有什麼其他的體悟呢？這個美麗的宮殿總有一天會被摧毀，因為這是由人類所創造之物的宿命，但是思想，它卻是永恆不朽的。它會在別處以其他力與美的形式重生，因為當亡者從墓地深處向我們傾訴，我們會接收到這些思想。」

他若有所思地凝望著酒杯，接著說道：「這就是為何我構思兵法時，總像是在亡者陪伴下冥思的理由。」他不再說話，沉默好一會兒後才接著說最後一件事。

「因為只有想法是不夠的，還需要可委以重任之人傳承。但是從來沒有人問過我這個問題：『我們從誰那裡受命傳承？這人又希望我們為怎樣的國度犧牲奉獻？』」

「我們是從祖先那兒得到傳承的。」阿雷翰卓說。

「你只有想到被託付的傳承，卻忘了承接的國度會是如何的光景。」亞班尼茲回說，「然而，明天，我們的國度就會充斥著焚燒人們屍體的軍營。」

§

我試著透過阿雷翰卓青年時期的三個主要人物來描寫他，這幾個人心中都有著與他同樣的憧憬。為什麼有些人生來就必須負起承擔他人的責任，使得他們的生命僅是一連串的戰鬥，而他們又透過這些永無止境的戰鬥承接這樣的重擔？自此以後，這些戰役與重擔將他們雕塑為領袖人物，使得族人或兄弟義無反顧地跟隨他們，死而後已。然而，這個承載其他靈魂的責任並不在踏入墓園後終止，因為亡者正是人們託付給這些獨特男人的群體，而亡者國度的這個巨大重擔、這個允命的熱切義務，就是我們所謂亡者的生命——是一種熾熱而無聲的生命，比其他人的生命更為熱烈而美好，也使得有些生者願意成為其傳訊者。

孩子！天上地下！
孩子！為汝之亡者而生！
兄弟！你們證明全然純真赤裸！
兄弟！願汝之高貴凌駕吾人之上

——《戰之卷》

戰

這場戰爭和先前的有什麼不同？

只有西方世界不再認識自己的亡者，或許西方世界已經太過古老，以致不願意正視，也或許是已經到達夢想的極限，因而需要打造另一個夢。不論如何，西方世界都少了能讓人有尊嚴地活著的亡者絮語。誰能說未被委予傳承的存在會是情理有據的存在呢？

至於我嘛，打從一開始，我就覺得戰爭最後會透過徹底改寫歷史夢境而得到解決。殺戮從來不曾凌駕於詩歌之上。

殺人

阿雷翰卓・德・葉培斯的生命始於至親遭到謀害，接著他的守護者也喪命，他理所當然認為自己還得承受更多殺戮。然而，他所不知情的是，這些過往甚至可以追溯到他尚未出生、久遠前的一場謀殺，他並不認識牽連其中之人。

那次謀殺既非為了錢財，也非為了權勢，僅是因為凶手隱約感覺到被害者是由惡魔派來，這是一連串重大謀殺事件的關鍵，而他也希冀從中得到某些好處。

我們可以永遠逃過謀殺的宿命嗎？希望與恐懼，一切都會在隨後深入述說。現在就只有故事、只有傳說，我也不想預先知道更多了。

闃黑更勝暗夜

此刻，凌晨兩點，而阿雷翰卓．德．葉培斯正站在城堡塔頂望著紛紛白雪在夜裡落下。他剛被喚醒，還不太能理解發生了什麼事。

「什麼時候開始下的雪？」他問道。

「兩小時前。」赫蘇答，「兩個小時就積了兩公尺深的雪。」

「兩公尺。」阿雷翰卓說，「可是你說這些人沒有在雪地上留下任何足跡？」

「我們的看守嚴密到就連一隻螞蟻都進不來。而且，不可能有人可以越過這片雪地。我不知道他們是怎麼進來的，肯定不是從陸路。」

「從天而降嗎？」他問。

「我不知道。」赫蘇說，「他們突然就出現在這裡了，站在我們面前，就在大廳裡。其中一個紅髮男子要求跟葉培斯將軍說話，還說他對這場大雪感到很抱歉。」

阿雷翰卓伸出一隻手摸了摸額頭。

「我知道，將軍，我知道聽起來很奇怪。不過，我可以用性命擔保他們不是敵人。」

「他們現在在哪兒？」阿雷翰卓問。

「在地窖裡。」赫蘇答，「是那個紅髮男子要求的。我得說，他好像對一切瞭若指掌。」

兩人互望了片刻。

「我請他們上來嗎？」赫蘇問。

「不，」阿雷翰卓說，「我下去。」

接著，他環顧周遭，說：「這場雪一定有什麼秘密。」

「它下得非比尋常。」赫蘇說。

§

地窖範圍含括整個城堡地底，這一大片由火炬照亮的廣闊空間，是昔日總管路易在整齊排列的酒架間漫步的所在。他總是隨當下心情，用耙子在覆了沙土與泥土的地上畫出不同圖樣。直到隔天路易用腳抹去圖樣前，它們始終保持完好。不過，這可不是城堡裡唯一的奇蹟。你無需是建築師也能輕易理解，龐大城堡要屹立在連根柱子也沒有的地穴上是不可能的事。地窖走道由古老的銅櫃區隔開來，沒有人知道這些櫃子從何時開始就放在這兒。而酒品擺放分配的位置也是令人費解。路易把收到的酒放在某處，但是隔天這瓶酒卻出現在另外一處。只有那些能夠隨意取用的酒是集中放在地窖深處最後一排酒架尾端。路易正是在那兒存放阿雷翰卓十六歲時喝的佩楚堡紅酒。總之，在某些情況下，地窖的門會緊閉著，而當它再次開啟，一切都不同了。然而，地窖的美卻始終如一。透過路易點亮的火把，反射出彩虹般的光暈，映照在銅櫃上，並閃閃發亮地擴散到地底的每一寸角落；由珍珠般晶瑩閃動的光點所連成的線條，在空間中描繪出半透明、完美的建築；用泥土與沙地鋪成的走道縱橫交織，營造出平靜安和的氛圍；每當有人造訪，路易總得把他們帶出地窖，否則訪客可能會在那兒待下度過餘生。

當晚，地窖比起往日更加光輝奪目。斜放的酒瓶裡，佳釀閃耀著淡金色光芒，還有一抹神秘微光宛若讓地面披上一層朦朧銀色外衣。在一個幽暗的隱蔽角落，他們看見三個男人罩在暗色斗篷底下，用豬啼般的聲音大聲說話。笑得最大聲的那人有著火紅色的髮綹，第二個人則一頭棕髮，塊頭要大得多，在他身旁的另外兩人相形之下就像是矮小的精靈。

阿雷翰卓清了清喉嚨，動也不動，雙臂環抱胸前，站在離三人兩公尺遠的地方。沒有人注意到他。這幾個陌生人從某處找到一整櫃酒杯和數量驚人的特級佳釀。想當然爾，三個人都已經喝得醉醺醺了。赫蘇驚呼道：「真是一群無賴！」

阿雷翰卓又清了一次喉嚨，一樣沒什麼效果。就在此時，第三個不速之客輕撫著一瓶珍稀香檳說道：「我們現在需要的，就是一個氣泡。」

同一時間，他的帽子向後滑動，露出一頭同樣火紅閃耀的頭髮；霎時頭髮的光澤亮得將架子的暗影投映在像松鼠尾巴般蓬鬆的頭髮線條上；接著，一切重歸黑暗。只剩下水晶杯的光芒若隱若現，阿雷翰卓和赫蘇默默凝望著緩緩注入杯中的香檳。有些事不太對勁，要他們說的話，還真是見鬼了，除非這一切是因為跟第二個紅髮男子小心翼翼倒著的液體有關。所有人全神貫注地看著這個動作。終於，他們突然鬆懈下來，赫蘇和阿雷翰卓看見氣泡快速湧向細長香檳杯底，化成滋滋作響的漩渦後消失。

「聖母瑪利亞呀！」赫蘇喃喃道。

荒謬的是，方才清喉嚨的聲音或是驚呼都沒能引起三人注意，這一聲低語卻讓他們瞬間轉過身來。第一個紅髮男子吃力地站起身，拿起一隻火把。他輕輕搖著頭，一邊稍微側眼看著，一邊不時發出奇怪的聲音。不過，他似乎是三人之中的領頭，因為另外兩人都看著他，等他先說些什麼。

「好了，好了。」他嘟噥道，然後一臉歉意地轉身面向同伴。

個頭最大的那個伸手指了指他的口袋，紅髮男子露出喜色，並一再重複道：「啊！好了，好了！」接著三人仰頭將從斗篷裡取出的一小瓶液體一飲而盡。從他們臉上的古怪表情可以猜到那個東西肯定很苦，最令人驚訝的是他們瞬間清醒過來，直挺挺地站著，彷彿才剛走下地窖。這一切都讓阿雷翰卓和赫蘇情不自禁挑起眉、饒富興味地看著。他們兩人，也並不討厭飲酒。

所有人又沉默地互看了一眼。

三人的領頭是個矮小、頂著啤酒肚的男子，有著圓滾滾的臉龐和眼睛，白皙的皮膚上有數不清的雀斑；除此之外，還有突出的雙下巴和一頭茂密頭髮，雙肩下垂，鼻尖上翹。簡而言之，其貌不揚。不過，他可不是那種看不透隱藏在平凡表象下之危險的戰士。阿雷翰卓和赫蘇看得出來眼前這個男子的眼神和儀表毫不相襯，並非真的那麼溫和無害。低估他會是很危險的事，曾經犯過這個錯的人，恐怕沒有能夠活下來再好好想想的機會。總之，他們看得出來這個討人喜歡的醉鬼會是跟他們同一陣線的夥伴。

「我欠你們一個解釋。」男人說。

高個棕髮男子上前一步，很快鞠了個躬並自我介紹：「馬居斯為您效力。」

另一個紅髮男子也接著說：「玻律斯。」

他們的領頭也鞠了躬，並跟著說：「在下彼特。」並從容自若地問道：「想來些顛倒香檳嗎？」

過了好一會兒。阿雷翰卓還是雙手抱胸，一臉嚴肅，站得挺直，一語不發地面對這群陌生人。

至於赫蘇，赫蘇呀，他抵擋不了試試顛倒香檳的渴望。就算再理性的人，也總會遇到那樣的一刻，發現自己情不自禁做出荒誕舉止，更何況這個人曾經看過湖水無預警地蒸發乾涸，還看過薄霧在天空中寫下神秘文字。而且，當下情況看起來雖然有些古怪離奇，這幾個人卻讓赫蘇覺得可以信任。

阿雷翰卓帶著令人捉摸不透的表情跨步向前。又過了一會兒。他再往前踏了一步，微笑著。

「阿雷翰卓．德．葉培斯。」他邊說邊向彼特伸出手，「你們應該已經見過我的監護人了吧？他剛剛從各位後面走過去。」

「喔，我們稍早前剛剛打過照面，」彼特握住他的手答道，「我很開心他也在您面前現身。」

「你看不到他嗎？」阿雷翰卓問赫蘇。

「看不見，將軍。」他答，「你看見總管的鬼魂了嗎？」

「就在這位先生身後呀，」阿雷翰卓低聲說，「就在他後面。」

他接著向酒櫃方向做了個邀請的手勢。

「如果我們有這個榮幸可以嘗嘗顛倒香檳的話。」

需要對他的淡然感到吃驚嗎？阿雷翰卓已經傾聽亡者之聲這麼長一段時間了，能夠看見亡魂對他來說也就不是太奇怪的事。路易在通道間的閒蕩起了作用，阿雷翰卓饒富興味地等待接下來會發生什麼事。

他們在臨時權充的桌子旁坐了下來。

「重點是要專注。」彼特說，一邊慢慢地把香檳倒入兩只新酒杯裡。

「好年分，」赫蘇評論道，「不善待自己就虧大了。」

「您什麼都還沒看到呢，」玻律斯說，「一旦品嘗過顛倒香檳，就再也回不去了。」

「你們也是這樣讓雪落下的嗎？」阿雷翰卓問。

彼特看起來有些吃驚。

「雪是正常方向落下的，不是嗎？」

「他想說的是瑪利亞。」玻律斯說。

「啊，」彼特答，「當然了。沒錯，沒錯，有人特地為我們降下雪來。這麼說吧，這些讓人難以辨識的雪帶著點人形，可以混淆敵人視聽。」

「飛機雷達可以穿透雪。」赫蘇說。

「我指的不是那些敵人。」彼特說，「你們應該已經觀察到最近幾年氣候有些變化——像是暴風雪、嚴寒、洪水等。」

「這也是因為你們的瑪利亞嗎？」赫蘇問。

「不，不，」彼特說，「瑪利亞只能掌控雪，只有敵人才能扭曲整個天候。」放下酒瓶時，他補充道：「不過呢，香檳和鬼魂就只存在於這個地窖裡。」

阿雷翰卓舉起酒杯，觀察著淡色液體。往下翻騰的氣泡發出撩人鼻竇的愉悅氣味，引人遐想它會在舌尖上帶來怎樣的小小驚豔。

實際上卻完全不是這麼回事。

第一口入喉時，毫無驚喜，滋味平淡無奇，氣泡也欲振乏力似的，使得阿雷翰卓和赫蘇大失所望，互望了一眼。

「再等等。」玻律斯用一種內行老手面對門外漢的寬容說道。

的確，怪事開始發生了，兩人沉浸在一種特別的感受裡，彷彿自己就像在某個平順無憂的日子裡，仰躺在草地上望著天空。泥土滋味在口腔中蔓延開來，揉合鄉村天空的輕盈氣息，渾身充滿了難以言喻的舒暢喜悅。

「這就是將土地與天空連結起來能帶來的好處。」彼特說，「氣泡往下竄時，保存了酒中的天空特質，同時也讓大地的滋味更顯醇厚。」

他帶著款款柔情對著面前的酒杯微笑，接著說道：「不過，如果原料不夠出色，我們也沒辦法做出好東西。」

飲盡第一杯香檳後，阿雷翰卓和彼特相視而笑，赫蘇注意到這個紅髮男子有對美麗深沉的灰色眼珠。

「你們從哪兒來的？」他問道。

「從橋的另一邊，」彼特回答，「連接我們兩個世界的橋。」

一陣沉默後，繼續說道：「你們看不見那座橋。」

「你們死了嗎？」赫蘇又問，「你們是鬼魂嗎？」

彼特一臉驚訝的看著他，說：「我不認為鬼會喝香檳。」

「如果你們不是從死後的世界來的，那是從哪兒來的？」赫蘇問。

「生命只有一種，它包含生者與亡者。」彼特答，「但是有很多個不同的世界，而且你們和我們的世界已經互相交流很久了。其實，第一次越過橋就是在這裡，在葉培斯發生的，雖然我們也是直到昨天才知道。」

他拿起香檳酒瓶，接著說道：「我有好長的故事要跟你們說，得再喝一杯。」

「可以知道你們的國度叫什麼嗎？」阿雷翰卓問。

「我們叫它薄霧國。」彼特答，「那是精靈居住的地方。」

又是一陣沉默。

「精靈？」赫蘇說，「你們是從精靈世界來的？」他笑了起來。

「還是你們就是精靈？」阿雷翰卓問道，語氣中不帶任何揶揄。

赫蘇看著他的將軍，活像他頭上頂著一隻母雞當成假髮似的。

「比起其他怪事，我不覺得這有什麼好驚訝的。」回應赫蘇的眼神，阿雷翰卓說。

「沒錯，」彼特確認，「我們是精靈。」並轉向赫蘇，體貼說道：「您看起來有些吃驚，讓我再幫您倒些酒。」

他斟滿酒杯，同時用下巴輕輕示意玻律斯再開一瓶酒。

「再一瓶氣泡酒？」玻律斯問。

「讓我為你們獻上個人偏愛的佳釀。」阿雷翰卓親切地說，彷彿前幾瓶酒是從哪個不知名的儲藏室裡拿來的。

他走向地窖最深處。

「我還以為精靈都住在北極，」赫蘇說，「充滿童話故事和傳說的北極。」

他看了看眼前的一列酒杯，說：「而且我以為他們不喝酒。」

「你們也以為天父上帝住在天上，而且也不喝酒呀。」彼特回。

看見赫蘇一臉驚恐，他補充道：「不，不，我沒說祂會喝酒，我沒說祂會喝酒。只是，我們也都知道神並不是長著一臉大鬍子，也不會把他的寶座放在某朵粉色祥雲上。」

赫蘇看起來並沒有受到安慰，但是阿雷翰卓正好從地窖深處走回來，分散了他的注意力。

「太有意思了。」他一邊把酒瓶放到桌上，一邊喃喃說道。

彼特傾身讀酒標，臉上帶笑。

「義大利風乾葡萄酒阿瑪羅內，」他說，「充滿故事的酒。」

馬居斯挑起一邊眉毛。

「我們的茶喝光了。」他說。

「真是沒有先見之明呀。」彼特說，臉上依然帶著微笑。

他抬起頭，像是在跟哪個隱形的人說話：「你還會再幫我們拿一點來吧？是嗎？」

「你們的小瓶子裡裝的是茶嗎？」阿雷翰卓問。

「對，」馬居斯答，「很濃的灰茶。」

「我們那個世界的茶，」玻律斯補充，「它……呃……很特別。」

他不再說話，向彼特拋出詢問的眼神。

但是彼特根本不予理會，只是一臉感激地對著阿瑪羅內酒微笑。

「你們的精靈世界，」赫蘇問，「那上面也有酒嗎？」

「哎呀，可惜沒有。」彼特答，突然滿面遺憾。

他向外揮了揮手，彷彿要揮開這個令人痛心的事實。

「這就是有橋的好處。」他說，「而且，請注意，我們不住在那上面。精靈不住在天上。現在這樣就已經夠擠了。」

「您是說天使嗎？」赫蘇說，「您有看過他們嗎？」

彼特笑了笑，覺得很有意思。

「天上唯一多得讓人喘不過氣的，就是那些虛構故事了。」他說。

喝下一口阿瑪羅內後，他深深呼出一口氣。

「我從沒喝過這麼棒的酒，」他說，「有了這些好兆頭之後，我可以從頭開始說了。」

赫蘇笑了。

「現在我知道天上沒有天使了，」他說，「我們想從哪裡開始都可以。」

「噢，不過這塊土地上有天使。」彼特說。

他充滿愛意地輕撫酒杯。

「連結薄霧國和人類世界的橋的起源，是來自我們那裡一個稱之為『霧之屋』的聖地。在霧之屋守護者的指示下，它可以連結到人類世界任何一個地方。橋拱被濃霧籠罩，旅人走入霧中，當守護者完成儀式，他就能抵達想去的地方。精靈可以在兩個世界間任意穿梭，不過人類一直以來都無法辨到。但是，就在幾天前，四個人類第一次跨過橋的兩端。」

他又給每個人斟上一杯阿瑪羅內。

「現在說到戰爭。這個部分你們是知道的：前線範圍極為廣大，永無止境的戰鬥，而且看起來沒人能取得勝利。兩年前，勝利對聯邦國而言幾乎已是垂手可得，如今卻因為一連串荒唐戰術而陷入困境。至於同盟國，則因為連年作戰還有天災帶來的死傷而氣力耗盡。」

「跟我們說說這些年的天災。」阿雷翰卓說。

「精靈無法在你們的世界對戰。」彼特說，「更精確一點說，是他們在人類世界會失去大部分的能力，沒辦法在這兒進行殺戮。不過，我們懂得利用自然元素，雖然我們通常會克制自己不去做違反自然的事。不幸的是，我們那裡一個力量強大的精靈，他挑起戰爭，並且無視這項限制，利用製造異常氣候作為武器。」

「戰爭是由一個精靈發起的？」赫蘇說，「我還以為是拉斐爾・桑坦杰羅的詭計。」

「義大利的總理是精靈。」彼特說。

赫蘇低下頭來。

「不過，桑坦杰羅只是馬前卒罷了，」彼特接著說道，「他潛入人類世界是為了協助主人施展詭計。造成災難的精靈還在薄霧國裡。我很抱歉這聽起來非常戲劇化，但多少是實情。」

或許是為了讓自己從這些誇張情節中跳脫出來，他給自己倒了第三杯酒。

「他有名字嗎？」阿雷翰卓問。

「我們叫他艾略斯。」彼特說。

「你們那兒很流行古羅馬的事嗎？」赫蘇問。

「精靈不像人類有從祖先繼承下來的姓氏。我們族群中有個力量強大、與同盟國結盟的精靈住在羅馬，我們也從那兒得到命名靈感。」

他臉上漾出大大的笑容。

「至於我嘛，我的名字則是隨興所至把羅馬帝國和法國葡萄酒園連結起來②。」

他又恢復嚴肅，並喝下一大口酒。

「桑坦杰羅遲遲沒有取得勝利，你們難道不覺得奇怪嗎？」他問道。

「每個人都覺得奇怪，」阿雷翰卓說，「沒人看得懂他的策略。」

「您是戰略家，也是同盟國陣營最高統帥群的一員。」彼特說。

阿雷翰卓若有所思地看著他。

「我猜桑坦杰羅不想贏，」他說，「他不想要任何一方有機會取得勝利、休養生息。他只想要人類滅亡，所有人類，不論哪個陣營。我已經說過無數次了，不過從來沒有人願意相信，甚至在最後一次

② 譯注：彼特原名Petrus，與法國佩楚酒堡同名。

衝突後還有人希望決一死戰。即使如此，我相信這就是桑坦杰羅的計畫。至於他為什麼要這麼做，我就一點頭緒也沒有了。」

「在被占領的歐洲土地上方冒出許多黑煙。」彼特說，「你們的飛機偵測到了。您覺得那是什麼？」

「焚燒，」阿雷翰卓說，「但是在燒什麼？」

彼特不語，眼神哀戚。

「所以我想的沒錯。」阿雷翰卓說。

「人類歷史上從未有過如此瘋狂的同類殘殺，」彼特說，「精靈也從未經歷過如此血腥的戰役。薄霧國同樣深陷戰火，數以百萬計的精靈因而喪生。」

「一開始，艾略斯只是想要人類滅絕，」彼特說，「但是，想要致一人於死的念頭，最後總會演變成渴望一切滅絕。最終，追求死亡就像追求權勢一樣，是為了讓少數人得以統治這一片焦土。」

「他為什麼希望人類滅絕？」赫蘇問。

「因為薄霧日漸消亡，而他認為一切都要歸咎於人類。」精靈答道。

「橋四周的薄霧嗎？」赫蘇問。

「我們世界的薄霧。」彼特答。「我們的世界被薄霧籠罩，沒有它，精靈無法生存。」

「就像你們的氧氣？」赫蘇答。

彼特一臉困惑地望著他。

「我們的氧氣？不，不，我們跟你們呼吸一樣的空氣。不過，我們是精靈，是由薄霧構成的整體。」

他伸手撫額。

「我每次都不知該怎麼說明這個部分。我老是忘記你們把一切都看作是分離的。」

「他有沒有可能是對的？」阿雷翰卓問，「或許我們的確是造成薄霧變稀薄的罪魁禍首？」

彼特、玻律斯和馬居斯很快互看了一眼。

「我們也在問自己這個問題。」彼特終於開口，「不過，就算如此，戰爭還是師出無名。而且我相信這不是真正的原因。」

「那麼真正的原因是什麼？」

他笑了笑。

「或許是詩的凋零？」他說。

阿雷翰卓也笑了。彼特講到詩的時候，那神態根本就和路易．阿瓦雷茲宛若親兄弟。時間不復存在，他又看見自己的監護人坐在壁爐前啜飲著酒。

「隨著年紀愈長，我對虔誠的追尋愈來愈強烈，」他曾經這麼對他說道，「也愈來愈常在以前只看得見美的地方遇見它。你年輕，充滿熱情，你的靈魂是青春、激昂的，但是虔誠與這些特質對立。

當虔誠背棄我們，我們是躁動、興奮的，當它占有我們，我們變成一池平靜深邃的湖水，闃黑更勝暗夜，堅定不移更勝岩石。只有這樣，我們才能毫無欺瞞地真誠祈禱。」

「我從不祈禱。」阿雷翰卓當時這麼回答。

「噢，有的，你有祈禱。」路易笑道。「你每天去墓園時都是在祈禱。沒有什麼祈禱，比得上人們側耳細聽亡者絮語。不過，如果想向蒼穹與土地致敬，你得更常祈禱，而且應該在你的禱詞裡加入蘊含在詩句中的慈悲。虔誠就在詩中，美也伴隨而來。」

在地窖昏暗的光線下，阿瑪羅內的酒液讓酒杯彷彿鍍上一層暗漆，使阿雷翰卓想起路易口中的黝黑湖水，突然間，夜裡的夢境又躍現眼前。他站在木頭廊道中央，面對著一片籠罩在薄霧下的蓊鬱山谷，霧本身帶著有機體的氣息，從難以捉摸、生氣勃勃的生命體中吞吐出來。阿雷翰卓在美景前停駐良久，然而，一股焦慮卻悄悄掩上心頭。當憂慮超過了繼續留在原地的愉悅，他轉過身，發現一棟牆上開口既無窗飾也無玻璃的木造小屋中，昏暗光線中站著一名女子。他看不清對方面容，但是可以確定她很年輕，而且好像在對著他微笑。他就在此時醒了過來。從他離開葉培斯投身軍旅後，已經持續夢到這名女子好幾年了。這一次，他醒來後看見了女子的臉，蒼白，嵌著一雙如冰河般澄澈的眼睛。他當下說不出她長得是美是醜，除了她很年輕、一頭金髮，以及眼神凝重外，實在沒有其他字眼可以形容這名女子。他一直以為她在微笑，但她其實是認真地注視著他。除了阿雷翰卓的整個童年，就連他成長歷程中走過的埃斯特雷馬杜拉的山谷、岩石、乾旱、岬角岩壁、嚴寒冬天，還有紫紅色的黎明曙光，全都在這個眼神裡盡顯無遺。

「簡單來說，」彼特接續道，「我想，薄霧消亡是因為，物質本就生生滅滅。唯一可能保留它們的方法，就是接受它們會以其他形式重生。這是我們竭盡全力的目標，我們將希望寄託在詩句的永恆之中。除此之外，再無出路。當一切結束的那一天，我們目前所認識的世界也將一併死去。」

「非常感人，」赫蘇說，「不過，您還沒告訴我們此行目的。」

「快了，」彼特說，臉上沒有任何不悅，「快了。」

他喝光杯裡的酒，沮喪地看著空空如也的酒瓶。阿雷翰卓起身，再度走到地窖深處，回來時又喃喃說道：「有意思，跟第一次一樣。」

彼特讀著酒標，看起來很激動。

赫蘇也跟著探頭望。

「夜聖喬治，」他說，「勃艮第酒。」

「我常去那個地區，」彼特說，「第一次去時，我還很年輕。」

他開心地沉浸於美好回憶，自顧自地微笑著。

「上次再去時正好是二十年前，就在我第一次造訪葉培斯城堡之後。」

他收起笑容。

「我們本來選擇了你們的城堡作為瑪利亞的安全藏身之處。你們方才已經聽過她的名字了，就是能夠指揮降雪的女孩。不過，我抵達時，發現有人謀殺了你們的人，所以我決定將她改藏在勃艮第。」

「你們知道是誰下的手嗎？」阿雷翰卓問。

「還不知道，」彼特說，「不過一切都息息相關。我們也是根據一連串的跡象才選擇了你們的城堡來安置瑪利亞。在諸多令人不安的事件中，我們前幾天才得知第一個跨足人類世界的精靈可能來過葉培斯。而且，葉培斯城堡與薄霧國有著一樣的箴言。」

「矢志不渝。③」阿雷翰卓說。

「這也是我們薄霧國委員會的箴言。」彼特說。

「那瑪利亞呢？她扮演了什麼角色？」赫蘇問。

「瑪利亞？」彼特複述，對這個問題感到驚訝。「她凝聚我們的力量。」

「她也是精靈嗎？」赫蘇鍥而不捨地追問。

彼特稍微猶豫了一下。

「我們不太確定她是什麼。」他回答道。

赫蘇似乎想再問下一個問題，但是彼特舉起手來。

「現在，如果你們願意的話，我想說說我們對此次會面的期望。」

他看了一眼酒杯。

「除了這些不可思議的事情之外，」他補充道，「當然，要用三言兩語概括一場戰爭也是有點困難。不過，明天就會是最後一場戰役了。」

赫蘇放聲大笑。

「那樣的戰役已經不存在了。」他說，「我們既非高加米拉戰役中的亞歷山大大帝，也非華格姆戰役中的拿破崙。再也不會有最後一役了。」

「恐怕是有的。」彼特說，「恐怕就在明天，而且你們將會捲入其中，如果我們能夠成功把你們帶到橋的另一端的話。」

他溫柔地笑了起來，彷彿瞬間蒼老許多，但是眼神比一開始陳述時更加動人，灰色眼珠像是閃爍著銀色光芒的岩石。

「是時候迎接我們的女士，把故事下半部交給她說明了。」他說。

他站起身來，其他兩個精靈也跟著起身，一同轉過身，並深深地鞠躬。

在半明半暗中，他們面前站著一位年輕女子，正是葉培斯將軍在夢中見過的那位。

闃黑更勝暗夜，

---

③譯注：此句原文為西班牙文Mantendré siempre，《精靈少女》中譯為「我會一直堅持下去」。

堅定不移更勝岩石，
吾人祈禱之湖
——《祈之卷》

酒

我的同類都生活在葉培斯充滿魔法的地底下，再也沒有其他地方比城堡地窖更適合的了，佳釀得以在此汲取累世傳承，由岩石、古老根系保存下來的記憶。

精靈們對於葡萄酒一無所知並不令人訝異。當一個群體是合一的，現實就已足夠，不需要虛構故事，也無須買醉。然而，人類的酒是友情與傳說故事的好夥伴。它讓亡者絮語得以用另一種形式遠播。透過這個生長出茂盛繁花的消遣美物，孤獨的苦澀得到紓解。它結合了土地的崇高與蒼穹的遞嬗，既有枝蔓向下深扎的根系，也有太陽底下結實累累的果子——只有它能夠完美地述說宇宙間的傳說故事。

然而，薄霧國居民普遍對葡萄酒漠不關心，但當中有個引人注目的例外：彼特，他不僅是老練的精靈，也是品酒大師。他品味著精靈世界的詩意，卻也極為鍾愛人類的故事，特別喜歡邊品酩邊好好聆聽。正因此，他身負連繫兩個世界的任務，也串連起命中注定參與這場戰爭的所有角色。

詩

如果有什麼能使精靈和人類都如痴如醉，那就是詩了。

細雨迷濛的日子裡，或是月色黯淡的夜裡，迎著平原吹來的涼風，寫下詩句向久遠前的詩人致意。世界的氣息向你襲來，隨即遠去，卻又透過你的感受被賦予另一種獨一無二的形式——詩於焉誕生。

她美嗎？

金髮、蒼白而優雅。她細細端詳所有人，阿雷翰卓的生命在此刻起了劇烈震盪。

長久以來，他總希望戰爭可以把自己鍛鍊得跟心目中理想的人一樣。從路易身上，他學到人應該跟隨星辰的指引，從米奎·亞班尼茲身上，他學到透過理念成就一個王國，而從赫蘇身上則學到心念是由於匱乏而力求存活。在戰爭中，他用心把學會的這些事轉換成如同一道於墓地乍現的閃光，屢建奇功而不辱亡者交給他的重責大任。如今已過了六個年頭，還是有些什麼隱而不顯，他希冀精靈們會是他實現天命的最後一片拼圖，而且是透過一種未知的、更美妙的、更棒的形式來實現，甚且是透過一雙女性的眼睛。沒有人理解在相遇的電光石火間發生了些什麼——永恆凝聚於此，直至極樂，隨後必須以一生的時間，才能在人世間重現。我們還有多少時間呢？阿雷翰卓自問。

年輕女子邁入火炬的亮光中，對著他微笑。

阿雷翰卓的一生彷彿都完整地投射在這個微笑裡。他被幻影完全占據，如在夢中，眼下是一片重現童年時光的遼闊景象。關鍵就藏在這些景致裡，他想著，並感受到掌心閃過一道靈光，就在他收緊拳頭以為抓住了的時候，他不禁為自己竟想握住夢中流水而失笑。埃斯特雷馬杜拉的部分地區有著峻嶺與深谷，山谷裡散落著迷你村落。山巔之上，雲朵在天空流轉；視線所及最遠處，有著他熟悉的那道閃光；坐落在高地上的，是一座教堂，教堂中有架靜靜等待著的鋼琴。我是怎麼知道的呢？他自問，同時猶如從一隻隱形老鷹的背上俯瞰岬角山谷，以及廣闊富饒平原，最後來到一座異國城市郊區。

「羅馬。」年輕女子說。

阿雷翰卓默默不語，她接著道：「我在霧之屋裡夢到你，我們的回憶重疊了。」

阿雷翰卓依然不發一語，而她看起來有些困窘。搖曳的火光使她的面容稍顯模糊，不過，她在說出重疊二字時也向前跨了一步。她多大歲數了呢？他驚恐地想著。阿雷翰卓細細端詳女子的臉龐、金黃髮色，還有澄澈眼眸。年輕女孩會擁有這般眼神嗎？他再度自忖。接著，他知道了她是鋼琴家。她美嗎？他想著。儘管仔細觀察過女孩身上的每個細節、輪廓，他卻只能暈暈然地發現自己還是沒有答案。他還發現女孩的額頭太寬、頸子太細，像隻在虛構的熱帶地區裡游移的天鵝。多荒謬的想法，他對自己說；他逐漸失去理智，沉迷在荒唐的思緒裡，他笑了。阿雷翰卓想，不知道從她現身起至今已過了多久。身後有人清了清喉，他陡然清醒，向前跨出一步，鞠躬道：「您就是瑪利亞。」

一陣細微聲響後，彼特踉蹌地來到他身旁，鼻子通紅、眼神渙散。

「不，不，」他說，「瑪利亞在儂桑④。」

彼特試著抓住斗篷邊緣卻失敗了，差點倒在年輕女子身上。他出乎意料地敏捷，在千鈞一髮之際站穩腳步，看著女子嘟噥道：「我的小可愛，對彼特叔叔行行好吧。」

她把手裡的編織籃靠在腿上，從中取出三個小灰瓶，遞給三名精靈。

他們就像第一次一樣快速清醒過來。彼特的身手比馬還要矯健，再次對阿雷翰卓說：「瑪利亞留在薄霧國的霧之屋裡。」

「我是克拉拉。」年輕女子說。接著又是一臉困窘。

彼特看看她，又看看阿雷翰卓。

「我漏掉了一些東西。」他喃喃道。

赫蘇也來到克拉拉跟前鞠了躬。

「您是瑪利亞的姊妹嗎？您是精靈嗎？」他問。

彼特一臉溫柔與驕傲地看著克拉拉。

「再過一天就正好滿二十年了，那天兩個不凡的孩子誕生了。」他說，「其中一個就站在諸位面前。她父親是霧之屋守護者，母親是位出色女子。然而，照常理來說，克拉拉不應該誕生在這個世上，因為精靈與人類結合向來是無法繁衍後代的。另一個特別的孩子則是瑪利亞，她在儂桑等著我們。由我們委員會主席和他的精靈伴侶所生，但她卻與我們一般精靈不同，而是和克拉拉一樣原本就有著人類的外表。」

---

④ 譯注：Nanzen，字源為日文之「南禪」。

「在我看來，你們就是人類呀！」赫蘇驚呼道。

「在薄霧國裡不是這樣。」彼特說，「你們會發現我們長得有多不同。只有在這裡時，我們才有特定面貌。唯一的例外是瑪利亞和克拉拉，她們雖然有著精靈血統，卻在兩個世界裡保有相同面貌。」

「你們在上面看起來是怎樣？會長出翅膀嗎？」赫蘇問，頑固地認為薄霧國和長著翅膀的生物都位在天上。

「我們身上什麼也不會長出來。」彼特有些愣住地說，「只是我們並非單一個體。」

「精靈世界說西班牙文嗎？」赫蘇繼續提出一連串實際面的問題。

「只要待過霧之屋，都會講這個土地上的所有語言。」彼特答。

「瑪利亞和克拉拉扮演了何種角色？」阿雷翰卓問。

「呃，拯救世界。」彼特說。

「說了跟沒說一樣。」赫蘇插嘴。

「問題是，」彼特忽略他繼續說，「該怎麼做。打了六年的仗，我們還是毫無頭緒。直到四天前，我們拿到一本十六世紀的灰色筆記本。它原本屬於另一個精靈，他也曾經跨越那座橋。他是個極有天賦的畫家，為我們留下了一幅畫，你們待會兒就會看到了。不過，最令人驚訝，對我們來說也最有意思的是，他是最早選擇人類生活，並且在你們的世界定居終老的精靈。」

彼特搔了搔頭。

「這個故事也說來話長，我現在無法完整詳述。簡而言之，這本筆記裡包含了有關戰事發展，還有薄霧國未來走向的關鍵資訊，也讓我們得以決定下一步的行動。這些資訊迫使我們必須做出極端的決定。老實說，那並非我們原先傾向的作法。不過，時勢所逼，我們只有放手一搏或是必死無疑兩個選擇。」

她笑了。

「在薄霧國裡是由誰做這樣的決定？」阿雷翰卓問，「是您嗎？」他望向克拉拉。

「是由薄霧國委員會做出決議。」

「如果我沒弄錯的話，委員會主席是瑪利亞的父親。」赫蘇說，「所以他是你們的國王嗎？」

「委員會主席是為薄霧效力。」克拉拉說。

「你們的薄霧是活的嗎？」赫蘇仍試圖理解，又問道。

「喔！我們該上路了。」彼特說，「你們現在還不明白的，過了橋後就會知道了。」

「過橋之後？」赫蘇回。

「我們會試著帶你們一起過去。」彼特繼續道，「這也是克拉拉來這兒的原因，因為人類只有在她的陪伴下才有辦法通過那座橋。」

「我想你們搞錯什麼了。」赫蘇說，「葉培斯將軍率領第一軍團，他不能在軍隊全力進攻的當下擅離崗位，到天上某個霧之屋飲茶。」

眾人一陣沉默。

接著，彼特揉揉鼻子，說：「可是依我們的計畫必須得這樣啊。」

他轉向阿雷翰卓說道：「這並不是逃跑。」

彼特頓了一下。阿雷翰卓的眼神雖望向他，卻沒有在看他，而是緊緊盯著上方幽暗的角落。彼特也看向相同方向。

「那些是亡者。」精靈喃喃道。

阿雷翰卓屏息。

他面前站著所有逝者。

和往日看起來一模一樣，若非知道他們皆已死去，阿雷翰卓會以名譽發誓這些人絕非鬼魂。他的家人、路易、米奎、因他命令而倒下的人，被遺忘許久的村民，所有逝者都再度穿過生死分界，加入生者的作戰隊伍。

「為什麼？」他高聲問道，瞬間，米奎和路易之外的所有亡者都消失了。

他恍如重回十八年前大夥將他的親人下葬之時，當時他像是在夢中般渾渾噩噩地度過了整場葬禮。他和與其他逝者一同回來的米奎和路易閒聊，兩人的模樣與往昔所見並無二致。阿雷翰卓看見他的監護人年輕了三十歲的模樣，在酷熱天氣裡領著一群人行走。在滾燙的土地上，蟲鳴聲伴隨一群眼中閃耀著神聖光芒的人一路前行。他仔細端詳詩人路易的臉龐、清澈雙眼、貴族般的額頭，與矮小身材，心想：這樣一個男子蘊含了怎樣的力量呀！接著，新畫面浮現眼前。一個男孩在坡度平緩的田野裡披荊斬棘。叢生的長草高及男孩腰間，然後草莖之間出現了一條天鵝滑下水塘時走的羊腸小徑。男孩在雜亂生長的蔓草中緩緩前進，時間不復存在，彷彿只剩下他在廣闊田野中踽踽獨行。我只願停留在此心醉神迷，阿雷翰卓對自己說。終於，路易開口對他說話。眼前又回復成那個坐在桌邊商討事情的成年男子模樣，手邊擺放的雪莉酒為這幅景象點綴出一抹血紅。年輕的葉培斯將軍聽見路易笑著跟他說的話，這句話用來形容他如此美麗卻又如此貧困的微小領地真是一語中的。

「一切終歸虛空而美好。」阿雷翰卓喃喃道。

他從幻夢中醒來，看見赫蘇正望著他。

「我們走，」他對赫蘇說，「跟他們一起過橋。」

一陣沉默過後。

「你沒看見他們嗎？」他問赫蘇。

「又是鬼魂嗎？」赫蘇問。

再次陷入一片沉寂。赫蘇嘆了口氣。

「我希望你們知道自己在做什麼。」他對著彼特說。

「不，我們一無所知。」彼特回答。

他環視偌大的地窖。

「我們會再回來的，希望如此。」他說。

「你們打算怎麼讓我們過橋呢？」阿雷翰卓問。

「我正打算要說。」彼特說，「這是你們到另一個世界前得要知道的最後一件事。薄霧、灰色筆記本、那幅畫，還有其他的事，可以等到了另一邊之後再說。現在，要請你們喝下一杯特殊調製的茶，它的味道不是太好。」

「您要怎麼肯定你們的茶不會害死我們呢？」赫蘇問。

「就在四天前，瑪利亞和克拉拉也喝了一樣的茶，第一次越過那條橋。」彼特答，「而且不是只有她們，她們身邊還有兩個人陪著。」

「您是指真正的人類嗎？」赫蘇問，「不是鬼魂，或半人半什麼的？」

「真正的人類，再貨真價實不過了。」彼特答。

「他們在另一邊等著我們嗎？」阿雷翰卓問。

「他們在另一邊等著我們，而且，現在正看著我們。」彼特說，「是一位神父和一位畫家，不過他們也是戰士。」

不知何故，這些話讓阿雷翰卓心中又響起他的監護人所說的話，他再度低聲道：「虛空而美好。」

「我想是時候了。」彼特對克拉拉說。

年輕女孩溫柔地對他微微笑。

「我一向聽彼特叔叔的話。」她以俏皮的調侃語氣說。

她從籃中取出幾個小瓶子，轉向阿雷翰卓時，臉上掛著微笑，有些淘氣地說：「我們現在可是被綁在同一條船上了。」在戰況正酣時墜入愛河，這太瘋狂了！他對自己說道。他又自顧自地放聲大笑起來，這已經是今晚第二次了。彼特一臉猜疑地看著，然後舉起手中帶有稜角的小瓶子，逝者的光芒從中映照到地窖每個角落。

每個人都喝下了灰茶。

喝完幾秒後，什麼事也沒發生。灰茶茶汁有種發酵、腐敗的可怕味道。

大夥又等了好幾秒鐘。

生命均等地一分為二，同時向兩側無止境地碎裂開來，然後瞬間又在天空下重新聚合為一。對阿雷翰卓和赫蘇來說，這一切彷彿無限延伸，卻又好像僅於傾刻間完成。在世界變得朦朧不清之際，他們內心浮現出一些畫面：田野、湖泊，還有晴朗日子裡的白雲，雲朵之間鐫刻著他們摯愛人們的面容。他們感覺到永恆似乎轉化為一場旅程，甚至可以永遠待在這樣的混沌裡，如同在沒有具體地點和形式的無限空間中，經歷一趟無需動作，也沒有期程的長途旅行。末了，一切轉瞬熄滅，伴隨感官上極致的虛空。此刻，兩人無法將眼睛從眼前開展的景象中抽離開來。

在薄霧國紅色的橋拱上方，墨黑天幕下，一幢老舊木屋矗立在滿布蒼白林木的山谷中。一片靜止凝結的景致中，在樹木的蒼白以及天空的黯黑之外，不見其他色彩，除了眼前如一抹鮮血般，紅橋的胭脂色。

此時，阿雷翰卓望著克拉拉，知道她是美麗的。

她美嗎？

如同眼前一抹鮮血

——《繪之卷》

亡靈

不論我們賦予它們什麼樣的形態，否認亡靈的存在都是徒勞。只有少數人在想像之外真正遇見鬼魂，這卻足以證明人們是如何緊密地與它們生活在一起。

我們怎麼知道古代發生了些什麼呢？我們就是知道。歷代血液如同河流般流淌在我們的靜脈裡，只要我們多留心土地與天空，就能明白承載其中的先人足跡。

這並非魔法，也不是幻想。誰能忘記描繪世界景色時所畫下，前所未有的第一筆呢？

快活

克拉拉並非一直都是如此淘氣、愉快的。長久以來，她的心都在一片荒蕪之中成長，直到十一歲才首次展露笑顏。然而，愛與戰爭使得這個孤獨的靈魂沉浸在一種愉悅中。每個人肯定都需要這種愉悅，如果真如某位偉人筆下曾經形容的，它是勇氣所呈現出來最令人喜愛的樣貌。

一切終歸虛空而美好

來自人類世界的一行人站在薄霧國橋上，頭頂上是伴隨光影變化的墨黑天空。曙光從一片漆黑中浮現，也照亮了四周景色。在這片景色中央，紅色橋拱散發出一股難以言喻的力量。與整個世界不同的是，有血有肉的生物都保留了自己的色彩。

「我不明白眼前所見是怎麼回事。」赫蘇說。

「你們看到的是我們世界的本質。」彼特說，「如果用茶之眼看出去，就會看起來比較正常了。」

「又是茶？」赫蘇嘟噥。

在他們腳下，樹林微微震動著。

「歡迎來到儂桑。」彼特說。

黑色的天空讓阿雷翰卓有點驚訝不安。天空像是揮灑了水墨一般，吸引人注視著緩慢淡化為其他美妙形狀的粼粼亮光。從水墨般的天空中透出一道深沉如漆的光線，光線上有著彷如由畫筆帶出的模糊線條，為其增添了明亮質感。儘管儂桑的世界除了紅橋外，只有黑白兩色，但是自然的存在感卻比其他地方更為強烈。樹木的皓白突顯出其骨幹，更絲毫未減整體美感。而在這個滿是植物的場景中央，矗立著薄霧國的霧之屋。屋子幾個門窗敞開迎著風，既無玻璃也無裝飾，屋子本身雖是正方形，這些門窗卻未對稱分布。以這種破碎的節奏自然地將景色框出獨有韻律；若讓目光不經意地掃過不同門窗，就能以最美妙的樂章將全景刻畫出來了；不過，要是問這兩個男人看到了什麼，他們可能只會說：一座不足以抵擋暴風雨的老亭子。霧之屋四周延伸出一條經過歲月洗禮而色彩斑駁的小徑。阿雷翰卓明白這棟建築物並非往日遺跡，而是代表著這段過去的精神象徵。「這是一段無始也無終的歲月，」在另一個感悟浮現心頭前，他這麼想著。

「這些線條真完美。」他高聲說道。同時心想：「這幢怪房子的比例分配還真是恰到好處。」

紅橋就赫然挺立在這片虛空的土地上。

橋拱被濃霧掩沒，顯露出一種前所未見的和諧。

「薄霧國的這座橋，就是自然和諧的橋。」彼特說，「它保留了精靈世界的所有元素，卻也同時呈現我們與人類世界的連結與整合。」

他停頓不語。

過一會兒，彼特再度說道：「你們會知道整個來龍去脈的，不過現在先別讓接待團等太久。」

事實上，有一群人正步出霧之屋朝他們走來。作為一位記述者，我必須如實寫下，阿雷翰卓和赫蘇此刻都目瞪口呆。眼看著一位女子和兩位男子，在四個既奇特又耀眼的生物陪同下，從一條黑色石子鋪成的道路走上前來迎接他們。稍後我們會描述那位女子帶給赫蘇的印象，不過在這個當下，他仍因為看見精靈在原生世界的模樣而情緒激動。他們的身形較人類高大，像是由幾種不同物種組合而成，每個物種的形象以芭蕾舞之姿緩慢地接續消融幻化。精靈接待團成員以一匹白馬為首，牠同時也具有人類和野豬形象，不斷接續地幻化成這三種形體。有著湖水般澄澈雙眼的金髮男子變身成雪白駿馬，接著鼻子又變形為冒著熱氣的大豬鼻，獠牙也長了出來，變作一頭土黃色的野豬，比阿雷翰卓在打獵時所看過的任何一頭野豬都還要美。這個生物臉上斷斷續續閃過古老河流的倒影，在薄霧來去間，他看見紅橋跨越在一條波光粼粼、岸邊野草叢生的河流上。精靈身上散發出的永恆芬芳氣息，讓阿雷翰卓油然生出最高敬意。同行的第二個生物，是一位褐髮男子，下一秒又幻化為灰色駿馬，他也讓阿雷翰卓心生同等敬意。他的外衣有著野兔毛皮的絕美光澤，最後幻化為有著絲滑細緻的米褐兩色毛皮，並輕輕顫動著的野兔。

「他們兩位是霧之屋守護者，以及委員會主席。」彼特說。

「這是什麼地方？竟然有如神祇般的領袖。」阿雷翰卓想。

「高等精靈通常會給人這種感覺。」彼特再度低聲說道。

在兩位薄霧國領袖後方，另外兩個精靈展現出細緻的人類外型，還有野馬皮毛光澤。至於他們的第三個形象，其中一個是松鼠，另一個則是白熊。儘管他們不致令人心生敬畏，但是對阿雷翰卓來說，和高等精靈相較，看似低一等級的精靈身上具有一種或許因為充滿純真而更顯動人的美。彼特邁步走下橋拱，阿雷翰卓與赫蘇隨行在後，兩人回過神來，訝異於自己已習慣墨黑色的天空了。當同行精靈踏上黑石路並開始變身時，他們看見所有精靈都有著人類與馬的本質，同時，彼特變成一隻前所未見、圓潤活潑、美極了的松鼠，然後再轉化為一匹有雙若有所思灰眸的栗色小馬。在他身旁，玻律斯也幻化成松鼠，馬居斯則變成一頭巨大棕熊。當他們回復人類外型時，一件奇特外衣正覆上他們的身軀。感覺是柔軟、有機的材質，波紋起伏，波動在精靈的人類外型現身時會消失。無法得知是由何種材料織就，不過它會隨身形調整，並保留原始毛皮光澤。赫蘇真想摸一摸那個光澤和身軀。

至於阿雷翰卓，他則是深受那條通往霧之屋的路吸引。寬敞、平坦，石子路面映照出下方山谷林木，好像小徑就在林蔭下似的。路的兩側並沒有樹木，但是石板顯露出樹枝在微風吹拂下的晃影，讓人感覺像是走在茂密的枝葉下。他抬腳踩上第一塊石板，也對於它堅硬礦石表面隱隱浮現的波紋感到驚訝。

「你們等等就會看到液態石頭。」再度變身成圓滾滾可愛松鼠模樣的彼特說道。

四個精靈身後，身著教士長袍的神父走在接待隊伍尾端。流露著高尚與真誠的臉龐，渾圓的大肚腩，說明他對地上事物的喜好。不論是一向不喜歡神父的阿雷翰卓，或是素來敬重神父的赫蘇，都立刻對他產生了好感。可見兩人從未在教會中見過這種同時有著悲傷靈魂與真正清明心靈的人，是會踏出腳步去探索未知世界而不假裝是為感召他人的神職人員。尤其是，他渾圓外型所遮掩不了的那對目光，是一個真正有過見識，並因而成長的男人所擁有的目光。他迎面走來，一手搭在另一個男人肩上，男子高䠷、俊美，與神父同齡，約莫六十來歲。據彼特所言，他是位畫家。男子對他們投以笑容，並散發一股源於自我解嘲與對他人的關懷尊重而生出的優雅氣息。他也博得了阿雷翰卓與赫蘇的好感。

那名年輕女子舉起手做了個歡迎的手勢。她雖然看來柔弱纖細，卻自然散發一股獨特威嚴。一頭與眼珠同顏色的棕髮，有些瘦，十分有教養，膚色金黃，雙唇有著鮮血般的紅潤色澤。她臉上透著從鼻梁向外呈同心圓分布的微細血管。有時候，血管顏色淡去，變得模糊，然後完全消失。接著，又緩緩閃動，線條再度清晰起來。突然間，她笑了笑。阿雷翰卓看見這是給克拉拉的微笑。

他轉過身看著克拉拉，為之屏息。克拉拉也對瑪利亞回以微笑。阿雷翰卓在這個笑容中看見兩人的友愛與慈悲，他的情感也因此變得更加強烈。現在，他知道自己必須在夜裡祈禱更久，但再也不是為了祈求死於榮耀，而是祈願這股激情的火焰不會因落入敵人手中而熄滅——我怎能忍受它殞落呢？他自問。不過，比起自己的感受，他更在乎的是這對克拉拉所代表的意義。於是，阿雷翰卓．德．葉培斯在他三十歲的這一年，心中首次萌生愛苗。無論對戰事的捨身投入，或是戰到流光最後一滴血的誓言，抑或對祖先世代傳承土地的效忠，甚至是路易的詩歌，或米奎．亞班尼茲的思想，這些都不曾如此清晰地為他指引出方向。他站在那群亡者面前時，以為自己離目標又更進了一步，卻總還是徒留一絲嘆息的回聲。這一刻，他似乎清楚看見，自己向來只想接受而不願付出，頓時一陣愧意浮上眉梢。在地窖時，當他覺得自己陷入愛情時就已經有過這樣的感受，這樣的愛情讓他激動不已。而克拉拉給瑪利亞的那個微笑，像是一陣猛烈暴風，將最後幾根讓他與先前生命連結的釘子徹底拔除。同時，就在他感受到付出的渴望時，這份渴望也一點一滴改變了他心中的每個角落。他現在明白了路易的教導，當我們理智上潑冷水試圖澆熄熱情愛慕之際，心緒卻因熱愛而澎湃激動。正是這份熱情愛慕，使得他即便無法說明克拉拉是否美麗，卻無損對她的憧憬。

人類與精靈組成的接待團在距離他們幾步之遙處停了下來。近距離目睹精靈的美簡直令人難以承受。這種美來自人與動物形象如同舞蹈般緩緩變形的完美結合，以及精靈們透過散發微光在空間中留下圖案來展現各種情緒的方式。無論是驕傲、悲傷、洩氣、仁慈、淘氣或勇敢無畏，都能在空中交織成一幅畫，抽象卻清晰易懂，讓他們的內心世界毫無保留地袒露在人們面前。阿雷翰卓看著彼特，十分驚訝文明世界裡的一隻嗜酒松鼠竟能在空中展現出猛烈的爆發力，並留下如此強大的流動刻痕。其中包含勇氣、帶著放蕩不羈的大而化之，還有天真、頑固，以及一股長年浸淫於古老智慧，卻又散發出年輕活力的氣息。正因為巧妙融合了輕盈與深邃，使得彼特雖只是低階精靈卻顯得高貴。

「到底是我在作夢，還是這些精靈真的把心思全寫在臉上？」赫蘇喃喃道。

隨後，兩人單膝跪地，迎接來自薄霧國的精靈與隨行的人類。

在彎下膝蓋的那一刻，赫蘇・羅卡莫拉感覺自己稍稍回到現實。膝下的石磧予人溫潤之感，而且他很喜歡有機體那輕微的顫動。最初幾分鐘讓他感受到一連串震撼——首先是無彩世界，接著褐髮女子現身，最後是精靈們的奇幻分身。他現在已經習慣了黑色天空與同時帶有三種形象的生物，便開始察覺到轉換世界所帶來的真正衝擊。

「歡迎來到儂桑。」瑪利亞開口。

瑪利亞的低沉嗓音，讓他憶起一段遙不可及的往事。不知何故，他回想起在戰事開打第二年時，和路易．阿瓦雷茲唯一的一次相遇。當時將士皆已筋疲力竭，一月嚴寒刺骨的氣候卻彷若永無止境，兩人有了一次簡短而獨特的相遇。談話終了時，路易為他吟誦了三句詩。或許有些人並不擅於文字，但是這並不表示不會有首詩一路穿越繁星追尋他們而來，從某個時刻起如影隨形成為他們往後每個光榮或飢饉時刻的忠實伴侶。這三句富涵文學性的詩文，原本絕無可能與赫蘇產生任何關係，但是，至少，他一下子就感受到共鳴。路易唸完這三句詩後，補充道：「這首詩很獨特，因為我是在作詩之前就已經知道了。」

「難道不都是先知道要作什麼詩才吟的嗎？」赫蘇問。

路易笑著答道：「如果你是個優秀的藝術家，或許吧。不過，如果你想當個詩人或戰士，就得接受自己的迷失。」

漫漫哀傷中
流動靈魂
我以雲朵覆身，睡去

這幾行詩將赫蘇帶入巨大的空白寂靜中。在寂靜的中心，一股感受緩緩產生，他無以名之，但是他在其中讀到了自己獲得救贖的宣言。接著，一切消逝。後來赫蘇偶爾會想起這三行詩，尤其是在他無法理解自己人生遭遇而感到絕望消沉之際。此時，一位臉上紋著暗沉靜脈線條的年輕女子站在他面前，那首詩宛若接收到她的熱情與哀傷而變得有血有肉。赫蘇，就跟我們所有人一樣，都是奇特的拼湊綜合體。與湖泊共度的童年時光，讓他相信生命是一場悲劇，而逃離漁村的決定則迫使他毫無怨尤地承受生命苦難。赫蘇是常上教會的基督徒，對於禱告的執著讓這個剛正不阿的男子顯得脆弱又高尚，也讓他得出結論，認為是背負在身上的十字架讓人們可以在犯下奸佞之行後，仍有權繼續活著。他不喊苦地背負著自己的十字架，對於一個有著悔恨和義務責任感的男人來說，這麼做甚至會有種令人驚訝的愉悅。除此之外，他還有一顆健全的心與活下去的渴望。若非如此，他早已被身上的沉重負擔壓垮。即使他可能不知道瑪利亞經歷過什麼，卻能夠看出那份苦楚以及悔恨。他認為童年時的湖水霧氣向上飄升到了這片墨黑天空，舒緩了兩人的苦痛；路易的詩則以某種方式解釋了兩人的相遇，也使他們命運相連。當然，作為一個既不善內省，也不善詩文的男人，他心中所想的並非那些字詞本身。毫不意外地，他最終將一切簡化為一個單純想法，並在其中投注畢生所願：我們一起受苦。

「我叫瑪利亞。」她再度開口。

她轉身面向同時也具有灰馬與野兔形象的男人，說道：「我受我父親，亦即薄霧國委員會主席之託，在此接待各位。」

「歡迎來到儂桑。」輪到委員會主席發言。

「歡迎來到儂桑。」同時具有白馬與野豬形象的男人說，「作為霧之屋守護者，我很榮幸能與各位會面。你們的到來不在我們的預料之中，但是葉培斯看來會在我們紅橋的歷史中占有一席之地。」

阿雷翰卓與赫蘇起身，注意到自己已經不覺得與一匹馬或一隻兔子對話有何奇怪之處。

「該如何稱呼你們？」阿雷翰卓問。

委員會主席微微笑。

「這是人類提出的第一個問題。」

他發出一連串輕柔的音調變化聲，不太像是某種旋律，而是有著古老河水流淌其中的混濁聲音。

「這就是我的名字。」他說。

他用同樣富音樂性與自然的語言和其他精靈交談，阿雷翰卓與赫蘇彷如受到一場夏雨洗禮。如此美妙，如此緊密融入景色中，以致此刻的儂桑讓他們感到一陣目眩神迷。

「不過，我們也喜歡人類的語言。」霧之屋守護者接著說道，「而且樂於借用人類的名字。你們可以叫我達荷。」

「索隆。」委員會主席說。

赫蘇已無心注意這兩位先後發言者，他只是逕自望著瑪利亞。在霧之屋守護者使用精靈語言時，他看見反射在石板上的那些大樹閃過瑪利亞雙瞳，明瞭她內心蘊含著看不見的樹林，有關樹林的記憶如此鮮活，以致時而幻化為影像。

「我跟你一樣都在貧乏的土地上長大，」她說，「不過我們可以在那裡見到許多非常美麗的樹木。」

她轉向畫家與神父，說道：「這裡就有兩位看過那些樹木的人。」

兩人向前對阿雷翰卓和赫蘇伸出手。

「亞力山卓・桑堤。」畫家道，「在我的家鄉義大利，大家都叫我山卓。」

神父突如其來行了個簡短的禮。

「馮斯瓦神父。」他開口道，「很開心我們的道路交會了。」

赫蘇畫了個十字聖號。

「神父，您是法國人嗎？」他問。

「沒錯。」神父回答。

「我們在天上嗎？」赫蘇接續問道。

馮斯瓦神父望向彼特，笑了。

「如果真是這樣，這些天使長得可夠怪的。」他說。語畢又再度正色。

「說真的，我搞不清這一切是真的，還是在作夢。」

「嗜酒的人都曉得現實就藏在阿瑪羅內酒的瓶底。」彼特說。

「我才是唯一能說出一瓶義大利葡萄酒的瓶底有些什麼的人。」亞力山卓宣告道。

「心醉神迷。」彼特說。

「還有悲劇。」畫家補充。

瑪利亞轉向大夥，朝霧之屋方向做了個邀請的手勢。

「以薄霧國委員會之名，」她說，「我邀請各位進屋一起享用茶水。」

她在達荀身前微微鞠躬後，便領頭走在儂桑小徑上。

§

儂桑。他們慢慢朝霧之屋前進時，發現下方山谷林木蔥鬱高大，在霧氣籠罩下不見邊界。位於岬角上的霧之屋由幾根柱子撐起，閃爍著晶瑩露珠的厚實苔蘚覆滿柱子。古老建築四周環繞著一條廊道，可以透過斑駁台階拾級而上。阿雷翰卓邁步其上時，感受到一陣短暫強烈的震動。他跟在達荀、索隆及瑪利亞身後走進屋裡。其他人也魚貫而入，由克拉拉與彼特殿後。從外面看來，建築物顯得窄小，然而阿雷翰卓與赫蘇卻很驚訝內部空間即便容納所有人也毫不擁擠，甚至相當寬敞。在離開廊道邁入室內時，他們感覺自己似乎跨越了某個隱形空間，現在，整個世界的聲音變得沉靜。古怪的是，這股沉靜對阿雷翰卓來說，似乎和山谷中的霧氣有相同本質，轉瞬消逝，但是其間又蘊含了深刻的生命氣息。環顧四周，透過將全景切割成不同片段的霧之屋門窗看出去，景色成了一幅又一幅的畫作。後方被一方小窗所限，只看得見紅橋前段橋拱；受限視野框出墨黑湖面上一抹紅色拋物線的抽象畫面。除此之外，眼前所見的全景之中還可以看到其他幾個小窗所顯露出樹木與薄霧生滅交替、循環不息的美景。每一縷霧氣的盤繞、每一次樹枝的隨風彎折、每一抹黝黑天空中的絢麗，持續展現極致之美。

白熊精靈為每個人分配好在霧之屋內席地而坐的位置。身為聚會召集者的達荷和索隆則面對面而坐。

「卡度斯，在此為您效力。」白熊精靈微微鞠躬說道。

另一名低階精靈在轉化為松鼠外型的同時說：「歐度斯。」

他補充：「我們是今天的助手。」

木地板毫無裝飾，上面只有一層不受任何步伐擾動的細緻銀粉。一陣微風吹拂，留下奇特的蔓藤花紋。唯一可見的裝飾，是在其中一面砂質牆壁上的淺色長條織物，上面用近似天空的顏色，書寫著如畫般美麗的神秘文字。雲霧之中兩行樹影中間，倚著山谷這面的牆壁邊靠著一張長凳，上面擺了幾個茶杯、茶壺、陶碗，還有一些抹刀與原木勺。幾個茶罐整齊排列在檯面下方。一旁，火盆上的鑄鐵壺嘶嘶作響。

整個空間中除了水沸騰的聲音與銀粉的舞動外，再也沒有其他動靜。卡度斯和歐度斯在每位賓客面前擺下兩個形狀大小各異的茶杯。接著，卡度斯遞給達荷一個茶壺、一只陶碗和一個茶罐。達荷從中取出某種易碎的褐色餅狀物分成小塊。歐度斯拿來茶壺，達荷在茶葉碎屑上淋第一回熱水，然後將初泡的茶湯倒入陶碗中。助手又遞來一勺熱水，他再像剛剛一樣澆到茶葉上。

突然間，霧之屋守護者發出一陣輕柔顫音，一切都改變了。儀式的力量讓在場的人感受到一股莊嚴與些許凝重的氛圍，直到眾人漸漸進入恍惚狀態，他們出了神，也得到成長的力量。在儂桑，精靈們雖然不脫與世無爭的模樣，然而他們的眼神卻訴說著對美與浮華世界的認知、對黑暗的確定，以及對榮耀那些飽受戰火之苦卻仍毅然挺立在天空下的生命的熱切渴望。隨著時間流逝，一個又一個帝國傾覆，生命消亡；然而些許崇高的精神仍暗藏於這災難的核心之中；該是需要嚴肅以對而非保持道貌岸然的時候了，不能再流於形式和苟且安樂來看待當前的嚴峻時刻。

反射在達荀臉上的銀色光線變得更深了。他體內有什麼被喚醒了。那是難以察覺的外貌變化，阿雷翰卓看著耀眼的達荀，心中卻想起了路易．阿瓦雷茲，路易矮小不起眼的外貌，在滿腔熱忱的照耀下卻顯得英俊偉岸，而在這樣的光輝中，他比殺手還要危險，此時眼前閃耀的達荀也變得更加危險了。他們是從何處汲取這股力量的呢？他自問。環顧四周，空無一物的霧之屋、以水墨寫下的未知文字、銀色粉末，還有若隱若現的樹林與霧氣，他自問自答：從美汲取而出的力量。

「還有，從熱誠信念而來，他這一路追尋的熱誠信念。」彼特在他左手邊小聲說道，「別忘了，我們也可以透過詩歌取得，甚至，更棒的是透過阿瑪羅內得到。」

索隆看了他一眼。彼特閉上嘴，不能自已地輕笑起來。

達荀在每位賓客的第一個茶杯內斟上茶水。回到原位時，他將茶杯高舉眼前，接著，出乎阿雷翰卓與赫蘇意料，把茶水倒入另一個杯中。兩人模仿他的連貫動作，最後再將空杯移到鼻子前嗅聞。

他們原以為會聞到絕無僅有的特殊香氣；沒想到兩人卻是被混合塵土與地窖的氣味淹沒。其中包含太多回憶與童年感官記憶，讓阿雷翰卓與赫蘇身歷其境地重新回到往日。地窖開啟了迷幻世界的大門，這是個四處都是苔蘚與藏身處的國度，置身其中無需移動就能旅行，也能盡情想像毫無阻礙，這裡也是灌木叢的國度、貯藏室的國度，夢想可以在此天馬行空任意轉化，這是個被無窮無盡的時間所祝福的國度，然而時間到了明天又會像從指尖逝去的流水一去不回。他們細細嗅聞茶香，希望能永遠停駐在這個瞬間。然而，空茶杯的魔法隨著過往歲月推移而闢出一條路徑。接著他們發現自己身在時間森林之中，他們看見自己已經不再是孩童。被滂沱大雨打溼了的樹木枝幹與地面，在雨過天青後散發熱氣，從土壤中飄散出潮溼小徑氣味，那是一種與他們青春時期的躁動相互呼應的大地蓬勃生命氣息。即使疲倦不堪，他們仍需前行、成長。男孩變成了男人，而他們原本追求永恆的信念亦已轉變為意識到邁向死亡的必然。然而，城堡裡，葉培斯將軍和他的少校探身靠近中庭雨過的那側窗邊，吸入從地表揚升，在抵達天空前輕拂兩人的青澀氣息。我們回到了過去，阿雷翰卓心想。這時，杯中氣味已完全消散，他也從透過往日時光看世界的恍惚狀態中逐漸醒來。

「我們習慣在飲茶前先有人吟詩。」索隆說。

阿雷翰卓想到從路易鬼魂那兒聽到的字句，某個久遠回憶也浮現腦海。

「我家鄉有首專門在葬禮時吟唱的歌曲。」他說，「那是埃斯特雷馬杜拉的一首古詩，是用一種現在已經沒有人會講的西班牙文寫成，村裡的婦女們曾為我家族的亡者吟唱過。」

像是突然通曉這種古語的意涵，他唸出最末兩句詩文。

讓收穫歸於生者，讓風暴歸於亡者
一切終歸虛空而美好

精靈們交頭接耳喃喃低語了好一陣子。

「這是今早有人在這裡寫下的詩句。」索隆說道，同時指向沙壁上的布條。「我們習慣在唸出詩句後才會寫下來，但是，今天有隻隱形的手搶先了一步。」

「我完全被弄糊塗了。」赫蘇說。他兩腿已發麻，還沒搞懂大夥講了半天到底要不要喝茶。

達苟微微一笑，放下空茶杯，捧起斟滿的另一只茶杯慢慢啜飲。茶湯滋味微妙，絲毫沒有方才聞到的塵土與地窖氣味。從中可以品嘗到白日的和煦與黃昏的閒適，喝下茶後，什麼也沒改變，眾人品著茶，世界安詳靜好。

幾秒鐘過去了。

阿雷翰卓瞇起眼。

霧之屋正中央，一只陶碗出現在他們面前。

它不規則的邊緣散發著一股刺眼強光。這個由陶土製成的碗，創作者刻意保留了粗胚質感，但是外型卻極為優雅。碗緣又高又直，沒有向外擴張的喇叭形開口，也不規則死板，上面斷斷續續刻著浮雕圖樣，碗緣就口的部分則些微扁平。碗身四處有些許霧銀色點綴，顯現出彷如古物的光澤，不知何故，看到的人心裡就是知道這只陶碗是前一天才製成的。如果有人問阿雷翰卓和赫蘇看到了些什麼，他們可能會答道：一只簡單的陶碗，即使他們心裡明白眼前凝望著的是時間之作，他們看見的並不僅是碗，而是它所引起的內在純粹感受。這是怎樣的藝術呀？既有著不完美的磨損，卻又使我們感覺謙遜與純淨，阿雷翰卓心想。美感被刻意包裹在缺陷裡，從這刻意營造的缺陷中省思我們所有存在的意義，即使最後我們僅剩依賴遺忘、土地與茶而生。

「我很久以前在夢中看過這只碗，」瑪利亞說，「就是它，一模一樣。」

「從霧之屋存在以來，記憶中，寫下詩後總會出現一只碗。」彼特說，「每只碗都美麗出眾，但是這一只卻有某種征服人心的特殊魅力。」

達荷依序將它拿到在座每個人面前。輪到阿雷翰卓飲用時，他彷彿可以感覺到克拉拉柔軟的唇瓣，那雙唇在他之前也輕觸了碗的同一個位置。他的舌頭品嘗到茶湯溫和清淡的滋味。

霧之屋守護者回到自己位置上。

所有人靜靜地等待著。

生命流動向前。生命各奔東西。生命慢慢成長，直到成為暴漲的洪水。在林中閃爍著的亮光是什麼？世界改變了，而他們什麼都再也看不見了。在他們內在，河水不停上漲，沖走了一些珍寶。是淺色的花朵嗎？還是黝黑水面上映照的星辰呢？

接著，河水上漲到幽暗陡峭河岸，在暴風雨的一陣閃電中，阿雷翰卓和赫蘇看見了薄霧國。

漫漫哀傷中
流動靈魂
我以雲朵覆身，睡去
讓收穫歸於生者，讓風暴歸於亡者
一切終歸虛空而美好

——《祈之卷》

他人

整個敘述的要義就是，一個走出自身悲傷的男人或女人去擁抱神魂顛倒的另一人，這中間所發生的故事。

在這段旅程中，亡者的吟唱、詩歌的慈悲，與對四卷書的體認都是必不可少的。

《祈之卷》。

《戰之卷》。

《繪之卷》。

還有第四卷書。由於擔心它受到誤解，及至目前敘述當下，我們暫時無法說出這卷書名。

這是幾個人在戰爭中體會到相遇所帶來的平和的故事。

文字

薄霧國裡使用好幾種語言。精靈間透過水流與微風的各種音調變化交流。曾在儂桑霧之屋停留過一段時間的精靈，也會說人間的所有語言。長久以來，他們都沒有書寫系統，然而，在書寫的渴望萌生時，他們從中選擇了某種特別的文字。

這有兩個原因。

第一個原因要歸於人類世界中某個如此書寫的國家。它和精靈國度一樣被空無環繞，位處霧氣繚繞的翻騰海洋中。完全與古代詩人的假想吻合，認為人類居住之地不過是被霧氣，或是一場大夢中的海水所圍繞的島嶼。

第二個則是較為根本的原因：這些文字不僅美麗，更讓我們從中看見蜻蜓舞動與蔓生野草的優美，還有餘燼圖樣所表現的高貴與暴風雨的強大漩渦。

我們因而將會瞭解到，自己之所以受到吸引，而在儂桑絲綢布料上書寫文字，是因為就算美、自然與夢不是我們念茲在茲的追尋目標，至少也會是我們日常的精神食糧。

我們所見之物

從他們的內在之眼望出去，精靈之地盡顯眼前。如同先前空杯香氣在阿雷翰卓與赫蘇心中開啟了過往之門一樣，茶水也轉化了他們腦海裡的空間，兩人看見不屬於他們的同一個景象，回復彩色的薄霧國景色在腦中流轉。

「有人在我的腦裡。」赫蘇自言自語。

天空或藍或金黃，樹叢閃耀著翠綠與黃褐，並混雜著橘色與紫紅，陶碗也覆上一層古老銅器的深綠色。然而，就在色彩的重現為阿雷翰卓和赫蘇帶來一股愉悅時，對墨色天空與蒼白林木的懷念卻也意外地一併湧現。

「但凡見過美的精髓者，看待世界的眼光將從此截然不同。」亞力山卓說，「我還在思考，我們的雙眼到底是因而變得更敏銳了，還是被灼傷了。」

「這些景象從哪兒來的？」赫蘇問，「我好像同時在這兒又在那兒。」

「是來自那杯茶，還有霧之屋守護者的儀式。」歐度斯答。「守護者能夠看見遠方的景象，並且跟我們分享。我們既一起在這裡，也跟他同在那裡。我們可以同時看見眼前事物與自身內在。」

「到目前為止，守護者都出身兩大名門，分別是野豬和野兔家族。他們擁有強大的冥想與預知力量。」索隆說道。「相對而言，低階的松鼠和熊族則較為靈活、行動敏捷。」

「松鼠和熊族比其他族群更善於戰鬥嗎？」赫蘇問，同時看著雙眼緊閉，似乎沒在聆聽這場對話的達荀。

「完全不是這樣的，」彼特說，「野豬和野兔是絕佳戰士。只是，他們並不容易受情感左右，要經過理性思考才會起而戰鬥，而松鼠一族則會受慷慨激昂的內心驅使而戰。」

「如果他們沒有忙著喝酒的話。」馬居斯說。

「那也是跟熊族一塊兒喝。」彼特補充道。

接著，他對阿雷翰卓說：「高階精靈是我們世界的貴族，但是貴族的定義和你們人類世界的理解不同。我人生中有一大段時光都是擔任灑掃者，但是我受到的敬重和霧之屋守護者並無不同。」

「灑掃者？」赫蘇道。

「是的，清掃苔蘚。」彼特答。

「那麼貴族都做些什麼呢？」赫蘇問。

「他必須為他人負責，」索隆答道，「他們肩負群體的重任。然而，從過去歷史中，我們也發現有某些松鼠的才智更勝野兔一族，也更能承擔足以壓垮好幾隻野豬的重擔。」

「我們可以從這裡看見宇宙間的任何角落嗎？」阿雷翰卓問。

「任何角落都沒問題。」索隆答，「如果你們願意好好觀看達荀現在要給你們看的，我會試著跟你們說說薄霧國的歷史。」

「或許，我們就可以瞭解自己在其中扮演的角色。」赫蘇說。

所有人安靜下來，看著內在心象所呈現出的新景色。

「卡次拉。」委員會主席索隆開口道。

到目前為止，樹木與薄霧的景象都帶著單調的優雅接連出現。此刻，這群賓客斷斷續續看見幾幢木屋、連綿重疊的高山剪影，甚至一些外型奇特的花園。隨後，視線穿破濃霧，緩緩停留在卡次拉上方。它是個被群山環繞的大城市，低矮房舍散落在應該要是山丘斜坡的側面上。然而，大家雖然盡可能要使眼前所見與往日認知協調一致，卻不得不接受顯而易見的事實：雪省首府，也是精靈國首都的卡次拉，它是憑空而立的，懸掛在霧氣的一側，就像其他城市沿山側而立一般。視線所及最遠處，可見起伏地勢與房舍有如施了魔法般巧妙平衡地立在層層霧氣上。整個世界漂浮於一層空中薄紗之上，一座大城就這麼憑空閃耀著，底下空無一物。這是人類從未見過的絕妙景致，霧氣繚繞的木造建築，就如同儂桑的事物一般，既樸實無華又完美無缺，這座城市漂浮在天空與薄霧間，漂浮在一處結合了神秘與雲霧的神聖之地。此處也跟儂桑一樣，有著灰色屋瓦的房舍四周圍繞著長廊，有些房子顯得狹仄，有些較大的則像是寺廟。其中有一棟特別引人注目的建築。它位在長方形前庭後方，庭埕覆滿白雪，雪花也隨意灑落在院中樹木的深色枝幹上。在這些枝條彎曲雜錯彷如老果樹般的冬日枝幹上，冒出些許細緻的粉色或紅色花朵，在淡色雄蕊四周有著鑲了腥紅色與白色滾邊的圓形花瓣。於是，血紅的花冠、黑色的樹木以及閃爍的白雪，這三者在美麗而寒冷的季節裡，就著素淨無華的光禿枝幹展現出彼此的愛戀，甚而讓枝椏化為摘花手，取下這一眼看去就能令人為之心醉的冬季花朵，讓人將花朵的嬌態盡收眼底。一陣吹拂而過的風掠過庭院中央，花瓣直至風靜才停止輕顫。接著，隨著花兒重現優美渦漩花紋，風以氣流為畫筆，為眼前景色畫龍點睛，化原先所見為不可勝收的美景。

「這些在雪中盛開的是什麼花？」阿雷翰卓問。

「李花。」克拉拉答，「是一種不結果，只在冬天散發香氣的花種。」

「這裡是薄霧國委員會總部。」彼特指向長形庭院後方的建築物說道，「也是我曾經擔任灑掃者的大圖書館所在地。白雪底下是一層美麗苔蘚，還有細沙小徑，以前我們每天都要清掃上面的落葉。」

「灑掃者冬天要做什麼呢？」赫蘇問。

「閱讀。」索隆說，「不過這部分的故事要晚點再說了。」

阿雷翰卓專注看著城區外的廣闊山谷。愈來愈遠處，隱身薄霧後方，可見幾個灰色屋頂懸在天邊。放眼所及，盡是一樣的雪景、一樣掛在光禿枝椏上的鮮紅花朵、一樣的峻嶺。從一座座相連的山峰、一片片屋瓦、一朵朵紅花，描繪出一幅原始儂桑色彩的圖畫，那是一場墨黑與血紅在黑暗與光明之間搬演的戲劇。所有的一切都漂浮在半空中，霧氣濃濃覆蓋，而世界面貌在接連不斷的畫面中閃現。

「有時候，霧氣選擇覆蓋整個世界，獨獨留下某根空蕩蕩的樹枝。」彼特說，「有時候，霧的範圍縮小，我們就能看見絕大部分的景物。但是，從來無法窺見全貌。」

「一切都是懸空的。」赫蘇自言自語。

「有些小島懸浮在霧裡。」索隆說。

歐度斯手持陶碗，一一為賓客斟上第二杯茶。阿雷翰卓十分訝異茶所呈現的新滋味，味道鮮明濃烈，白花香氣中帶有些許未知的香料氣味。

「我們的茶跟紅酒一樣，會慢慢釋放、轉化。」彼特說，「有特別年分的茶，也有陳放用的地窖。你們今天喝的是超過兩世紀的老茶。每嘗一口，你們都是在時光中、在石頭的秘密裡，以及土地的生命內前行。」

阿雷翰卓看了一眼原先寫著詩文的淺色布條，感覺上面的字句似乎有所不同了。有些字看起來像人物，有些則像樹木或花朵。他開始習慣這些奇特形狀，並從中辨認出些許片段的意義。只是，他的直覺一閃即逝，總在他以為自己就要理解的時候消逝無蹤。

不著痕跡地出現，就像布料的皺褶或是一道光線。是在他們四周嗎？還是就在他們裡面呢？前一秒，他們還是單獨出現的，現在卻是成群現身。當年頻繁造訪墓園時，年輕的阿雷翰卓聽到的亡者之聲像是從地底深處傳來的一聲回音，但是這一次，突然有很多聲音用他難以形容的方式出現在霧中。他不知怎麼描述，因為人類對於靈體的世界一無所知，對沒有軀體卻知道用無以名之的連結方式將各種感官意識結合的情況全然陌生。土地上的一切存有都在薄霧國中和諧共處，無需任何表示或言語，就可以互相感知、影響。

「霧氣是有生命的。」赫蘇嘆了一口氣說道。

「可以說，這些霧是讓所有生物共存的一股氣息。」彼特說。

「我們在霧之屋調節霧氣，透過調和的霧氣來確保我們的世界能永遠存續。」索隆說。

「我以為所有自然現象都是自我調節的。」赫蘇說。

「我們的存在是建立在得以承載一切的虛空，還有我們因應精靈群體所需而調整的滲透介質這兩者之上。薄霧是永恆的基質，不管我們的變化在人類眼中看起來有多緩慢，我們就是活在時間裡。我們靠著精靈世界裡的茶特質來轉化薄霧。它有著改變時間的強大力量，如果沒有這種力量，薄霧就不會有任何反應。我們啜飲茶水，而薄霧傾聽著我們。當薄霧傾聽我們時，我們就是一體的。」

「薄霧怎麼傾聽你們？」阿雷翰卓問。

「守護者接待薄霧，並向整個精靈群體傳遞信息。」索隆答，「茶賦予他接待薄霧的能力，同時也讓薄霧瞭解精靈的需求。」

「他接待薄霧？」阿雷翰卓問，「我以為是你們改變薄霧。」

「接待，這就已經是改變。」索隆說，「那甚至是改變現實的最高層次。然而，我們之中只有極少數的人可以達到薄霧的要求。不令人意外的，精靈史上前所未見的最強守護者在這場總體戰中奮而起身。若非達荀心懷慈悲，我們應該已經消失了。」

「他對薄霧的慈悲嗎？」阿雷翰卓問道。

「他對我們身為其中一分子的這個群體的慈悲，」索隆說，「萬事萬物都是相連、一體的。」

「不是所有東西都會轉化成它的對立面。」阿雷翰卓說，「活生生的生物就不會變成岩石。」

「的確，」索隆說，「但是他們可以聽見石頭的哀傷。」

他看著愣住不發一語的阿雷翰卓說道：「對世界的哀傷充耳不聞者，亦無法理解自身的哀傷。」

「這麼說來，我好奇您對人類有什麼看法。」阿雷翰卓說。

「你們大部分的人都聽不見石頭的聲音，也聽不見樹木或動物說的話，但我們彼此是兄弟手足，它們存在我們精靈體內，我們也活在它們之中，可是人類還是聽不到我們的聲音。」索隆說，「你們將大自然視為與其他生物共享的地方，但是對精靈而言，大自然卻是讓我們的各種生物分身存在的最重要因素，對這些生物而言，無論是現在、過去和未來，大自然都是最重要的。」

第二口茶開始起了作用，精靈們的存在感變得更加強烈。在阿雷翰卓與赫蘇內在，成千上萬的印象湧現，構成一幅紛雜的畫面——他們感覺自己像是垂直躍下林木蔥鬱的山谷，在一個又一個山峰間跳躍，直到被一根新生枝條承接住。不一會兒功夫，又變成氣喘吁吁地在未經開發、陽光幾乎無法穿透的濃密森林中奔跑。在地面上跑了許久，伴隨著腐葉氣味，感覺葉面下的汁液也在他們的血液中流淌而滿心歡愉。突然，一切亮了起來，他們來到一大片占地遼闊的密葉灌木叢上方，這些樹叢被修剪成平行的波浪狀。波浪形綠丘上，薄霧波紋與溝渠紋路相應和，並散發出那股阿雷翰卓在墓園與戰場上聞過的神聖香氣。他們已經在樹叢上方飛行了好些時間，精靈群體的存在感卻更趨強烈。他們未曾孤獨過，阿雷翰卓心想，就好像是他也能夠感受到群體中的每個陌生意識，即使不曾遇過這種情境，此刻他感覺到胸口彷彿被插進一根既熟悉又陌生的木樁。

「依拿利茶園。」克拉拉說。

他望向克拉拉，胸口的無形木樁宛若將他的心刺得淌出血來。

「這是讓離群索居之人感受到那些從未受孤獨所苦者存在時會有的作用。」她說道，「茶園帶來群體存在。」

「也就是說，茶就像是一種心靈感應藥？」赫蘇問。

「有兩種飲茶方式。」彼特說，「一般精靈的日常飲用能讓我們與彼此連結，使連繫更有生命力。另外一種則是霧之屋裡的特殊飲用法。使用的都是同一種茶，但是儂桑賦予它不同力量。」

達荀的內在視野改變了，大家看見一個潟湖，薄霧在上方畫出一條河道。一些沒有風帆的船受到不可見的力量驅使，在河道上緩緩漂流。這些船在彷若雲海般升騰的霧氣屏障間緩慢前進，就像是航行在霧裡。

「在不同大島間移動也是剛才所說的力量其中之一。」彼特說，「當航道開啟，薄霧變成流體，我們得以像是在河上般航行。天下太平時，霧氣閘門會在固定的時間啟動，但是霧之屋守護者可以任意更改時間。航行路線之戰是這場戰爭中最重要的其中一戰。我們持續介入調整路線以封鎖敵軍路徑。

「我看不到有任何人在划槳，也沒看見風帆。」赫蘇說。

「在我們的世界裡，一切都是透過意圖和內在視野來移動。」彼特說，「透過茶，守護者和助手們觀想目的地，再將目的地傳送給船上的人。」

景象再度切換，緩慢前行的船隻消失，被一座耐人尋味的花園取代。一個沒有花、沒有樹，也沒有泥土的地方，可以被稱作花園嗎？少了綠地所帶來的愉悅，一片圍起來的區域滿布沙石。有著平行波紋的沙灘上，幾個形狀大小各異的石頭象徵著孤立海中的山峰。與沙灘同一平面，聳立的石塊相連成為一列受到地表推擠或由時間鑿刻而成的迷你山脈。一切都是靜止的，但是我們可以聽見海浪聲；一切都是無生命的，但是我們感覺景色生氣勃勃。我無法想到世界上還有其他更平靜的地方了，阿雷翰卓心想，同時感覺寬慰，讓插著令人痛苦的木樁的胸口比較不那麼疼痛了。他轉向赫蘇，吃驚地看見他臉頰淌下一顆淚珠。

「石頭是流動的。」赫蘇以幾近懇求的聲音對他說道。

「什麼？」阿雷翰卓無法理解，問道。

他仔細觀察石頭，突然間，他也看見了。幾縷薄霧在花園上方飄盪，所經之處的石頭變得像是在流動一般：仍然保留相同外型，只是從花崗岩剛硬的材質轉變為有如熔岩般的水銀質地。四周的沙地在恢復原本堅硬的礦石特質前，化為了滿布寶石碎片的湖泊——石塊與砂礫不只代表山與水，也同時體現物質狀態的相互關連。赫蘇．羅卡莫拉在凝望著眼前景致時，重遊了他生命最初幾年的時光。

「我們就是一個不停變形的世界。」索隆說，「我們轉化成馬、地面上或天空中的動物，但是在過去，除了三種核心本質外，我們同時集所有物種為一身。」

「蒸氣變成固體、岩石變成液態，你們也會看到植物變成火。」彼特說，「這只有當我們置身霧氣裡才有可能發生。」

「這座花園叫什麼呢？」赫蘇問。

「天空花園。」彼特答。

「天空……」赫蘇喃喃道。

他的臉頰上淌落第二顆淚珠。

「所以，在天上，萬物都轉化為它的對立面。」他說。

「說是對立，其實它們是一體兩面，只是透過最極端的樣貌呈現。萬物都是源於同一種具有多重面向的物質。」索隆說。

石頭花園消失，另一個模糊形狀出現在地平面上。或許是一座階梯式城市，或是高聳雲堆，誰知道我們看見了什麼，阿雷翰卓心想。他們漸漸靠近，發現的確是一座有著許多木造房舍的城市，被地勢起伏、種著茶葉的山丘所環繞。不過，樹叢波浪沒有依拿利的那麼柔和，葉片也帶著灰冷色調。

「萊安，敵軍城市，四周圍繞灰茶茶園。」彼特說。

它跟卡次拉一樣幅員廣大，也有著一樣以廊道連通的建築、一樣的灰瓦屋頂、一樣長著紅花的樹木。在雪中呈現一樣的美麗，季節也一樣會在黑色枝條上詩意地更迭交替。儘管如此，景色卻令人感到不快。

「這裡沒有霧氣。」赫蘇嘆道。

「這裡不再有霧氣了。」索隆糾正道，「這裡曾經有精靈世界裡最美的霧氣，而且我知道的所有精靈無一不願為此榮耀奉獻生命。但是，萊安落入了敵人手中，成了你們現在所見的悲慘模樣。一切都僵固滿室，不留餘地。我們在裡面喘不過氣、失去了連結。我們沒有辦法呼吸，精靈群體也四分五裂。」

他們對著已然沒落的城市，想像著它昔日的光輝。此時，阿雷翰卓再次感覺到自己的生命突然起了轉變。為了要在田野間成為亡者代言人而加諸在自己身上的紀律、長久以來即便在友情的包圍下仍揮之不去的孤獨、他那座遭到謀殺與詩歌禁錮的城堡、戰爭與伴隨而來的可鄙事物，最終，過往的種種都順著一條不知名的河流遠去，那道河水源源不絕地沖刷著他心中的碎片殘骸。如果說僅有黑與白的儂桑讓他感覺熟悉，如果說陶碗的樸實無華讓他心蕩神馳，這是因為兩者都讓他看見自己生命赤裸裸的骨架；透過感受到身旁精靈族群若有似無的魔力，精靈居所的薄霧為他獻上另一條通道——當他深入內心，並接納自身貧乏之時，同時也領受到與他人交會的滿足。是精靈的存在為他帶來安慰、療癒了他沉浸在哀傷中的心，還是他對克拉拉的愛讓他有了敞開心胸、接受事實的機會呢？儘管我提出這個疑問，但是答案並不重要，強大的力量其實蘊含於內在的想像力，它可以使我們振作或凋萎，因為活著，只是不被擊垮地持續向自己述說動人故事罷了。對阿雷翰卓而言，精靈群體的存在相較於往日所承受的苦痛是更有力的良方，而克拉拉的微笑讓他徹底變成不一樣的人。插在心房上的木樁被扯下，隨著流水而逝。

赫蘇也凝望著敵人的城市。透過薄霧的力量，他的信仰有了新的面向。願這薄霧驅動的氣流將石頭變成水，就如水也會將石頭化為他救贖的信差一般。流體岩石可以將羞恥轉變為榮耀，將背叛轉變為奉獻，也將入地獄的審判轉為救贖，然而這一連串的轉化需要空無的赤裸。此外，我們知道羅卡莫拉少校即使不善語言，卻仍是個僅需三句詩文就足以端正其品行的靈魂，我們也毫不意外他會沉浸在流體岩石所帶來的恩典中。毫不諱言地，我對這兩名男子有著特殊情感，因此我想補充說明，這位年輕的葉培斯將軍與他的羅卡莫拉少校受到苦難可以化為虔誠的新希望所驅使，剛剛踏上了一條人類極少走過的道路。走在這條由空無的呼吸氣息所描繪出來的道路上，糾纏我們的一切雜亂煩憂也隨之一掃而空。然而，不應該只在自我中體驗到這條道路，更要在周遭發現它，屏除一切外在紛雜之後，真實的美便油然而生，就如同濃霧掩沒的世界中一枝獨秀的枝椏，抑或比冬季樹木更光禿無華的陶碗所呈現出來的樸質。

「這首新的詩句在說什麼？」阿雷翰卓問克拉拉。

「我看不懂他們的文字。」她看著淡色布條說道。

「最終結盟。」彼特轉向墨跡微微閃現的牆壁說。

短暫遲疑片刻，他補充：「分裂是一種病態。我們的生存方式與唯一的生存機會必須牢牢結合在一起。這也是為什麼我們將這場仗的賭注放在新的結盟上。」

他向索隆投以詢問眼神。

「我們晚點再談預言。」委員會主席說。

彼特閉上嘴，阿雷翰卓接著說道：「所以你們直到嚥下最後一口氣為止都必須喝茶。」

精靈領袖索隆長嘆一口氣。

「這就是這場戰爭的關鍵所在。」他回答，「你們看看萊安茶園的顏色。如灰燼般的顏色來自貴腐菌作用，是一種天然的樹葉腐蝕過程。只要溼度符合條件，黴菌就會在茶樹上生長。你們的葡萄酒也是透過類似的東西釀成絕佳美酒，不是嗎？只是，這種菌在我們這兒造成災難性的後果，而且很遺憾，我們沒能早點瞭解。然而，這樣的盲目其實就跟其他一切一樣，都是灰茶的力量所導致。」

「災難性？」阿雷翰卓問，「目前為止，我們就只看到它能夠醒酒，還有為人類打開通往精靈世界的門。」

「這只是一些比較令人喜愛的次要作用。」索隆說，「敵人是藉由灰茶的力量建造了他們的橋和霧之屋，而且長期將它們隱藏起來。」

達荀拉高他所呈現的景象高度，讓他們看見在城市另一頭萊安的橋和霧之屋。構造與儂桑的相似，唯一不同是木材被金箔包覆。橋拱弧度一樣，也和紅橋一樣地優雅。這裡的霧之屋同樣有著不規則的開口及古老長廊，但是只有萊安仍然受到薄霧籠罩。面對眼前金碧輝煌的景象，所有人心底卻深深籠罩著一股不和諧感，覺得抑鬱沉重。

「通道是由灰茶的力量創造出來的。」彼特說，「艾略斯也是透過它來引導戰事，並加速薄霧消亡，同時又表現出嘗試拯救它的模樣。別忘了，敵人力量的關鍵在於比世界上任何一種武器都還要易於製造的物質。」

眾人一陣沉默。

「正因如此，我們才做出了義無反顧的決定。」索隆說。

景象消失。達荷睜開雙眼，阿雷翰卓感到一陣揪心。他無來由地想起很久以前赫蘇說過的話。當晚兩人作戰完在一小塊林蔭地上閒聊時，他說，最優秀的謀略家會是那個勇於直視死亡，並從死亡之中看見無需憂懼失去的人。

達荷點點頭。

「我們會摧毀這些茶園，」他說，「全部的茶園，一塊不留，就在明日拂曉之際。」

誰知道我們看見了什麼

——《繪之卷》

茶

精靈似乎很喜歡詩歌而從不寫故事。那些與世和諧共存的精靈並不擔心想像力所創造出來的作品，畢竟茶也能達到跟酒和人類虛幻小説一樣的功效，都可以將群體扎根在這片土地上，以及生存其中的成員心中。

我們能夠想像沒有寓言、小説、傳奇的生活嗎？必須得要永無止境地承受做自己的重擔，覺知與幻夢間緊密無隙，沒有任何方法可以逃離真實，它既赤裸卻也偉大，允許我們幸福地生活在萬物深刻本質的光輝中。

然而，當精靈發現自己的世界開始衰敗，新的解決方法於焉誕生。如此一來，無庸置疑，萊安也會嘗試新的對抗方式，不過，有些精靈認為茶與酒的結合或許可以拯救他們免於滅亡。

空

傳說一切都生於空無，某天一筆畫過，就此分隔了天與地。

詩歌是大地、空無與天空的完美平衡，而殺戮則源於忘卻詩歌。

外出遠行時應該要輕騎簡從，古時的詩人如是說。人類受到多少重擔纏身！願儂桑的薄霧賜福他們！

創世紀

一八〇〇～一九三八

序言

記敘故事是一件奇妙的事。在人類與精靈世界史上最殘暴戰爭的第六年，就在一場偉大戰役前夕，我們面臨西方人僅有的兩個重大時代轉捩點之一，我必須另闢蹊徑繼續故事。就像大地總在退潮後才更顯遼闊，歷史與寓言也需要一些海潮的漲落——如此一來，在潮水改變方向之時，一個普通貝殼顯露，只有它能夠涵納整個宇宙。它是我們的眼、我們的耳，是我們的感知與智慧，讓我們可以在暗夜中求取光明。

就在接近一個半世紀前，我們的貝殼就在政權大浪潮退潮時被遺留了下來。

致生者
一八〇〇

極少有精靈和彼特一樣其貌不揚，也極少有精靈如他一般擁有輝煌閃耀的命運。不過，他原本的命運應該是要像他出身的森林與樸實松鼠家族一樣黯淡無光。在卡次拉東部，有個由暗黑森林所形成、群山滿布層疊交錯松樹的林區，枝葉叢生在歪曲枝幹頂端，如同一把遮陽傘，傘面所展現的優雅美麗令人泫然欲泣。大自然使它們茂密生長，並如同揀擇擺放寶石的珠寶盒般，逐一精挑細選安放在山岩上的位置。同時，又將一切覆以薄霧，空無中浮現一片景色，是形似飄逸字跡的松樹矗立於山巔的風光。暗黑森林深受欣賞美景的精靈族群喜愛，它沐浴在高海拔霧氣的莊嚴裡，日升日落的光輝照耀在每根枝椏與起伏的每簇葉叢上。此地的壯麗景色在精靈的口耳相傳下，從一個山頭傳到另一個山頭，而彼特就在低訴著私語與詩意的暮色晨光中慢慢長大。順著山脊稜線延伸出廣大空間，其間，松樹的彎曲線條在金色天空下閃耀著。

有數不盡的山可以讓我們讚嘆不已，但是沒有任何一座可以和此地相提並論。命運注定要以令人望了為之屏息的方式讓這些高山緊密相連，此刻眼前所見是一片雲海，眾人看到一大塊有著立體雕刻的物體位於雲海之上。某些時刻，單一山巔浮現，鑲嵌在頂端的樹木在霧氣裊裊的虛空中盡顯精巧花紋。其他時刻，則是完整山脈浮現於上，呈現出綿延山稜線條。然而，占據目光的並非不斷重複的山巒起伏，而是它們如同懸在跟山一樣厚實的湧動雲霧泡沫上，松樹則現身其中給上輕巧一吻。當我們深深沉浸於彷若隱藏著所有造物奧秘的景色之中，我們所遇見的，其實是自我；我們看見自己彷如置身翻天覆地的暴風雨之中的山岳，風雨過後又沉澱於自身覺知中心；這就是不遠千里從各地來到暗黑森林的精靈所追尋的，他們長途跋涉就為了要在清早親臨神秘景象現場。日後，當他們再次想起，會記得在這兒看到的堅硬岩石是圓滑可親的，然而它處所見的卻比刀刃更尖銳，眼前也會重新浮現暗黑森林景致、如絲綢般柔美的霧氣，還有那塊物體的美，好像一切都源於他們的內在風景。

居住在卡次拉的精靈很合理地以松鼠、熊、鷹等族群為主，陡峭地勢與高海拔都不足以使他們恐懼。這些村莊看起來像是在空中被搬動過後才擺上高原；接著，一切都被覆蓋，然後重現，如此循環不休。同時，精靈世界整體的一切在此都放大了百倍，因為凸出於天際的巨大物體使得霧氣在廣袤土地上形成同樣巨大的深谷，身處其中伸手不見五指。在那兒，當我們站上怡葉山的山頂，望向地平面僅見一團霧氣上漂浮著三個尖頂，接著，會有十數個尖頂在頃刻間冒出頭來，讓我們感覺恍如重生了一次。從虛空中長出的山稜，陡然懸在一片空無中；透過虛空的力量，靈魂與岩石在存在之巔翩翩跳起雙人舞，一曲舞罷則隨之重歸原本的空無；如同玩著捉迷藏的生死循環不休，也賦予山岳前所未有的意識形式。

當時還不叫彼特的彼特，就是出生並成長於這樣的地方。他始終對山區與破曉詩意懷抱著一股真摯情感。在周遭同伴的愛與濃霧庇佑下長大的他，在生命的頭幾十年間擁有滿滿的喜悅與愛。遠離塵囂與世間激情，松鼠一族建立了自己的和樂家庭。他們不寫詩，但是樂於品味其他族群的詩作，他們雖然熱愛飛行的速度，卻也能夠長時間靜止不動。就算他們力行簡約樸素，卻也懂得享受豐盛饗宴。即使居住地離卡次拉較遠，但是受到委員會徵召時總不落人後。總之，所居土地的特質似乎也顯露在他們身上：和暗黑森林一樣隱蔽幽暗，和群山一樣崇高莊嚴，他們在樹木與峭壁之巔平靜漫步，不受到玄學兩難問題或無關的欲望所苦。

儘管生活於如斯美好的環境，彼特的青少年時期卻可說萬分艱辛。他在諸多親戚裡顯得格格不入。精靈外型通常是相似的：他們的人類化身俊美而高傲，馬的化身則高貴且血統純正，至於第三種動物形象也具有絕佳的身形比例。坦白說，彼特與這些標準相差了十萬八千里遠。他長得比其他兄弟矮小，也較胖，到了青春期甚至長出一顆當地前所未見的小肚腩，且年復一年愈發渾圓，你無法在他身上見到其他同類的精緻特徵，而只有圓滾滾的臉龐。不過，他的雙眸的確是暗黑森林中最為出眾的。他的母親最終說服自己，彼特最值得驕傲的就是那對銀色眸子。實際上，不僅是眼睛本身，他的眼神尤其動人。圓潤面容與若有所思的雙瞳形成強烈對比，不管是誰看了，都會不由自主地喜歡上他。彼特是薄霧國中唯一其貌不揚的精靈，卻生來就有著能夠激發同伴愛慕之情的獨特天賦。不過，大家總是亦步亦趨地跟著他可不只是因為喜歡他，而是想要保護他，免得彼特一個人出門時出了危及性命的意外。薄霧國裡從沒有過手腳這麼笨拙的精靈：他有次卡在兩塊岩石間差點弄斷尾巴，這可是暗黑森林史上頭一遭。他被迫以松鼠外型卡在原地直到尾巴完全康復（同時，還得以榛果果腹，以一隻松鼠來說，他不怎麼喜歡榛果也是怪事一樁。不過，這倒也分散了他的注意力，減輕被壓扁的尾巴所帶來痛苦）。不得不提，來拯救他的精靈們在確定他沒有受重傷、放下心來後，個個一邊忙著搬石頭，一邊無法克制地大笑出聲。這件事發生的前三天，彼特還差點喪命，他那時正打算變身成馬，卻又做了個松鼠的跳躍，好在厚厚的一層新生松針救了他，最終以不怎麼優雅的姿勢降落在上面。最經典的是，他也會毫無來由地被自己的尾巴絆倒。因為踩到自己的尾巴而跌倒！對精靈來說，這簡直就跟變身成一只鍋子一樣令人難以置信。總之，在一連串事件後，大家摸不著頭緒，只得出一個不容置疑的結論：彼特真是衰事連連，不過，他的幸運星也總會出手相救。

當然，他的外表和笨拙也只是冰山一角。隱藏其下的是彼特與眾不同的本質與性情，他對於有關山的一切，它的生生不息與諸多令人驚嘆的美景，全都無動於衷。剛邁向一百歲的那天早晨，他悶悶不樂地凝望著被松樹林覆蓋的碧綠山巔，對自己說他再也無法在這排山倒海的枯燥乏味中活下去了。彼特身旁有兩個忠實的同伴，一隻可愛迷人的松鼠，還有一頭大棕熊，他們身上有著彼特天生所缺乏的優雅、強大的生命力。他轉身朝兩位靜靜沉醉在欣賞眼前景色的同伴宣布道：

「我再也受不了了，我得要離開這裡。」

「你要去哪裡？」棕熊將自己從壯麗景色中抽離。

「我要去卡次拉。」彼特說。

「你上路不到十分鐘就會丟掉小命的。」另外一隻松鼠提醒道，「就算逃過與生俱來的厄運，你也會搞錯航道的。」

「不管去哪裡，」彼特頑固地說，「我不想像棵老松樹一樣，終其一生就待在同一個山頂、從未看過世界一眼。」

「但是世界就在你之內，」棕熊說，「在你所遇見的每一棵松樹、每一座山巔、每一塊岩石內。」

彼特嘆了一口氣。

「我覺得好無聊，」他說，「我快無聊死了。在下次歌詠暮色詩時，我會很樂意化身成馬縱身躍入虛空。」

這時，一串如竹子般柔韌、如小溪般清澈的音調從遠方傳來，翻譯成人類語言約略意思如下：

薄霧輕拂暗黑森林綠松吾友

暮色中低語

「好了，」棕熊伸出一隻前掌，搭上雙手正抱著頭，悲傷地搖晃著的彼特肩膀，「不要這樣折磨自己。所有問題都有解決方法的。」

解決之道正是彼特剛剛說的。他必須離開這裡。跨越百歲讓他隱隱感受到一股召喚，再也無法抑制。翌日，他就在兩個夥伴的陪同下離開了暗黑森林，偷偷摸摸地不讓前一晚還將他安頓在樹上的母親知曉，後者完全不知彼特打算前往卡次拉。

「我們陪你到首都，」他的朋友說，「然後再回來。不管怎麼說，都不能不護送你一程就把你丟到外面的世界。」

§

如果有哪段旅程稱得上是史詩壯遊，這絕對是其中之一。若非有兩位守護天使——我們可以在他們身上認出未來的玻律斯和馬居斯——幾乎是毋庸置疑地，彼特早已迷途或喪命上百次了。彼特除了心不在焉、笨手笨腳外，還對旅行有著狂熱的愛好。他從未像這樣呼吸過，前所未有。自從離開之後，暗黑森林對他而言才顯得如此珍貴，他也更能接收、瞭解隱藏的訊息。

離鄉背井像是種顯影劑，將他一生徒勞無功地凝望著的景象顯露出來，並透過鄉愁的魔力賦予意義。他重新看見怡葉山，還有它直指天際的峰尖，胸口一陣揪心，既甜美又令人心碎。他十分驚訝，竟然需要離開才能在綻放出生命奧妙的友情細細叮嚀中，感覺到他的松林裡每一塊岩石與每一根松針的完整圓滿。他們離開暗黑森林範圍四天後的某一刻，一股強烈且令人痛苦的懊悔使得他停在半路，對於心頭湧現有如被齧咬般騷動所帶來的狂喜感到混亂。他們剛剛踏上南方邊境區的邊界，那是一小片寒冷平原，霧氣在此地如同海鷗掠過河面般流動著。這是進入航道的最後一站。因為已經走到土地盡頭，他們接下來必須請擺渡人幫忙。一行人已經試著繞過山脈矗立其上的霧氣深壑好些時間，但是眼下就快要沒有路了。所有人都興奮地想著他們就要第一次越過閘門。他們從沒離開過家，而玻律斯和馬居斯必須承認這趟出遊讓他們十分欣喜。然而，現在彼特呆站在路中央，雖然疲累卻又興高采烈，對周遭一切視而不見，甚至連自己踩到一條龍的舌頭也毫不自知。

這是薄霧國最小的航道之一，因為南方邊境和暗黑森林是人口最為稀少的地區。然而，水道抵達港灣時，前方卻有著不可思議的奇景。黑色大地緩慢地開展於帶狀霧氣間，大地的盡頭聳立著一座由霧氣形成的大山，山尖直指高不可測的天空。此情此景讓所有指標與度量方法都失去作用，只剩下一種無邊無際的感受，讓人領受視覺比例盈滿到無以復加的境地。

「誰知道我們看見了什麼。」彼特喃喃道。他剛從無邊的沉思中回過神來，準備進入深邃的河道，一時間分不清什麼是真實，什麼是瘋狂。

他們在海岬尖端的沙嘴看見其他受到航海召喚的旅人，正在渡船歇憩小屋喝茶等候。一隻還不到二十歲的小水獺精靈忙著為旅人服務。彼特什麼也不想喝，就癱坐在椅子上，完全沒碰那杯茶——這實在太可惜了，因為南方邊境海灣的茶是以特殊方法泡製，好讓接下來的海上航行輕鬆些。

目前一切風平浪靜。耳邊是海鷗啼叫聲，眼前是瞬息萬變的霧氣，還有黑色大地與他們的朝聖之路。旅人們坐在高聳廣袤的天空下平靜地閒談著。與宇宙共存的精靈生活，與寬闊無垠世界的結合，使得精靈族群時刻都能保持輕鬆。只有人類才需要一本正經，因為他們在日常生活中如此渺小，所以在某些情況下得裝模作樣讓自己更顯高尚，以達到少見的靈魂高度。然而，精靈素來就高貴偉大，因為他們尊崇整體合一的存在，對他們來說，特意嚴肅或放鬆都是不必要的。正因如此，在等待航道開啟的時間中，每個精靈都只是靜靜地坐在壯闊景色前啜茶。從歇憩小屋的門窗望出去，是如同動人畫作般交融一片的潟湖與天空。不過，今天下午有著晚秋的溫煦宜人天氣，於是所有精靈都坐在長廊上盡情享受天地交融的美景。

南方邊境航道一天開啟兩次，一次是每天剛破曉之時，另一次則是傍晚五點左右。然後，緩慢航行大約四個鐘頭後，會抵達聖灰省首府——哈那塞。到了哈那塞後，還需要通過另一道閘門才會抵達卡次拉。五點將至之際，大夥看見年輕水獺精靈的父親現身，他也是擺渡人，由身上皮毛如海浪般波光粼粼的馬，幻化為一隻有著不可思議氣勢的水獺。他的人類外型看起來像是保留了輪廓，卻由不同物質組成，是流動的，被一種像是水面下朦朧模糊的光線照亮。是因為生活在荒涼的南方邊境嗎？在這兒，土地變成了沙灘，天空變成了海洋。他的樣貌顯現出本質的融合、最原初的波動，透過它，我們不再是物體，而是流動——誰知道我們看見了什麼，彼特再次出現這個念頭，同時仍在懊惱剛剛試著進入霧流時的失誤，他垂頭喪氣地站在同伴們被撲得東倒西歪的河道邊。

「啊，該死！」他嘟噥道。

現下，河道已經開啟。別忘了一切都是從儂桑進行操控的。而在儂桑則是從霧之屋裡，透過霧之屋守護者和薄霧所達成的協定來控制一切。當時的霧之屋守護者是一隻野豬精靈，已掌管此職務三百多年，對他所處世界裡的所有河流瞭若指掌。因此，一切都以無懈可擊的和諧步調流暢地運作著；河道開啟，到目前為止已上升到天空高度的薄霧開始盤旋纏繞，接著又攤平如一方流動的毯子，雲霧間出現眾多停泊在木頭船塢旁的小渡船；最後，一切穩定下來，所有精靈順著霧氣，一一跟在擺渡者後方行走。彼特還沉浸在不切實際的空想，以及遭到精靈群體排擠在外的悶悶不樂之中，他只心不在焉地跟著大夥行動。其實，如果想明白上船步驟，他先前就應該喝下歇腳小屋的茶。少了那杯茶，他無法和其他人一樣收到指令，也就出錯連連：本來應該待在船塢中央，眼睛專注往下看，讓他的小船靠向右線，但他卻微微朝左側偏移，同時還心情鬱悶地時不時對霧氣投以不快的目光。

一股突如其來的暈眩把他拋到船塢上方。猶如從地獄發出的巨大猛烈聲響引得所有人回頭看，擺渡人也不可置信地倒抽了一口氣。不過，就在玻律斯和馬居斯什麼話都還來不及說的當下，擺渡人精靈囑咐他們不要輕舉妄動，同時在霧中呼叫。

「別怕！」他對兩人說。

片刻間，全場一片靜默。旅人們一邊小心避免暈眩，一邊注視著剛剛那個可憐鬼消失的地方。過了好長一段時間，大夥看見河道表面出現一道漩渦，彼特緩緩地浮升到霧氣上方，他被困在一張大網裡，網子四角由四隻銀色海豚的尾鰭勾著。處於松鼠外型的彼特因尾巴被卡在網目中而無法變形，他臉上的驚慌神情與巨大海豚的愉悅優雅形成強烈對比，害得玻律斯和馬居斯雖然想使勁憋住，最終仍爆笑出聲。彼特的臉塞在一個圈圈裡，青一塊紫一塊，可憐地淌著水。他全身的毛都溼透了，像是個光禿禿的可憐小東西等著要烤火烘乾。海豚降低網子高度，也帶他來到一塊堅固木頭上方。筋疲力盡又困窘不堪的彼特順著繩索下滑，一邊發出渦輪機般的聲音大口喘氣。

「就算這行幹了五百年，我打死也沒想過會遇到這種事。」擺渡人帶著人跌倒時會有的驚慌訝異表情評論道。

「不過，你們還是有準備網子呀！」馬居斯提醒道。

「那是用來網撈行李的，」水獺精靈答，「如果船隻太晃或風太大時可以使用。可是，這回居然是用來打撈一隻精靈！」

彼特還是像頭抹香鯨般喘著氣。

「謝謝了，我的朋友。」他上氣不接下氣地向海豚說道。

其中一隻海豚向他游近，抬起銀色鼻尖，向空中發出一串尖銳琶音後，便游回來處。

「薄霧海豚。」玻律斯低語道，「我有聽說過，但是親眼看見牠們又是另一回事了！」

「霧氣裡存在著龐大的不同族群。」擺渡人說，「我最好的朋友也都在那兒。」

接著，他又對彼特說：「或許你也注定結交奇特的朋友。」

彼特本想回答，但是他的一隻腳掌卡進船塢的兩片木板間，正試著不動聲色地把它拔出來，但是反而讓他做出各種滑稽的動作，讓玻律斯和馬居斯又大笑出聲。最後，他終於成功了，一口氣站起身，接著把有千年歷史的木條拔了出來。

擺渡人目瞪口呆地望著他。

過了一會兒，他開口道：「好了，現在可以出發了。」

馬居斯和玻律斯陪著他們渾身溼答答的朋友一起登上了船。每艘船六人，共有四艘。擺渡人也登上彼特一行人的船，除此之外還有一對鹿精靈。霧氣拍打著船身，發出輕微拍擊聲，剛剛才出了些意外的彼特還在調整呼吸。從墜落後到馳援的海豚出現前的那幾秒，他並沒有覺得焦慮。河道中的霧氣有著融合了空氣與水的質地。具有液體承載力，但是也能在其中呼吸。兼具水與氣的特質，讓他彷如回到生物同時活在海中與陸地上的時代，生命是輕盈的，由氧氣、陽光與水構成。

「我們生活在大氣中。」當他這麼想著的時候，擺渡人正閉起雙眼，船隊同時啟航。

他嘆口氣，期待好好休息。不過，他還在想著奇特的朋友，以及宇宙的流動，這也是情有可原。霧氣中出現彷若由技法巧妙的畫家所抹上的黯淡虹彩，在那兒添一筆亮色，在這兒用幾層暗色油墨漸層渲染。有時，霧氣突然流向天際，然後聚攏成一大片像是鑲了流蘇的烏雲。接著，一切又再度變得清朗，在暴風雨後的明亮光線中，彷彿有隻畫筆將世界一分為二，地平線清晰可見。通常，彼特見到這類宇宙畫作的展現都會很開心，因為他用和其他同類不同的眼光觀看宇宙之美：當同類滿心浸淫於美之外時，他總覺得那個美召喚著其他東西，但到底是什麼呢？他卻是一點頭緒也沒有。常常，當他凝望著滿布難以形容的松樹的山巔時，他會看見樹木散發一種波動，那股波動亟欲向外流出，在每首暮色詩歌裡都在空中微微振動著，但是正因為它們身上缺少了什麼，波動隨後又消散。他感覺，自己身上也缺少這個東西。如果說在詩中有這麼一點神秘騷動，他感覺與之分離的外在世界，卻又與詩文和諧一致。他無法覺得滿足，像是被剝奪了可以使他活出狂喜的媒介。

因此，他原以為能夠從這次的航行中獲得喘息，讓他可以重新成為自己。最初幾分鐘似乎沒有令人失望。但是，已經有好一會兒，他覺得小船搖晃得非常厲害，甚至開始覺得噁心想吐。

「你也會噁心想吐嗎？」他對著玻律斯小聲說道。

「沒啊。」對方驚訝地回答。

接著，洩氣地說：「你不會是暈霧吧？」

「暈什麼？」彼特問，心中警鈴大作。

玻律斯驚恐地看著他。

「暈霧。因為移動而感覺噁心頭暈。你有喝歇腳屋的茶嗎？正常來說應該不會這樣。」

「沒有，我沒喝。」彼特說。他真的開始擔心了。「我那時沒有心情飲茶。」

「發生什麼事了？」馬居斯一邊靠近兩人一邊問道，「你們怎麼嘰嘰喳喳像在密謀些什麼壞事？」

「他沒喝茶。」玻律斯沮喪地說道，「他當時沒心情喝。」

馬居斯望著彼特。

「我真不敢相信。」他最後終於吐出這句話。

既惱怒又滿懷同情，他問：「你現在覺得怎麼樣？」

「糟透了。」彼特說。他分不清到底是噁心的感覺，還是每況愈下的情勢更折磨人。

情況愈來愈糟，幾個小時前離開現在才開始喜歡上的松樹林時，彼特狼吞虎嚥了一些香草醬（向來是他的最愛），還有南方邊境疆界地帶出產的紅豔鮮甜小莓果（這水果足以讓他瘋狂）。這些食物讓他昏昏沉沉的不太舒服，也讓最後一段航程相當痛苦。現在不是睡覺的時候，因為所有的香草醬、紅莓，還有前幾餐殘留的越橘果泥等，都爭先恐後地想逃出他的肚子。彼特焦慮地環顧四周，看不到任何看似可以容納這些食物的地方。

「不會吧，你該不會要吐了？」馬居斯惱怒地低聲嘶吼。

「你說呢？」彼特費盡力氣地吐出一句話，「我還能怎麼辦？」

他嘔到皮毛都出現一抹奇特的綠了。

「別吐在船裡，拜託。」玻律斯說。

「尤其別在霧裡。」馬居斯說。

他雖然同情卻也沮喪地嘆了口氣。

「把你的衣服脫下來。」他說，「不管你要做什麼，都在那裡面搞定。」

「我的衣服？」彼特不滿地說。

「看你是要維持松鼠或馬的形體都行，但是把衣服脫下來，盡量不要發出聲音。」馬居斯回答。

彼特原本還想反駁幾句，但是看來突然改變了心意，他的同伴也跟著意識到命中注定的那一刻就要來臨。變身人形的彼特害羞地轉過身，脫下衣物，露出美麗渾圓的白色屁股，上頭布滿如繁星般的點點雀斑。接下來發生的事注定要在薄霧國中流傳千古，因為這在精靈間可是前所未見、聞所未聞。

精靈從不會暴飲暴食而危害身體的平衡，也就鮮少嘔吐，所以這件事本身就令人震驚。不過這件事情過後，你們就會知道松鼠們是眾精靈中行事最莽撞粗魯的一群。結局就是，在彼特發出第一聲解放的嘔吐聲時，船上其他三個不知情的人紛紛驚恐地回頭望。

「發生什麼事了？」擺渡人問道。於此同時，彼特正以驚天動地的可怕聲響將殘羹剩飯給吐出來。

「他暈霧。」玻律斯答。

「對不起。」彼特在兩股香草醬奔流的空檔勉強說道。

擺渡人和鹿精靈驚愕地看著他。

「他沒喝歇腳屋的茶嗎？」擺渡人又問。

沒有人回答。有那麼一刻，我們可以看見擺渡人正逐一拼湊相關線索，然後凝望著完成的圖案，最終瞭解到他是在跟一個瘋子打交道。此刻，彼特剛經歷最後一波彷若無止境的痙攣正稍微放鬆下來，擺渡人爆出足以撼動整條船、穿破鹿精靈耳膜的大笑。隨後，他慢慢正色斂容，端詳著眼前臉色慘白、抓緊自己衣服的松鼠，說道：「我的朋友，我很確定你的未來會相當有意思。」

我們都知道，他說得沒錯。不過，在這個當下，整趟行程已經變成一場惡夢，彼特的胃幾十年來不曾這樣空空如也，他只能吐出一點苦膽汁，還有弄髒衣服的滿腹羞愧。

「我才不會殺了你，」馬居斯對他說，「這會讓你太快解脫了。」

不過彼特用可憐兮兮的眼神看著他，讓他心軟了下來。

「希望你至少學到了一點教訓。」他最後嘆道。

玻律斯的態度倒是正面得多。

「我從沒看過精靈吐。」他興致盎然地說，「看起來真的糟透了。」

船隻繼續緩緩前進，晃動讓彼特噁心想吐。船上其他精靈則細細品味著在霧中航行的滋味。擺渡人閉上眼，與儂桑同心協力使船隻平穩前行。每個精靈無需經過學習也知道此刻是祈禱的時候。他們浸淫在濃霧繚繞的虛空裡，與世界上其他生命緊密相連，霧氣變為承載訊息的縷縷蒸氣，之後又化為水、空氣、山巒、樹木與岩石，船上的旅人們如此沉浸在對宇宙偉大融合的感動中。我們也是這般敬唸祈禱文，不需要任何宗教儀式就能唱誦讚歌，它無關敬拜，就如我所理解的祈禱，指的其實是熱愛生命。小船破霧而行，生命輕柔地自我內化，每個人都為自己當下存在的奧秘深感震撼，久久不能自已。

航程接近尾聲。河道開始在船隻後方縮減閉合，同時可以看見岸邊出現與南方邊境類似的船塢。

「你第一個下船，然後直直往前走。」擺渡人在船隻靠岸時對彼特說。「這裡沒有海豚，只有一些潛水人，他們可不會想在河道正要關閉的時候跳下水。」

彼特認真地遵照指示，飛快朝河岸跳去，一上岸就氣喘吁吁地倒下，還來不及看清他們抵達的地方。

他們面前是哈那塞，高踞在由霧氣構成的山巔上，濃霧使得城市看來逼近天際。在這片景致中，一層灰色微粒從以樹木與石頭打造的花園飄浮上來，這些微粒的形狀顯得較小而圓。

「哈那塞。」擺渡人說。

所有人在河岸上靜止不動，一語不發。他依照儀節，接著補充道：「生者重擔歸於亡者。」

一行人停在原地，靜靜地在心中向比他們更早來到此地的先人致敬。

生者重擔歸於亡者
奇特友誼則屬生者

——《祈之卷》

灰

灰燼是物質與幻夢的交界，世界在它消逝的瞬間變得可為人所見。

祈

《祈之卷》是四卷書中最古老的嗎？有些人認為在《祈之卷》出現之前必得先有戰爭的殘暴。然而，就那些大片雲彩與樹木氣息會與之對話的人而言，他們知道第一縷氣息正是初次的祈禱，因為沒有人能夠在體內獲得珍貴的空氣菁華之前就上場戰鬥。

猶如輕滑入兩片深沉烏雲的白日，猶如在薄霧中輕嘆的黑夜。詩人如是寫道。使生命勃發的氣息就是仰仗著這世界的休養生息——這令人們欣喜若狂的歡愉，這令宇宙歡迎他們進入仙境的魔法，都是最初始禱告的逐字原文。在此無形的憂懼中，透過在大氣中生者與亡者交織融合的氣息，人們明白歷代父祖曾經的浴血戰鬥與他們為這世界所留下的圖畫。

萊安的一朵鳶尾花
一八〇〇

哈那塞，聖灰省首府，薄霧國第二大聖地。

「我記得，在我們學到四大聖地的那年，你塞下一堆黑醋栗後，就在教室後面昏睡打呼嚕了。」玻律斯說。

「啊，沒錯，四大聖地。」彼特依稀陷入滿是吃飽等消化和午睡的舊時回憶中。

他們上路了。夜幕低垂，山坡上燃起點點亮光。彼特，一心只想著舒適的床和可以果腹的食物，這條筆直通向城市的路對他來說顯得單調乏味。

「四大聖地。」彼特低聲道，他邊打瞌睡，邊被自己的的尾巴絆住。

馬居斯在他身後嘆了口氣。

「噢！四大聖地！」彼特重複說道，並猛然停下腳步，「哈那塞，聖灰省首府。」

「恭喜答對！」馬居斯拍了他一把說。

「我是說，我現在想起來了。不過，上這堂課時我應該都在睡覺。」彼特說，對於剛剛腦子的運作機制感覺興味盎然，更開始懷疑自己的笨手笨腳和分心或許也是某種天賦。

此刻，夜晚薄霧以一種懶洋洋的姿態，沿著狹窄道路兩旁盤旋低語；儘管夜色已濃重到看不見眼前任何樹木，小徑仍籠罩在繁茂枝葉錯落的陰影下，從看不見的枝椏上掉落的輕透蜻蜓翅膀，則使得他們夜間路程閃閃發光。

「哈那塞小徑的通透性遠近馳名，」擺渡人來到彼特身旁說道，「大家甚至認為比儂桑還美。不論如何，兩者的共通點就是都擁有來自起源的記憶。」

「起源？」彼特重複道，腦子裡正想著其他事。

他頭痛欲裂，一切又變得渾沌不清。

「樹木的記憶。」擺渡人有些困惑地看著他說。

「那跟起源的關係是？」彼特出於禮貌低聲問道。

擺渡人停下腳步站在路中央。

「什麼意思，跟起源的關係？」他問。

「對不起，我剛剛有點心不在焉。」彼特說，立即拋開思緒。他還是什麼都沒搞懂，但也不想惹麻煩。

擺渡人再次邁開步伐。

「在我們這個時代，有些人已經遺忘了起源。」他滿腔憤怒與悲傷地說，「不會有好結局的。」

「你就行行好到明天之前都閉上嘴，可以嗎？」馬居斯嘟囔道。

「我在想其他事。」彼特答道，「我頭很暈，肚子又空空如也。」

「他在想吃的。」馬居斯轉身對玻律斯說。

「而且，」彼特說，「什麼樹木的記憶、松針的低語、世界的氣息，我已經在暗黑森林受夠了，別再來了。」

玻律斯敲了他後腦勺一下。

「閉上你的嘴。」他說，「我不想聽你說這些大不敬的話。」

彼特埋怨地揉著自己的腦袋。

「到底這個死人城是怎麼一回事？如果有人可以告訴我，我或許會閉嘴。」

玻律斯嘆口氣，走到隊伍前方找擺渡人。

「您可以告訴我們這時間有哪家茶館還開著嗎？」他問道。

「我帶你們去，」擺渡人邊說邊苦惱地望了彼特一眼。「你們也可以在那兒住一晚。」

但在片刻安靜後，他咧嘴露出大大的笑容，像是從一隻耳朵裂開到另一隻耳朵似的：「至少跟他在一起絕對不會無聊。」

他們即將抵達哈那塞城門口。一條條狹窄道路向上延伸通往山頂，一行人沿著廣大的花園行走，避開籠罩城市的灰色粉塵。圍牆內非常昏暗，只能勉強辨識出樹木和石頭的形狀，其他還有一些形狀較圓的物體，外表像是包裹了一層灰燼亮片。彼特已忘卻自己的飢腸轆轆和頭疼，靜靜地跟著同伴，被城裡絕無僅有的氛圍吸引。他們在路上與一群在塵絮造成的朦朧光暈中閒步的精靈擦肩而過。道路兩旁有著美麗房舍，木造長廊上擺設著矮桌和舒適靠枕。

「朝聖者之家。」擺渡人伸手指向其中一間向玻律斯說道，「你們其實也可以在那兒住上一晚。不過，我猜你們的朋友需要更好一點的體驗。」

走到城市最頂端，他們停步在一棟被夜色掩沒的房舍前。門右側的小木板上，只看得出茶的符號。

「哈那塞歷史最悠久的茶館。」擺渡人說。

「希望他們還有空位。」馬居斯說，「我已經累壞了。」

「茶葉的流量是由儂桑控制。」擺渡人說，「不會沒位子的。」

他親切地鞠了個躬。

「就這樣，我先告辭了。」

他轉向彼特，嘲諷中帶著善意地說：「祝你好運了，我的朋友。」

留在原地的三人面面相覷。

「要敲門嗎？」玻律斯問道。

「還是你想唱首小夜曲？」彼特幽默地回嘴。

他肚子又餓了起來，頭也隱隱作痛。舉起手，正準備要敲門。

他的手還沒落下，門卻已經靜悄悄向側邊滑開，飄散著灌木叢和鳶尾花香氣的門廊躍然眼前。泥地上三塊剛用清水沖洗過的大石板邀請著他們走進昏暗不明的光線中。入口處盡頭是架高的木地板，連接到一個沒有門板、掛著兩片短門簾的進出口，上頭一樣印著茶的符號。那符號是用一種我們的主人翁們陌生風格的書法寫成，不過如果你們想知道的話，我倒是可以告訴你們，因為這樣才能完整表達當下的美：那符號是以狂草的風格寫就，看來就像在敬邀他們入內。水有如淺溪的潺潺溪水流過他們的赤足下。右側凹室裡燃著一柱香，潮溼水氣與腐植土壤的味道沖淡了它的氣味，他們認出自己被鳶尾花和苔蘚的香氣環繞。

「我最愛鳶尾花了。」彼特喃喃自語（他不僅有好胃口，也有嗅覺靈敏的鼻子）。

他們在木地板邊緣坐下把腳晾乾。接著，走向開口處，彎下身來，穿過門簾。

面前是一道長廊，走道兩側有幾扇關著的拉門，四周傳來雨水打在石頭上的沉悶溫和聲響，屋子裡卻十分乾爽，就只有聲音。然而，深沉的雨聲卻滲透他們內心的角落，令人想落淚。他們沿著走廊前行，直到去路被擋在另一個印著同樣符號的門簾前。簾後一片幽暗。玻律斯第一個彎下身穿過門簾，馬居斯和彼特聽到他從遠處傳來的喊叫聲。

「我敢打賭，到了另一頭一定會掉進深不見底的漩渦。」彼特嘀咕著。

「我很驚訝你竟然知道漩渦這個詞。」馬居斯道。

門簾後是一間暗室，彼特覺得自己的感官彷彿暫時失去作用，接著眼前的景象讓玻律斯不禁驚呼。

他們身處通往花園的平台。月已高升，照亮眼前世界，伴著石燈籠座裡點著的火光。與地板齊平處放著三個陶碗，像是早就等著他們到來。花園就在後方鋪展開來。水蜿蜒流淌最終注入池塘，靜止不動的水面上映照著闇黑天色，以及冬季裡光禿禿的杜鵑樹，枝條互不相讓地狂亂伸展，帶來比夏季怒放花朵更令人愉悅的視覺饗宴。池塘四周圍繞著刻劃了平行紋路的沙灘。一株優美的竹子聳立於沙地溝紋上，有些地方可以看見它的葉片，三顆隆起的石塊則為這片由砂礫所譜成的篇章標上逗號。更遠處，月光灑落在楓樹上，如飄逸飾線般流動。然而，這座花園雖美，美的本質卻非來自其間的自然元素：池塘一隅，柔細灰霧自青銅淺盆底部噴射而出，如同夜蛾般在夜色中翩翩飛向天際。

「是骨灰罈。」彼特低語道。

「是骨灰罈。」女人的聲音讓所有人動作一致地轉過頭，看見一匹雪白母馬外型的精靈正朝他們親切地微笑著。

她變形為野兔，月光灑落身上，閃耀著銀白晶亮的七彩虹光。當她終於變為人形，所有人再也無法將視線從她超越時空的容貌上移開。彷若灑上一層白雪般的細膩珍珠光澤，永恆不朽的美，以及細緻的皮膚紋理，讓彼特感覺踏入了一個偉大、未知的世界。

「擺渡人請我們今晚接待大家。」她說。

接著，她轉向彼特道：「如果您願意將上衣交給我的話，我們會把它洗乾淨。」

他臉紅透了。

「您之後就可以比較舒服地用人形喝茶。」她說。

隨後又補充道：「擺渡人似乎很喜歡您。」

彼特困窘地遞出髒兮兮的衣服後，她就消失在簾子後方了。

玻律斯和馬居斯冷笑地看著他。

「豪奢的清潔服務。」玻律斯嘲弄地說道。

「你竟然把嘔吐物拿給全宇宙最美麗的生物。」馬居斯說。

「我又不是故意的。」彼特哀怨地說。

「那更糟，」玻律斯說，「這表示以後還有可能再發生。」

三人靜靜凝望著花園。有人在小溪流的河床上擺放了一些石塊，以創造最美妙的旋律，讓所有景色在這協奏曲中擺動。彼特向來對這類活動興趣缺缺，諸如茶道、花藝，還有陶藝、詩歌等，都是年輕精靈常年在彷若漫無止境的歲月裡必須接受的教育。每次上藝術課他總覺得雙腿發麻，唯一值得安慰的就是能夠接觸到他所熱愛的花卉。可惜，絕大部分時間，在邊吟詠茶詩，邊把花插入瓶中之前，他只能眼睜睜看著一朵可憐的牡丹花在花莖上緩緩凋零。每一次他試著練習，其實也就是胡亂在花材中揀選時，老師總是一臉悲痛地搖著頭，喃喃吐出某些空泛理由後，就把花從他手中拿走。

「你為歌詠三朵紅豔山茶花的詩選了白色鬱金香，」玻律斯對他說，「你好歹也花點力氣讀一讀詩吧？」

「如果可以吃就好了。」彼特嘆口氣道。

他倒是真的有偷偷嘗過一些，因為他可不只愛花的香氣，也愛它們的滋味，而且熟知所有可食用的品種。我請大家不要小看彼特的行徑有多荒誕：精靈鮮少食用花朵或葉片，當然也不碰任何動物，因為前者是生命的源頭，後者則如同兄弟手足。吃這樣的食物，對他們來說就像是生吞活剝自己存在的源頭，更糟的是像在吃掉自己。彼特一直以來都偷偷地維持這個惡習。酢漿草、紫羅蘭，還有旱金蓮，是他最鍾愛的三種花。不過站在種於自家房子四周一整片茂盛的犬薔薇前，他倒也不挑嘴，反正他母親除了黑色花刺上的花冠以外，也注意不到其他更細微的東西了。彼特懼怕母親更勝世上任何人，所以在偷摘時更是小心翼翼。不過，他從來沒被逮到過。彼特在自己不感興趣的領域裡顯得笨手笨腳，但是當欲望甦醒時，他可是比印第安蘇族人還要精明狡猾又神出鬼沒。

這一次，彼特卻受到溪流魅力感動。夜色漸深，他內心裡有什麼放慢了速度。一片細灰飄落在掌心，他好奇地觀看著。

「沒人知道我們看到的是誰。」野兔精靈出聲說道，同時也把他嚇了一跳。

他繼續看著如此輕盈卻又蘊含力量，若有似無的粉塵。

「這是我們的亡者？」他問道。

她將衣服遞還給彼特。

「這是我們的亡者？」她回應道。

彼特不捨地放手讓細灰隨風揚去，接過上衣，穿上衣服的同時變身成人形。

「您是高階精靈。」馬居斯說。「這是我們第一次遇到貴府的女性代表。」

她用手勢邀請三人坐在三個空碗前。「高階精靈，」彼特想著，「難怪在她肩上有種肉眼看不見的重擔，周身更散發著來自隱藏的世界的香氣。我在尋找的或許就是這個。」

「這並不是您在尋找的東西。」她說道。「您的未來在他方，不過我無法看見。這些日子薄霧裡出現某些怪象，我們因此對前所未見的情況特別留意。或許您是這幅正在拼湊起來的奇特拼圖中的某片圖案。」

玻律斯和馬居斯謹遵自己所受的良好教育，不流露出任何冒犯人的神情。彼特雖然有些受寵若驚，卻也感到疑惑。

「拼圖？」他滿腹好奇地問道。

「委員會昨天剛針對薄霧出現問題的數個省分發布新的警訊。」她說。

「有波及哈那塞嗎？」玻律斯問道。

「如各位在鬧門處所見，我們的薄霧仍完整無缺。」她答。

她臉上閃現一抹陰鬱。

「如果有一天它們也受到波及，我們就得跟這個世界永別了。」

她以右手優雅地做了個手勢。

「不過，目前這只是夜深人靜時偶然會想到的隱憂罷了。」

他們看見眼前的碗已斟滿了跟黃銅淺盤盤身一樣閃爍著光彩的金黃色茶水。

「輪到你們其中一個人選花吟詩了。」她說。

馬居斯一臉嘲諷地看著彼特。

「拼圖先生想要向過往的勤學時光致敬嗎？」他問道。

出乎意料地，拼圖先生還真有意如此。是因為當下的詭異情況，還是他空空如也的胃袋，又或者是輕拂而過的灰燼呢？他感覺過往學習時光的空虛彷彿迎面撞上這一刻所代表的懸崖而碎裂了，並從崖壁上長出顫動的花朵。

「我選鳶尾花。」他說。

一朵鳶尾花浮現碗底，比你們一般常在花園裡看到的還要小一些，白色花瓣上點綴著淺藍斑點，紫色花心中點綴著橘黃色的雄蕊。

「萊安的鳶尾花。」她說，「主要生長於黑霧省一帶，不過我們這兒也有一些。在不同世界的傳說中，鳶尾花都象徵著信使，是傳遞訊息之花。」

「不同世界的傳說？」彼特問，「哪些世界？」

「精靈世界與人類世界。」她答道，「我研究了人類世界的花語，其實跟我們的很相近。」

「您到過人類世界？」彼特說。

「不，」她答，「我們只能從儂桑看見人類世界，不過我以前是精靈委員會的園藝組成員，閒暇時，我總愛到圖書館閱讀有關人類和花的書。」

「人類真的存在嗎？」馬居斯問，「不是傳說？」

「傳說？」她驚訝問道。

「很難相信只能在腦中想像的事物真的存在。」馬居斯說。

「存在並非是某種可變動的資料數據。」她說，「真實，就是渴望與信念、生與死，還有夢與花，所萌生暨融合之處。一棵樹、一個精靈、一個音符，或是夜裡的幻夢，這一切都源於相同物質，並在同一個宇宙中開展。」

她話音剛落，彼特心中突然湧現一首詩，並唸了出來：

任務與王國

存於年邁老婦之心

萊安鳶尾

玻律斯和馬居斯吃驚地望著他，而接待三人的女子則閉上雙眼冥想了一會兒。

「我無法看到這篇詩文召喚的所有事物。」她說，「其中有生者，有亡者，也有奇特友誼。」

「我看見……我看見一些奇怪景象。」彼特說。

他試著捉住一些如水般流動的影像。

「有個關於其他世界的傳聞。」他困惑地喃喃道。

她若有所思地看著彼特。片刻過後，她做出儀式中的邀請手勢，雙掌指尖相對置於地板上，身體向指尖方向彎身朝拜。他們也向她點頭回禮，並將碗高舉向天。接著，他們飲下茶水。月光閃耀，穿透粉塵透出銀色亮光。茶湯先是帶點黏土混合著石灰的味道，又轉變為塵土與大地的氣味。

「我從沒喝過類似的東西。」彼特說。

「這是上千年的老茶。」她說。

「上千年？」馬居斯輕語道，「我們怎麼有這樣的榮幸？」

「是因為擺渡人和儂桑。」她說。

「我不知道一個普通的擺渡人居然就能要求儂桑給三個陌生旅人奉上千年好茶。」玻律斯說。

「普通的擺渡人？連結南方邊境和聖灰省之間的水道，是精靈世界最古老的渠道之一。」她說，「向來都只有最傑出的精靈才能被授予這個重任。而且，水獺是低階精靈中獨特的一群，能夠引發薄霧最令人驚異的特質。」

「為什麼會這樣？」彼特問。

「如果你們願意再喝點茶，很快就會明白了。」她說。

三人又再啜飲了一口。由於南方邊境茶湯作用還持續著，玻律斯和馬居斯從抵達哈那塞河岸起便不斷聽到遠方傳來的亡者絮語，其中又混雜著生者的騷亂聲。第一口千年之茶為他們開出一條道路，通向他們對各個層面未曾感受過的同理心，並將沉悶回音轉化為微弱的嘈雜聲，而第二口茶則在當下將這些聲音轉變為鬧哄哄的交響曲。相較之下，彼特早在起點閘門前就喝光了水瓶裡從暗黑森林帶來的最後一滴水，也因此已經有好長一段時間沒有吃下薄霧裡的任何食物，第一口茶沒有產生任何奇蹟，但是第二口茶所帶來的衝擊卻更為強烈，他由衷感謝上天好在此刻自己胃裡空空如也。你們得知道哈那塞的亡者之音聽起來如何，他們的吟唱並未傳遞任何訊息，就只是與空氣中飄浮的灰塵相結合罷了——過往存在就在這如雪般的粉末中稀釋淡化，將現實轉化為一首含糊不清的音樂，飄盪的單調樂曲流進每個精靈心中，也流入音樂本身，消融了個人疆界，擴展超越肉眼可見的世界，將世界變為流動場域，生者與亡者同在其中轉化。

「我覺得好像在游泳。」彼特緊緊捧著自己的碗，好不容易吐出了一句話。

「這是灰燼教導我們學會的事。」她說。「我們將一切都混在同一空氣裡。會想吐是因為您沒有過渡，就直接從有限意識轉換到合一觀點。」

「也是因為這樣才有被浸沒的感覺嗎？」彼特問。

「凡事都是透過浸淫在霧氣裡的方式與其他的一切接觸。是透過霧氣，我們得以合一、轉化，而不迷失，生與死也是透過霧氣融合。千年之茶只是讓這樣的流動性變得更易於察覺。」

過了一會兒，她補充道：「水獺悠遊在陸地與水的交界處，並生活在共享的記憶中心。」

一張滿布皺紋的長者面容飄過彼特腦海，隨後消逝。

「人類跟我們有一樣的外表嗎？」他問道，「我好像看見了詩文中的老婦。」

「我也看見了。」她說，「您顯然注定要有些奇特的際遇。」

「就只是個畫面罷了。」彼特說。

她未做任何回應。

「鬧道會保留消失樹木的記憶嗎？」彼特問。

「所有生者中，樹木最能體現這些變換的現實。」她說，「它們是起源，以及所有事物轉化的固定向量。水道的穿透性就是來自早已死去多年的樹木，它們的存在無法透過肉眼得見，然而就像灰燼一樣，仍用另一種形式與我們共存。」

他們靜思了好一會兒這個超越死亡的穿透性。

「如果我們不再有意識，共存又是什麼意思呢？」玻律斯問。

「就是我們出生前與死亡後的東西。」她說，「一個承諾與一個回憶。」

「對生者來說。」他說。

「對生者來說。」她說。「逝者就是我們被委以照顧之責的大群體中的族群之一，回應他們的召喚也就是我們所說關照亡者的生命。」

「回應召喚？」彼特問，「這就是高階精靈所做的事嗎？」

「有些人生來就是要承擔其他生命的重擔。」她說，「這就是我們的王國與任務，我們的職責就是在死亡管理者所在的領土上為他們賦予生命，也讓他們接到命定傳承的使命。你們今天飲下了千年之茶，這份永恆與責任也將落到你們身上。」

花園裡月光晶亮閃耀。浸淫其中的感受愈發深刻。他們喝下第三口及最後一口茶。儘管彼特對玄奧事物不太感興趣，卻還是讓自己沉浸在合一的平和中，並思考這些應該是由無底的骨灰罈轉接過來的灰燼究竟是從哪兒來的。葬禮時會火化死去精靈的軀體，但是他從來不知道這些灰燼會被運送到哈那塞。大家會在死者最愛的山巔灑出骨灰，這些灰燼從此消失無蹤。

「沒有什麼東西會就此消失無蹤的。」接待他們的女子說。「骨灰透過薄霧送到這裡。無底骨灰罈就是永恆的痕跡，穿越永恆後，重返生者世界合而為一。」

「那麼，亡者還活著囉？」玻律斯問。

「不是的，」她笑著說道，「他們死了。」

彼特微笑起來。毫無疑問，這趟旅程愈來愈有意思了。他不再反胃想吐，第二口茶所帶來的衝擊也已經消融在第三口茶湯中。他懶洋洋地悠遊著，聽見亡者的喧鬧聲，但就跟他對自己森林裡的暮色詠詩一樣，沒有特別關心在意。從女子因聽見他問亡者是否還活著時發笑那刻起，彼特更堅定自己對玄妙事物興趣缺缺。不過，他也心想，「我聽亡者的吟唱，比我感覺生者的存在更清晰。」

她站起身。

「床已經鋪好了。」她說。

不過，就在離開前，她對彼特說：「到卡次拉後，您去委員會圖書館，說是狂草的朋友。」

「狂草？」他一臉吃驚地重複。

「那是我們組織的名字。」她說。

三人深深一鞠躬，無法用語言表達方才經歷的一切。

「我們實在不知道該如何感謝您，請原諒我們的無禮。」馬居斯終於開口說道。

「真正的旅程現在才要開始。」她說。

她伸手指向花園深處。

「你們的休息區在另一頭。」

說完就離開了。

§

他們靜靜地看了一會兒眼前的景象。一片雲駐留在月暈上，世界的節奏也慢了下來。骨灰粉末以漩渦狀緩慢上升到天際，溪流旋律漸弱，照在楓葉上的光線也不再閃爍。死者詠歌則有了不同的音量和音色，變得低且沉。「多麼平靜呀，就這麼突然之間，」彼特想著，感覺受到一股安然歇息的氛圍包覆。

「走吧？」玻律斯問。

沒有任何清晰可見的路通到花園另一邊，他們只能走在沙地上。但是，儘管雙腳有下陷的感覺，他們的腳步卻絲毫沒有擾亂沙上的線條。隨著向前邁進，距離彷彿拉長了一倍，所有楓樹也一齊後退、放大。花園裡籠罩著一股更精細奧妙的不同氛圍，讓所有想法更顯清晰。感官變得更敏銳，讓穿越花園的過程化成了一趟旅程。「但是，這趟旅程會引導我們走向哪兒呢？」彼特自問，「還是走向誰？」

突然間，他瞭解到自己正走在朝向某個人的道路上，每往前一步都讓他們的相遇更近了一些，他來到此地就是為了這個她。

終於，他們抵達花園深處。在整排楓樹的另一頭，漆黑一片的水中矗立著幾根木樁，撐起一塊木頭平台等著接待他們過夜。他們靠近平台時，花園的聲音完全消逝，彷彿潛入了寂靜的泡泡中。接著，身後的花園也慢慢消失。他們發現自己身處幽暗潟湖的中心，僅由月光照亮的孤零零小島上。一丁點風也沒有；配合著大地韻律，繁星也不再閃爍。他們鼓起勇氣踏上台階；平台地面湧現隱形河流的波紋，淹沒三人腳踝。

然而，他們眼裡除了可以在上面好好睡一覺的床墊外，再也看不見其他東西。看起來厚實柔軟，其實是流動的灰燼。

「骨灰床墊？」彼特低聲說道。

「亡者之夜。」一股強烈的疲累感襲上肩頭的同時，彼得聽見了這樣的回答。

「但願我走得到床墊。」他在跨出下一步並沉入灰燼鋪成的床前心想。

這是個奇特的夜晚，他在夢中走上一條兩側有著高大樹木的小徑，心中知道自己正走在人類的土地上。或許是光線有些不同，也或許是樹林有種隨意揮灑的意味——樹叢與林道的奇特形式，看起來像是經人胡亂種植和修剪而成——我們可以感覺到他喜歡其中散發的慵懶氣息。小徑穿越樹林，他走出樹林，眼前是一片綠意盎然的山嶺。遠方有兩座波光粼粼的小湖泊；四周葡萄藤向外延伸；下方的小山谷中有座村莊。縷縷輕煙從石屋上升到淺黃褐色的斜屋頂；植物一片欣欣向榮，顯露春天景色；當季花朵從園中新翻土壤中破土而出。精靈在冬季剛過時最喜愛的鮮紅、帶葉脈花紋的聖誕玫瑰開得茂盛繁多，也有黃水仙、剛開花像小圓餅一樣可愛的鬱金香，還有四周點綴著藏紅花與仙客來的麝香蘭。在這片宜人花毯上，高挺突出的鳶尾花彷如負責照看花園的軍隊。內側幾片聳立的花瓣畫出下垂弧度，像是從一張如絲絨般柔滑的雙頰中吐出帶有細毛的舌頭。這些鳶尾花比萊安的更高也更繁複，有種莫名的英挺，也有點滑稽，而且周遭的這些花都散發出一種帶有宣告與訊息意味的香氣，讓這片園地變得好像在保守某個秘密。這兒種了一些會在夏季成熟的蔬菜，彼特心想，空氣中也瀰漫著藥用植物所散發的香氣與療癒效果。過了一會兒，他想著：這是一場夢，但是一切都是真實的，我可以繼續前進，不用害怕醒來。他邁步往村莊走去。一小片雲朵輕掩藍天，一陣微風輕拂，將鬱金香的馨香帶入他的鼻腔，混著些許蜜蜂花屬植物的氣味；小徑在春天的樹木間蜿蜒，奇特的自然美景令他心醉神迷。在這裡，一切都是可能的，他心想。抵達入口的幾棟房舍時，他再度思忖著，這個村莊就是屬於我的景致。

接著，一切變得朦朧不清，因為茶詩中的老婦向他走來，懷中滿是野花；她在春光下微笑著，彼特則欣喜地看著她繫著勿忘我花朵的絲質髮帶下滿布皺紋的年邁臉龐。盛開的琉璃苣花響應著他們清朗的喜悅，她的臉上有股充滿生命力和淘氣的魅力。她走過他身旁，但是沒有看見他，彼特跟上前去。她朝彼特肩膀上方一點的位置望了一眼，踏上台階階梯，並消失在屋內。彼特又在原地愣愣地待了一會兒。他所接收到那短暫的一瞥，讓現實轉化為沐浴在超現實光中的一連串景象。他因而知曉，老農婦曾經孕育了一個女孩，這個女孩生下另一個女孩，那個女孩也在未來的日子裡有了她自己的女兒。女人的傳承一直延續到第五代一個深受大家喜愛的男嬰誕生而劃下句點。彼特知道這最年輕一代的小孫女仍留有祖奶奶傳承下來的藥草知識，而他在詩中遇見的老婦此時尚未出世。此時，兩個世界的故事在他眼前鋪展開來。大規模的前線布署遍布整個大陸，硝煙四起直竄天際，軍隊在暴風雨下匯集，而那位備受寵愛的天之驕子則在堆滿屍體的田野中死去。心懷恐懼，他凝望著轟隆作響的世界末日景象，直到場景無預警地切換了。某個恬靜夏夜，人們在花園裡搭起一張裝飾著於六月盛開的大朵鳶尾花的餐桌，一絲女聲響起：「聖約翰日的美好夜晚。」片刻寂靜後又道：「去吧，我的孩子，不要忘了我們有多麼愛你。」「我怎麼會聽得懂她的語言？」彼特自問，同時從夢中醒轉。他抬起一隻手輕撫心頭。「這一切都是夢。」他想著，「風景、愛，與戰爭。」他也憶起野兔精靈所說的話——

如果有一天哈那塞的薄霧消失了，我們就得跟這個世界永別了——一股大難將臨的預感將他吞沒。「不會的，」他自言自語，「我在胡思亂想。」在殘存夢境消散前，他又想著：「原來這就是隱藏在絲質髮帶下的狂喜與悲劇。」終於，他完全甦醒過來。

他們原以為自己躺在墨色水面上由骨灰鋪成的床墊，但其實一整晚都睡在第一個平台上的幾層新鮮青草堆上。這時正下著雨，花園閃閃發亮。彼特想著：「她讓花園裡下了這場驟雨，這個世界裡，有她走過的痕跡，她在這裡凝聚了整個宇宙。」他沉浸於水聲此起彼落的合奏樂音，很享受這場流動的邂逅，讓生者世界的時間感消融無蹤。

「該走了，」馬居斯說，「通往卡次拉的第一個水道快開了。」

三人起身，並互望了一眼。

「大家都作了不得了的夢嗎？」玻律斯問。

另外兩人點點頭。

「我們最好快點走，」彼特說，「我餓了，而且我要在出發前盡量多喝一點茶。」

他突然覺得必須趕快動身，看了潟湖最後一眼，自語道：一切開始了。他們順著昨夜的路往回走，穿過充滿鳶尾花香氣的門廊，踏入灼豔陽光下的街道，絲毫不見昨晚花園裡的淒淒細雨。四周飄散著在晨光照耀下閃閃發亮的塵霧。他們向閘門走去，那兒已聚集了密密麻麻的人群，他們終於擠向通往卡次拉的大水道前。閘門就在三人面前開啟，巨大而壯觀，上百艘船浮現。

「我們太晚到了。」彼特在衝進歇憩小屋前說道。成排熱騰騰的茶壺在屋內等著迎接他們。

他喝下好幾大杯帶有栗子味道的紅茶，又狼吞虎嚥吃下一整盤淋滿蜂蜜的水果塔。玻律斯和馬居斯踏著從容不迫的腳步也抵達了，優雅地品嘗了幾口南瓜千層派後，便和彼特一起離開小屋，加入搭船的排隊人群中。

小船可搭載十二名旅客，不過，當三人規規矩矩地登上最後一艘船時，他們發現船上只有一對野豬精靈，身邊圍繞著小野豬們。彼特小心翼翼地聽從擺渡人的每個指示。擺渡人由水獺、海貍與海鷗精靈擔任，負責保持警覺地照看船隻運行。在所有工作都完成後，彼特就心滿意足地在屬於他的位子上倒下了。

小船隨後一一在流動的霧氣中啟航，他們啟程時並不知道從此亡者將在旅程上一路相伴。

兄弟們，勿忘任務與王國

孩子們，存於年邁老婦之心，萊安鳶尾

——《祈之卷》

死者

精靈透過茶與霧氣迎接曾經來過且不再復返的一切生物，他們無需中介者即可聽見亡者之音。此外，每個精靈一生中至少會去過一次第二聖地，無論自己是否知曉，總會去到那兒的。

從生存的欲望中解脫，死者不渴望哭泣，也不追求歡笑。他們培養淡泊欲求的態度與超脫誘惑的喜悅。他們能夠看見渴望背後的意義。然而，生命美好的觸動正是萌生自無欲的追尋。

只是，現在已幾乎無人知曉埋沒於骨灰中的智慧了。

繪

在彼特夢中，世界的劇場是由啓發了絕美畫作的那股冷冽而純粹的光所照亮。這些畫作為我們流動的夢境做了靜態的詮釋，這些夢又反過來讓我們沉浸在如畫的清明中。

一幅一五一四年在阿姆斯特丹所繪的畫作，會在我們的故事中扮演關鍵角色，也就不令人意外了。那幅畫與連接兩個世界的第一座橋有關，但是也與大謀殺與其難以計量的後果有關。

必須知道北方的光影與景色，才能理解這位獨特畫家為何選擇落腳阿姆斯特丹，畢竟他當時有絕對的自由選擇從南方、東方或西方任何一處想要的地方來展開人類生活。

最後，也必須瞭解人類與精靈的歷史才能領會他決定描繪的事物，以及瞥見表象下所隱藏的光芒。

隱藏在透明淚水下的無形光芒。

雪中狂草

一八〇〇

他們啟程時並不知道從此亡者將一路伴隨。從哈那塞出發必須要六個鐘頭才能抵達精靈國首都卡次拉。彼特希望盡可能平靜地度過這段時間。他喝了聖灰省的茶，也填飽了肚子。除此之外，上百艘小船在流動霧氣上航行的盛況也令人深覺不虛此行。每十艘一排緩緩前進，在寬廣河道上勾勒出壯觀景象。「這下我突然愛看起風景來了，」彼特心想，同時回憶起茶屋經歷，對自己的賞景興致感到驚訝。「我實在不知道實際上到底發生了些什麼事，」他邊憶起亡者之夜邊想著。最後，他不再試著有條理地思考，而是讓自己處於旅行的輕微恍惚中。再也沒人開口說話，擺渡人也只有在為了使大夥的旅程更舒適時，才發出簡短指示。彼得心想，就讓這一切持續下去吧，突然一股倦意襲來，他大聲地打了個呵欠。

「航行時間還有五小時又五十分鐘的。」馬居斯道。

「五小時又五十分鐘的潛在災難。」玻律斯嘟噥道。

「我有喝茶。」彼特受冒犯似地說道。

玻律斯一臉懷疑地看著他，但是彼特沉浸於觀賞河道上如畫的新景象。

在一片色澤單調的霧氣中，狂草以雜亂、放肆不羈的姿態，笨拙卻又壯觀地浮現出來，像是以黑色墨水寫成似的，好幾組不規則的文字與四周一片白茫茫的景色分隔開來，有些茂密如樹叢，有些則分散成三枝細條，帶有如垂柳般的弧度。

「茶屋的名字。」他自言自語。

在轉瞬即逝間，狂草揮灑出一段文字。無根的野草從霧中浮現，有股獨特的優雅。然而，最讓彼特感到好奇的，是可以像是在欣賞書法般閱讀這些黑色的草穗。先前讓他感到乏味至極的詩歌書寫之美，今天似乎對他別具意義與感觸。有些什麼在呼喚著他，也是他有史以來第一次感覺被外物所穿透，謎樣文字為他帶來無與倫比的樂趣，與過去所學所有詩歌都不相同。你們可以發現，精靈們對於所有生靈都懷著絕對的敬意，從不限制它們，精靈會以他們所理解的方式讓森林與牧場自由發展；也因此，對他們而言，園丁只是為大自然服務的僕人，透過他們的視角將大自然的昇華反映出來。但是，彼特堅信在狂草景致中有某種內涵是無法單純以自然萬物的肆意去概稱，也無法用頌讚自然的想望去簡化解釋——這裡面摻雜著一絲冒險的動人光芒，也帶了一種有著歡喜發現事實意味的動人神秘感。會不會這些東西都是在我內在呢？短短兩天內，他腦海中第二度浮現出詩文。

雪中狂草

兩名十一月嬰孩

「我都快變成詩人了，」他開心地想著。兩個小孩，不是精靈，是人類，他繼續想著。突然間，一切都消失了。河道恢復一片空蕩，他感覺孤零零的。「來吧，航行打敗不了我的。」他在座位上調整了個舒適的姿勢好打盹兒，但是有個清晰的畫面突然掠過腦中，讓他倏地坐直了身體。小女孩周身籠罩著閃動的虹光朝他走來。馬居斯挑眉疑惑地看著彼特，畫面隨之消散。但是，在他心中一切仍歷歷在目，他重新看見那張莊嚴的小臉——十歲左右吧，金黃黝黑的膚色，豔紅的雙唇。影像接著消失了。

「都還好嗎？」馬居斯問。

他點點頭，再次讓自己陷入座椅中。沒有人說一句話；很快地，他就進入半夢半醒的狀態。他猛地醒來，感覺像被什麼緊急事態觸動。他覺得自己熟睡了許久，希望此時航程已經接近終點。

「你整整睡了兩個鐘頭，像頭抹香鯨大聲打呼。」馬居斯語帶抱怨地對他說，「害得我們全都沒辦法睡。」

「兩個鐘頭？」彼特驚愕地重複，說道，「也就是說還有四個鐘頭的航程？」

「打呼顯然沒有影響你的計算能力。」馬居斯對彼特說。

「我絕對沒辦法忍到那時。」彼特說。

「忍？忍什麼？」玻律斯問。

「我得把茶排掉。」他邊四處張望邊答道。

馬居斯和玻律斯吃驚地望著他。

「你喝了幾杯茶？」馬居斯終於開口問道。

「我不知道。」彼特惱怒地說，「十幾杯吧。你們該不會要怪我過於謹慎吧？」

「十幾杯。」玻律斯忍不住跟著說。

「你沒有讀那些牌子嗎？」馬居斯問。

「要你讀那些牌子很過分嗎？」玻律斯問。

「那時候我們已經遲到了，」彼特說，「我可沒有閒功夫讀詩。」

一陣沉默。

「上面不是詩嗎？」他問。

馬居斯和玻律斯默不作聲。

「我沒有讀那些牌子，」他說，「我當時忙著喝茶。」

「還有吃東西。」馬居斯說。

「要不然你就會知道長途航程建議喝一杯茶就好。」玻律斯接著說。

「那些是高度濃縮的茶。」馬居斯說。

「而且歇憩小屋裡也有廁所，出發前可以用。」玻律斯說。

「不過，通常只有對那些年紀還小的精靈才需要提醒這些。」

當馬居斯說「高度濃縮」時，彼特開始懷疑起一件事。

「你們有看到那些草嗎？」他問。

「草？」玻律斯複誦道。

「狂草。」彼特回。

「哪來的草。」馬居斯說。

這些回應讓彼特興味盎然，但是他的膀胱，哎呀，完全占據了他的注意力。

「我不可能再忍四小時。」他說道，渾身開始冒出斗大汗珠。

「你非忍不可。」馬居斯說。

「這太超精靈了，」他說，「我做不到。」

玻律斯厭煩地噓了口長氣。

「不管怎樣，別在船上。」他說。

「尤其不要在霧裡。」馬居斯說。

然後他發出嘆息。

「把你的衣服脫掉。」他說，「要做什麼都在你的衣服裡解決吧。」

「我的衣服？」彼特說，一臉驚恐。

「要不然就忍住。」馬居斯回。

彼特滿腹委屈，一想到要再次弄髒衣服就覺得難受，他寧願相信自己能達成不可能的任務。整整十分鐘，他像條蟲似的在座位上不停扭動，在馬、松鼠和人形間不斷變換，卻怎樣也找不到一個比較輕鬆的姿勢或形態。

玻律斯惱怒地說：「如果你要因此而生病，那也不是個聰明的決定。」

彼特正要開口回話，卻看見小野豬精靈興致盎然地望著自己。他鬱鬱地想著：「我還正好需要一個觀眾呢。」他的父母都已入睡，但是小野豬張著雜亂睫毛下一雙美麗的褐色眼睛觀察彼特，儘管當下情況緊急，彼特還是注意到了這隻圓滾滾的小豬崽，注意到他背部精緻的條紋，還有如絲般光滑的蹄子皮毛。「這麼好看的動物，怎麼長大後會變得那麼醜呢？」彼特心想。雖然薄霧國的野豬已經比人類世界的好看許多，還是得承認他們並不是太高雅的動物。彼特雖然不太愛吃榛果和橡實，但是想到得翻找土壤裡的食物餵飽自己更讓他覺得反胃（此外，就跟他的同類一樣，除了特殊情況外，他只在變為人形時進食，甚至懷疑化成馬形的自己對牧草過敏）。

小豬崽深受彼特的怪異滑稽行徑吸引，毫不避諱地直盯著他打量。

「你喝太多茶了，」他說，「我看到你在歇憩小屋喝茶，你真的很渴。」

「我才不渴。」彼特開玩笑地回嘴。

「我可以給你一個花瓶。」小豬忽略他的回應，接著說道，「那是要送給委員會主席的禮物。你想要的話可以先借用，等我們到了目的地，你再把它清空，偷偷還給我。你的衣服不夠用的，」他很實際地補充道，「所以我才想到可以用花瓶。」

一陣長長的沉默過後，玻律斯清了清喉嚨。

「你人真好，」他說，「但是我們不能這麼做。」

「為什麼？」小豬問，同時幻化為人形，變身為他們所見過最討人喜愛的小男孩。

與金黃髮絲相輝映的是一雙蔚藍眼珠，令人遲遲無法移開目光。會是因為那對杏眼如此澄澈，飾以同樣金黃顏色的柔美雙眉，以及完美無瑕的睫毛嗎？還是，這雙閃亮的眼睛所具備的美輝映出精雕細琢的粉嫩唇瓣，從而點亮了眼中的精緻光芒？小豬崽對著他們微微一笑，彷彿整個世界都閃閃發光，甚至連彼特也受到這張臉的魅力所惑，讓他心中充滿愛，而暫時忘卻當下的痛苦。

「不能拿要送給委員會主席的花瓶來當尿壺。」玻律斯重複道。

然而，他仍然無法將目光從這張年輕臉龐所散發的光輝中移開。

「這無損花瓶的美呀！」小豬說，又再次微笑了一下。

馬居斯、玻律斯和彼特迷失在這個笑容中，像是迷失在滿布長春花的樹林裡，決心也隨之動搖。

「不能這麼做。」馬居斯盡力把持最後一絲分寸，卻並不堅定。

小豬拿出一個覆著柔軟布料的物品，布上有虞美人花樣，還有墨色均勻的家徽。精靈都有兩種家徽，一種是他們所屬動物的徽章，另一種則是自己家族的徽章。野豬一族的徽章是以一彎高懸在茶園上方的下弦月，代表他們所鍾愛的夜間生活。旁邊還有小豬精靈一家的家徽，是襯在點點繁星背景上，花瓣帶有斑紋的鳶尾花。小豬崽確認父母親都已熟睡後便走向彼特一行人，三人此刻意志薄弱且反應遲鈍。他流暢的動作彷彿有催眠作用，當他從層層虞美人中取出花瓶時，馬居斯、玻律斯和彼特只是傻傻地呆望著他。他將花瓶放到三人面前。

「這是個罈。」玻律斯喃喃自語。

那的確是個銅製的罈，顏色清亮且不斷從黃褐、灰、深棕輪番變色，最後則是如彗星般的乳白色。

「這是由薄霧國最古老的銅藝工坊所製作。」小豬精靈道，「我們特地到哈那塞找來，再把它帶到卡次拉獻給委員會主席。」

「我還以為罈不會四處旅行。」玻律斯說。

「只有無底骨灰罈不會。」對方答。

小豬崽又變身為小馬，一匹迷人的紅棕色小馬，天呀，實在太討人喜歡了。只是，方才將三人迷惑住的魅力突然消散。彼特甩甩頭，像是大夢初醒。

「謝謝你的提議。」他對小馬說，「可是我不能接受。」

情勢十分嚴峻，他不認為自己可以再耽擱下去，於是走向船尾，接著轉過身，露出白嫩的屁股並鬆開上衣。接著，他變身為松鼠，盡可能地悄悄解放。既如此暢快，卻也如此悲慘，兩者都足以讓他淚溼衣襟，然而他最終流下的是感激的淚水，因為除了暢快解放外，他更創造出另一項奇蹟：衣服一沾溼立刻回復乾爽潔淨。流動布料吸收了液體，生出皺褶，然後乾掉。完成大事後，他不敢將上衣穿上，卻把衣服遞到了玻律斯、馬居斯和小馬的鼻子下。

「怎麼可能，」玻律斯說，「在雨裡不可能乾得這麼快。」

「我們竟然沒早點知道這件事，」彼特說，「至少可以讓我少受十五分鐘的苦。」

「那是因為你應該是第一個在衣服上撒尿的精靈。」玻律斯回。

「那是宇宙。」小馬說，同時變成小豬外表。

隨後再度變身人形，將罈重新包妥，放回父母親腳邊。兩人睡得十分平靜安詳，彼特很訝異這對溫和的高等精靈竟會生出這個機靈的小怪獸。彼特認為眼前這個金髮小孩身上絕對擁有惡魔的魅惑力。在小豬精靈明亮笑容與湛藍雙眼的魔力減弱後，彼特心中湧上一股危機感，當小豬精靈朝他們走回來時，那迷人的臉龐也無法抹去殘留在他心上不舒服的感受。

「你從哪個省來的？」馬居斯問。

「我們出身萊安，」他答，「所以家徽才刻上了鳶尾花。我父親是委員會派到黑霧省的特使。他主持常務委員會，並領導一些常設單位。」

「特使送罈給委員會主席是慣例嗎？」玻律斯問。

「通常，」小豬精靈回，「是會送些禮物給委員會全體委員。不過今年是選舉年，所以會特別送上個別禮物給即將卸任的主席表達感謝。」

「這倒是。」馬居斯說，「我都忘了，委員會主席的任期是四百年。」

「這是歷史性的一刻，」小豬精靈說，「你們會看到整個卡次拉充滿激昂沸騰的熱情。」

「所以儂桑也會有新的守護者，」玻律斯若有所思地說，「如果我沒記錯，是由委員會主席提名，再交由新的委員會成員投票決定。」

「有一天我會去儂桑。」他們的小豬精靈旅伴毫不客氣地說。

馬居斯笑了。

「你怎麼知道的？」他問。

「我會被任命為霧之屋守護者，」年輕的精靈答道，「還會成為儂桑之主。」

三人望著他，目瞪口呆。

「欲望造就命運。」這年少的精靈繼續道，「在那之前，我們會支持我們的贏家。」

「誰是這個贏家？」彼特問。

「一位從黑霧省來的高等野兔精靈，他是第一次參選，對手是出身雪省的現任委員之一，他也是高等野兔精靈。」

「萊安對上卡次拉。」玻律斯說，「主席不會是我們暗黑森林的人。」

「只需要有一點野心。」小豬精靈說，「難道你們不想參與歷史嗎？」

「我們是低階家族的一員，」馬居斯說，「這應該可以解釋為什麼我們對權力不怎麼感興趣。至於歷史，它本來就是屬於每一個精靈的。而且，我不知道我們會稱呼候選人為贏家。」

「歷史上從未出現過如此不凡的候選人。」年輕精靈道，「他雖然也系出名門，卻不是委員會成員。他是委員會的園藝大師。因為特別傑出，才任職兩百年，就獲得委員會成員們的認可。現在，他要追求最高職位。」

「你的家人會投他嗎？」彼特問。

「不只我的家人，還有很多人都會投他。」小豬精靈答道，「精靈們都很害怕，需要一個果敢的領導人才能對抗新的災難。」

「新的災難？」馬居斯重複道。

年輕精靈睜大眼看著他，彷彿對方剛從積滿灰塵的天花板爬出來似的。

「委員會前天針對好幾個省分發布新的警告，那些地區的霧氣都已經受到重大影響。」

「我們已經在哈那塞聽到這個消息了。」玻律斯說，「但是這又跟你們勇敢的領導人有什麼關係呢？」

「我父親認為這只是末日的開端，需要有人正視問題源頭。」

「那麼這個問題的源頭是？」彼特問。

他正因為困在松鼠外型而煩躁不已，同時某種不信任感也在內心滋長著。年輕的精靈一邊變身回野豬外型，一邊好整以暇地準備回答。他的睫毛優雅垂下，重新抬起頭來時，他用一種神秘的語氣說道：「人類。」

三人驚愕地看著他，年輕精靈則似乎很滿意這個反應。

「人類跟霧氣的流動八竿子打不著，怎麼會有什麼影響呢？」玻律斯困惑地問道。

「這說來話長。」小豬精靈說。

他原本要接著說下去，但是突如其來的一陣顛簸讓船身猛烈晃動。陣陣受到驚嚇而起的騷動低呼在水道上蔓延，擺渡人關上連通渠道。同時，小豬的父母也被驚醒，看見兒子在彼特三人身旁，便面帶微笑走了過來，並友善地欠了欠身。他們的人形外表出奇地好看，一身棕褐色，而他們的孩子則滿身金黃。

「希望我們多話的年輕小子沒有太煩人。」小豬的父親說道。

「一點也不會。」玻律斯禮貌地回答。

「這一晃真是嚇人。」小豬母親皺眉道。

她聲音低沉，帶點慵懶的氣息，彼特很喜歡。

「聽令郎說，你們是從萊安來的。」玻律斯說，「那似乎是個非常獨特的城市。」

「歡迎來玩。」她回，「我們一直很樂於與所有人分享萊安濃霧的壯麗。方便請教你們是從哪兒來的嗎？」

他們還沒能回答，就聽到請所有乘客就座的指示。三人於是回到各自座位上。不過，一會兒後，因為沒有任何大晃動，所有人便再度安定下來。彼特則是沉思著。「或許您是這幅正在拼湊起來的拼圖中的某片圖案。」茶屋中的野兔精靈這樣說過。其實，他感覺身處超過他們所能掌控的局勢核心。雖然他是因為飲用過量茶湯才出現狂草幻覺，但水道上看見的狂草還是像真實文字一樣令他心神不寧。就算是幻覺，會不會是要告訴我們些什麼呢？一陣胡思亂想讓他頭痛起來也累壞了，於是沉沉睡去。不過，睡著前，他仍想著：「真是一場冒險之旅！」接著，他沉入夢鄉，臉上掛著微笑。

§

終於抵達卡次拉。

「我們有生以來第一次通過貨真價實的閘門。」玻律斯說。

船後方的閘門即將緩緩關上前，擺渡人才喚醒船上旅客。一艘艘小船保持靜止，停留在一團霧氣流體上，船後方的霧氣則再度變為蒸氣。此刻在他們面前的是霧氣形成的虛空：閘門到了。各船擺渡人慢慢地微調幾公分船距，水道慢慢縮小，很快地所有小船一艘艘併排在最後一小塊霧氣上。一切靜止，悄無聲息；霧氣向內纏繞捲動，這緊繃的一刻令所有人屏住呼吸。每個從小生長在這個世界的精靈都知道卡次拉閘門的險峻。儘管近五百年來從沒發生過意外，但是登陸時若有分毫閃失就可能會把船隻、擺渡人和乘客全都拋入虛空中，再也無法返回。

過了好長一段時間，乘客看見擺渡人紛紛放鬆下來，同時一陣竊竊私語傳入耳中：霧已散去，下方遠處有座沐浴在光中的大城也顯露出身影。他們緩緩降低高度，順著一條名為霧井的垂直路線逐步接近卡次拉。霧井有半古里長，每日容許通行十次，載運上下來回共一百至兩百艘載著朝聖旅客的船隻。現在是午後兩、三點，十一月的陽光在灰色屋頂上方閃耀著。目前尚未降下總會在年底至隔年四月初覆蓋整個地區的美麗輕柔白雪；李樹與楓樹染上秋天的豔紅閃閃發亮，也使得卡次拉從空中看起來像是著了火一般；高挺銀杏添上一抹像是鬼火在晃動中突然凝結而留下的金黃琥珀色。更遠方則延伸出一片迷霧森林景象，其間散落著幾個獨立城鎮，不過，最引人注目的景色則是大城後方霧氣繚繞的群山。突出的積雪山巔圍繞城市，起伏的地形氣勢逼人，使得群山間的卡次拉猶如船難之後於海上載浮載沉的倖存者。我們繼續觀看著城市，覺得它彷彿比岩石還要堅硬穩固，霧氣帶來堅實土地無法形成的視覺對比，讓卡次拉氣勢更顯磅礡。隨著高度下降，霧氣也逐漸擴展，儘管有著無與倫比的美，以及與四周景致相應的和諧，卻彷彿從中凝聚出一股令人畏懼的力量。

終於，眾人看見碼頭躍然出現在眼前。船隻停靠位置略低於城市，新視角讓人目眩神迷，再也沒有比交織在世界上最美麗樹林間、櫛比鱗次的木屋更令人驚豔的景象了。他們在建築物間隨意漫步，這樣毫無目的地的亂走路線，在彼特看來就像水道上的狂草文字一樣，他與卡次拉的初相遇也像是被下了等待解碼的文字封印。

位於城市與它絕美的花園正中心，薄霧國委員會總部以其令人吃驚的建築比例吸引眾人目光。重要的建築物鮮少會不以相稱的外型凸顯其地位。舉行慶典的會所或權力中心所在地，透過外觀便足以與尋常處所做出區隔。但委員會總部儘管貴為精靈世界的中心，卻顯得謙遜低調，由低矮牆面與隱蔽內院以不對稱且令人費解的方式劃分成不同區塊。少不了的是蓊鬱庭院，以及來自岩上噴泉的潺潺流水聲，還有一間陰暗涼爽的房間，那是精靈委員會主席覲月的地方。隨著這棟權力中心所在地裡迷宮般無盡延伸的房間，權勢確實存在於此的證明也逐漸消融於瀰漫此間的謙遜之氣中。從彼特一行人所在之處可以看到這一切，其他所有人也看到相同景象。這正是卡次拉創建者的目的，必須先由高處瞥見城市，再從低處詳加觀察，以便拋開所見，融入沉思視角。

船隻要開始靠岸了，彼特抓著衣服，遵從著擺渡人指令。卡次拉令他心情澎湃，吸入的氣息也彷彿比其他地方更為嗆鼻。踏上土地時，他們向同船旅伴道別。

「祝好運，」在小豬精靈變身成金髮小天使的同時，玻律斯對他說，「願智慧引領你追尋。」

然而，小豬精靈卻望向彼特，說道：「我有預感我們會再見面。」

小豬一家轉身踏著慵懶步伐離去，但是一股不知名的寒意卻襲上彼特心頭。

「現在呢？下一步的計畫是什麼？」馬居斯問。

「去圖書館。」玻律斯答道。

「才不要。」彼特說，「我要先找個地方洗衣服、吃點東西。」

「吃點東西？」玻律斯說，「你是指大快朵頤一番吧？想都別想。你得先以狂草的名義到圖書館致意。在做完該做的功課前，你不能大吃大喝。」

「功課？」彼特問，「什麼功課？」

「喔，」馬居斯說，「你說得對，我們怎樣才能回報狂草招待的千年好茶？」

「你覺得一隻髒兮兮的松鼠會是傳達問候的最佳使者嗎？」彼特反擊道。

但是玻律斯已經啟程，馬居斯跟上腳步。彼特則一路嘆氣，拖著悶悶不樂的腳步跟在後頭。

不過，他的痛苦沒有持續太久。不到十分鐘就抵達了第一區房舍，以及如迷宮般錯綜複雜地連接到委員會總部的小路。「這座城市實在太迷人了！」一行人不約而同想著，他們踏上暖和舒適的石頭路面，看著林蔭小徑兩側雄偉的樹木，還有一幢幢美麗房舍上，以竹簾覆蓋、虛實交錯的門窗。長廊周圍延伸出幾座小苔園，它們的狹仄雅緻營造出一股深邃韻味，隨後彼特也發現每棟房舍的布置都有各異其趣的不同偏好——這兒擺一顆未經打磨、承載著雨滴的石頭，那兒出現一叢絕美竹子，再更遠處則是楓樹與杜鵑對談的景致。放眼望去到處散落著由霧氣構成的高山峻嶺，抬頭可見波浪起伏的山巔，若是平視前方則可以看到群山消失在某條街盡頭的虛空中。有時，一整片樹林消失在陣陣濃霧中，然後又在眼前重現，於此同時，先前吞沒了樹林、比冰山還要堅實壯觀的氣團已然消失、四散飄去追尋下一片要環繞的樹林。這裡可清晰看到一棟棟只有偶爾會被陽光閃耀的屋頂斜邊間斷地遮掩住的房屋，此外也可以看到充滿神秘氣息的長廊，或是懸掛著插了紫羅蘭花瓶的門，因為霧之國的世界裡，追求霧氣平衡之餘，也希望精靈們居住的屋舍可以被看見。

當他們走到委員會總部前，彼特已經忘記所有不愉快，也忘了自己肚子餓。這棟建築前方有個長方形的大庭院，裡頭種滿上百棵李樹，其間穿插著幾條白沙小徑；四周流動著一層薄薄的青苔，直到邊界才如同海浪般消逝；花園的交界也顯得浮動而模糊不清，儘管此地充滿神秘氛圍，它仍對這個世界的各種流動保持開放。

一行人靜靜地凝望李樹浪潮好一會兒。

「要是都開花了，不知道會是怎樣一幅景象。」玻律斯喃喃自語。

精靈們熙來攘往大步漫遊在巷弄間欣賞樹木。明天，就要入冬了，然而在這個十一月的午後，和煦微風帶來秋天彷彿永遠不會結束的錯覺，也在無精打采的連連呵欠中、在盞盞昏黃暖燈中，讓人憶起不要忘了去愛。喔！我渴望去愛！彼特用手掌輕拂過一片鮮嫩青苔時心想。喔！生命多麼可喜！玻律斯與馬居斯則在虛空中微笑地感嘆。喔！美好的秋天！喔！多美好呀！巷弄裡的精靈們也在心底同聲喟嘆。在委員會建築後方、在城市之外、在山巒的更遠處，傳遞著誕生於樹木與四季之中、使精靈世界整合起來的那道訊息。

他們本來可以在這個充滿愛的溫柔夢境中待上很長一段時間，但是一隻野兔精靈來找他們。

「我們收到你們來訪的通知。」到了一行人面前時，他這麼說。

三人紛紛鞠躬致意，玻律斯與馬居斯也變身人形。

「如果各位願意隨我來，」精靈說，「我會領你們去圖書館。」

他察覺到彼特手裡抓著東西，問道：「您的衣服怎麼了嗎？」

困在松鼠外型的彼特倏地羞得耳尖通紅。

「它不湊巧……呃……在航行時弄髒了。」他吞吞吐吐地回答。

野兔精靈驚訝地噘起嘴，但是未再多作評論。

「走吧，」他說。於是一行人跟著他踏上通往委員會總部的主要街道。

大夥穿過了由巨大圓柱撐起的宏偉大門。在歷經漫長生命後死去的枯木巨柱散發出一股無與倫比的氣勢，三人不約而同在越過大門時伸出手以掌心觸摸。它的表面粗糙，刻劃著好幾世紀的歲月痕跡，開啟時還會發出不協調的低音。門的另一頭有條木製長廊，圍出另一塊長方形庭院，面積較小，但是種了一樣的李樹，也同樣覆著一層鮮嫩青苔。庭院正對面與兩側各有一扇敞開的大門。

「北門通往樓上的大廳以及委員會主席的辦公區，西門通往內花園，東門則通到圖書館。」三人的嚮導解說道，「我說的內花園是指可以在裡面散步的那幾個，另外還有一些花園是可以從建築物內部觀賞的。」

他們轉向右邊，與許多精靈擦身而過，沿著飾以長條絲綢的木隔牆前進，絲布上印著精靈委員會徽章與箴言。一幅以水墨描繪雲霧飄渺中覆著白雪的群峰圖，底下可見從精靈國誕生至今歷任主席親手寫的箴言「矢志不渝」。彼特在其中一行文字前停留良久。由於視覺產生的幻象，這些字樣的弧度形成一條線，讓目光可以不間斷地從滑順的圓弧轉接到毛筆所畫下的單一剛硬線條。野兔精靈也跟著停了下來。

「聽說這是由見證紅橋誕生的那位精靈寫下的。」

他正要多說些什麼時，卻被北門的動靜打斷。一群精靈從門內走出來，大夥全都緊貼長廊木牆讓出通道。這群精靈往左走，朝他們四位而來。

帶頭的是兩位野兔精靈。他們毫無疑問就是競逐最高權位的候選人，因為兩人身後都分別跟著另外幾個野兔精靈，還有健壯威武的野豬精靈。這些護衛精靈各自展現出不同族類的高階精靈氣度，莊嚴的眼神更顯鄭重，一舉一動都流露著卓越不凡的風采，但是，相當令人驚訝的是，領頭的兩名野兔精靈在舉手投足間卻不見這些特質。「尋常的精靈在世界移動，」彼特心想，「但整個宇宙會配合他們兩位而轉動。」行進間，他們在不同的形態間快速變換著，彼特看見他們的組成動物形態極為相似而感到困惑。野兔的毛皮讓人想起白鼬，接著又幻化為身上映著黃褐色反光的白馬。底下的肌肉為天鵝絨外皮帶來如水波蕩漾的起伏，也似一幅遠山層疊的景色。此外，他們的毛色如雪般純淨光滑，真會以為兩個候選精靈是有血緣關係的手足。

在他們變身人形時，一切都不同了。身材較高大的那個有著一頭濃密的白髮，儘管年紀輕輕──頂多只有三百歲，一雙映照出暴風雨的灰瞳，輪廓冷酷剛硬的青銅色面容，鷹勾鼻、眉弓高凸、顴骨明顯。這般如同刻劃在堅硬岩石上的面容，讓他顯得既年輕卻又老成。他一副對事情不熟中的模樣，卻又處處流露傲氣，行進步伐流暢但謹慎自持，充分展現其意志力──「像這樣的精靈的確足以背負起整個薄霧國，」彼特心想。接著他將目光移到另一位精靈身上，發現自己心臟噗通噗通跳著。

「喔！真是太俊美了！此生再也不會見到比他更美的生物了！」他在心裡驚呼道。那個生物飄散著一頭黃銅色髮絲，如冰河般澄澈的雙眼閃耀著光芒，乳白膚色光彩煥發，宛若雕像的臉龐令人心旌蕩漾，燃起渴望。那雙眼眸如水晶般清透，也融合了烈火的炙熱，被這樣的眼神注視，令人感到恐懼卻也溫暖。與對手不同的是，他看來異常年輕。俊美的容貌與蓬勃活力竟可以匯聚在一人身上，彼特為此讚嘆不已，心想，這位肯定就是委員會的園藝總管了。他搪瓷般細緻的面容也讓彼特想起航程中遇見的小豬精靈。然而，這位踏著如貓般鎮靜靈巧的步伐的精靈，卻像是即將投身戰鬥的獵食者。一位致力於園藝的精靈身上竟散發著武士的氣息，著實令人驚訝。慢慢地，原先的目眩神迷逐漸消散，一股和從小豬精靈身上感受到的相同危機感開始在彼特心中蔓延。那群人來到他們身旁，其中一個野豬護衛精靈吸引了彼特目光。他身上散發的溫潤氛圍就如同一條洋溢青春活力的河流，卻又比古老的江河更具智慧，他那銀閃閃的深沉目光，比起兩位野兔精靈的權勢光芒，簡直更令彼特為之震懾。

這就是彼特與即將成為薄霧國有史以來最偉大的霧之屋守護者的初次邂逅。他也是一百二十年後，一位與眾不同的女孩的父親，女孩名為克拉拉。此時，野豬護衛與有著暴風雨雙瞳的野兔快速互望了一眼，眼神裡盡顯雙方的深刻友情。接著，他們超越了彼特一行人，並消失在長廊盡頭。一會兒過後，長廊裡的過客一陣耳語，便又重新投入日常工作。

「太令人吃驚了。」玻律斯道。

「你們可以見到他們真是幸運。」他們的嚮導說，「這是大選前最後一場委員會，現在每位候選人都要回到各自的領地了。」

他因憂慮而皺起眉頭。

「這是史上最激烈的一場選戰。」他說。

「您的贏家是誰？」馬居斯問。

「贏家？」對方重複了一遍。「你們是支持園藝陣營的？只有他的支持者才用這個詞。」

「我不知道有這回事。」馬居斯說，「我們來自暗黑森林，不太清楚這裡的事。」

「的確，政見宣傳單明天才開始派發。」野兔精靈說，「你們讀過以後就會對兩位候選人比較有概念了。至於已經在圖書館服務五百年的我，心中已有屬意的人選。」

「所以是卡次拉對上萊安，圖書館對上花園？」玻律斯問道。

「我常在想，是什麼樣的花園。」他們的嚮導說，「凡璀璨閃耀的，都不持久。」

「您不擔心霧氣一直在衰退嗎？」彼特想起小豬精靈對他們說的話，問道。

「難道要因為擔心就改變作為嗎？」野兔精靈反駁道，「我們不是好戰的物種，也不應該由戰士擔任領導人。」

「園藝陣營的贏家是戰士嗎？」彼特吃驚地問。

「他是最傑出的戰士。」他們的嚮導答道。他抬起手撫了撫額頭。

「不過，戰爭只是他腦中最後不得已的想法而已。」

「我很好奇他布置的花園會是什麼模樣。」玻律斯說。

「你們在圖書館就會看到其中一個範本了。」他們的嚮導說，「看過之後，你們或許就會明白純淨未必是心靈最好的盟友。」

他做了個手勢請三人入內，並跟在他們身後走進大廳。

內部約有三千平方英尺，由大片面向內花園的窗戶圍起四周。竹簾依照需求以不同方式捲放，端看個人是要在地板上冥想，或是坐在擺放於隱形書架下的桌旁閱讀，大廳中央，成卷成冊的書籍懸浮在空中，整齊排列在無形的線條上。

「這裡沒有牆壁。」彼特想著，「只有窗戶和書。」

「還有閱讀的人。」野兔精靈笑著說。

於是，他明白了自己為何來此。

雪中狂草

兩名十一月嬰孩

——《戰之卷》

保

各候選人的政見傳單已在選前一百天派發到薄霧國全境，所有年齡百歲以上的精靈都將參與投票。各省也陸續召開大會，針對各項政策辯論。投票當日由儂桑統計票數，並由霧之屋守護者在卡次拉宣布票選結果。

暫且稱呼兩位角逐者為委員和園藝師，並讓我用幾句話簡述他們眼中的薄霧國願景。

委員的傳單極美，是以狂草撰寫而成，分句富音樂性，能夠喚起每顆心的迴響。這位出身卡次拉的野兔精靈，外表看來嚴肅、不苟言笑，他的文筆與待人處事卻親切、熱情。

「矢志不渝，」他在文章結尾寫著。比較出人意料的是箴言前的那個句子：「世界愈發老去，也愈發需要詩意。」有多久，我們不曾在一位領導人的政見單上讀到詩意了？我把這個問題留給歷史學家去解答，現在，我單純為他的童心未泯感到喜悅。

權力

相反地，園藝師的傳單上看不見一丁點個人光芒。既缺乏情感又矯揉造作，可悲地枯燥乏味，也顯露出不知天高地厚的年輕狂妄。我們該慶幸他缺乏文采，精靈向來長於聽其言觀其行，經由此次與下一次的選戰，薄霧國精靈向他證明了他們還沒打算拋棄自己身上的千年靈魂。

與人類相比，精靈較不容易受恐懼箝制而行動，因為他們傳統上並不反對進步，也不反對改變穩定的現狀。當園藝師在傳單上寫著「面對嶄新時代的威脅，我將會是我們永續文化的守護者」時，無法說服習於以循環週期思考的精靈一族。有些精靈甚至疑心他受到——或許在他本人也不知情的情況下——那股破壞一切強過維持現狀的意志，也就是被所謂權力野心的力量所驅使。

然而，他的某個論點是正確的，這讓他很快就召集到為數眾多的擁護大軍：由於霧氣日趨衰頹，精靈國度內的結盟關係也益發難以維繫。

高懸夢境
一八〇〇～一八七〇

「我是來這裡閱讀的，這就是訊息，」彼特想著。直到兩天前，如果有人跟他說世界上有一些散落四處的訊息，彼特一定會認為這是荒誕不經的想法。

「我要先離開了。」他們的嚮導鞠躬說道，「會有另一個人來招呼你們。」

三人在原地待了一會兒，一直沒有人過來，他們於是走到大落地窗前欣賞花園景致。

那是委員會歷任園藝師在數千年間一點一滴妝點出的珍寶，每位傑出的園藝師在薄霧國中都備受崇敬，因為他們無一不是經歷永無止境的學習，且與樹木建立起長久的關係，才具備了高超的技藝。而且，他們的技藝是透過世代傳承完成——精靈們會致力將他們認為有生命的一切事物種植於花園中，而且他們是懷著尊崇虔敬的心來看待樹木。一層青苔覆蓋著委員會花園，天鵝絨般的表層布滿年代久遠的枯木根部，猶如在地面刻劃出山稜與谷地的縮小微型景致。在晚秋的這天，楓樹閃耀豔紅光輝；沿著房舍，前景是一片勾勒出渦卷花紋的沙地，漩渦紋飾像是向花園傳遞出波動；更遠方是一整片綠浪。那兒有幾棵已然凋謝的光禿杜鵑，這兒則有一些優美的竹子結滿成串紅色漿果。此外，隨處可見幾個世紀以來，隨著時間推移修剪成獨特造型的松樹——每棵樹各有其根本形狀，而這關鍵隱藏於每棵樹的深層內在，有賴懂得傾聽樹木內在低語的園藝師在狂風暴雨呼號之時予以解讀。這些樹與暗黑森林的樹類似，但是在園藝師的慧思巧手之下，其彎曲的黑色枝條尖端長出如精緻睫毛的細針葉，讓宛如在乾枯樹枝上流轉的媚眼秋波譜成一曲簡潔優雅的贊歌——看看那透光的雙翼從光禿僵直的樹幹朝空中延伸，化為各種不同的綽約姿態，使得彼特在兩天內已經第三度自問，難道這是宇宙在對他呢喃的一首詩嗎？

場景正中央，如鏡池水反射出天空與樹木枝條，但是彼特花了一點時間才明白眼前景象的怪異之處。得要多眨幾次眼睛才能適應色差，映射水中的世界失去所有色彩，在灰色的水波鏡面上，呈現出黑色枝條的倒影。金屬與墨色熔合，誕生了由宇宙這個熔煉廠所編排的芭蕾舞碼，松樹線條在流動水銀上跳出一段單調的舞碼。在此場景內，還有各式大小形狀不一的石頭，或沿著岸邊，或在池面上方，或自成一隅，或打造成看不出歲月痕跡的石橋。我們在此見證岩石與河流之間如手足般綿長深厚的情誼，也在此感受由充滿力量的景象以及由山巒與沙地構成的幻象所帶來的顫慄——這是我們世界的本質，彼特心想，這場夢境高懸天邊，而且將永不凋零。

池塘更遠處，一條竹籬小徑通往覆著茅草屋頂的入口。小徑兩側種了成排含苞的冬季山茶花，一些萊安鳶尾混雜其中，後方則是高挺的竹子與楓樹。卡次拉的楓樹特別出眾優雅，因為霧氣在這個精靈國首府四周聚攏成山，彷若城牆般阻擋了強風。這些楓樹的葉片與他處的楓樹一樣，葉脈與邊緣像是經過精心剪裁的蕾絲；然而，由於不受暴風雨侵擾，枝條無需奮力抵抗強風，而能保持纖細優雅，在微風中如芭蕾舞者悠悠擺動。大批霧氣升起，流竄在枝葉間，隨後懶洋洋地向內盤旋消散。此刻，彼特三人想著，如果能在漫長冬季裡欣賞此座花園肯定會是絕佳的體驗。同時，他們可以從葉隙間看見幾條長廊，便也猜想主建築不同側翼的中心大概還有其他珍寶。池塘左側，幾面窗讓人隱約看見沐浴在陽光下的大廳，後方則有一座架高的內花園，由三塊擺放在灰色沙地上的大石頭構成。這幾塊石頭簡直像是被拋向空中再落下，完美地拉出彼此間的距離。毫無疑問地，必須一絲不苟地掌握形狀與每樣物品間的正確間距，才能成就如此完美的呈現。彼特確信這就是那位年輕園藝師的作品，它跟建造者本人一樣閃耀著純淨光輝。彼特也理解這的確能夠令人為之痴迷。想赤足登上山巔者，必然擁有天賜才能，他心想。自抵達卡次拉以來，他不時為腦海裡不停冒出的文雅思想感到驚訝，也在心裡嘲笑著自己。僅是分神了這麼幾秒鐘，一切都不同了，他看待石砌花園的眼光改變了。方才讓他感覺愉悅的布置現在卻顯得過於僵硬，而石塊更傳達出一股讓他顫慄的死亡訊息。「純淨未必是心靈最好的盟友。」他們的嚮導曾經說過。顯而易見，這幅景象裡完全沒有愛，讓他豎起了汗毛。

「太美妙了。」馬居斯說。

彼特看見他正觀賞著石塊。

「太冷漠。」他回道。

「太僵硬。」玻律斯說。

「沒錯，冷漠而且僵硬。」馬居斯如大夢初醒般緩緩說道。

「我能為各位效勞嗎？」他們身後傳來聲音問道。

三人轉過身來，發現一個身材高大，有著淡灰色眼珠的紅髮精靈正近距離站在他們身後。

「我是委員會總管。」她說。

她變身為松鼠，長得竟酷似彼特的母親。彼特想到自己偷偷摸摸地離開暗黑森林，全身從爪尖直到雙耳倏地紅透。

她瞧見了彼特抓著的衣服。

「您的衣服怎麼了嗎？」她問道。

困在松鼠形態裡、紅通通的彼特發出一陣含混不清的咕噥聲，玻律斯於心不忍開口幫忙。

「航行時出了一點意外。」他說。

「我還是第一次聽說有關衣服的意外。」她回應。

「我們也一樣。」馬居斯表情促狹地望向彼特說，但看到他可憐兮兮的模樣，便又正經起來。

「接待我們的狂草請這位暫時一句話也說不出來的紳士來拜訪你們。」他說。

「我知道，但是為什麼？」她問。

「您沒有被知會嗎？」馬居斯回問。

「我們只知道來自暗黑森林的一隻熊和兩隻松鼠要來訪。」她答。

他們全都愣住了。

「你們也不清楚自己被派來做什麼嗎？」她邊說邊幻化為一匹臀部渾圓的棕色母馬。

她若有所思地端詳著三人。

「狂草從不莽撞行事，」她再度發言，「更何況是在這麼混亂的時節。」

「你們會有工作可以給我做嗎？」彼特明確說道，玻律斯和馬居斯兩人一聽頓時張口結舌。

「我不懂這有什麼好大驚小怪的。」彼特看見兩人驚愕的模樣補充道，「我打算在這裡待下來，總得找個工作謀生。」

「您會做些什麼？」她問。

這下輪到彼特張大了嘴。

「這個嘛，」他說，「我也不知道。什麼都可以，我想或許有些工作不需要什麼特殊技能。」

「您不太擅長工作面試。」她有些不悅地說。

她想了一會兒。

「這陣子因為選舉的關係，我還有其他比搞清楚您來訪目的更重要的事要做。不管怎樣，就先將您留在身邊吧。」

她皺著眉頭。

「他真的什麼也不會？」她對著玻律斯和馬居斯問道。

兩人一臉為難，她嘆了口氣。

「您會打掃嗎?」她問彼特。

「我想可以。」他回。

她有些厭煩地咂了咂嘴。

「明早天一亮,西門報到。」她說。

她變回松鼠,彼特就像是看到自己母親發火的模樣,她接著轉身揚長而去。

「你膽子還真不小。」馬居斯說。

「你是認真的?」玻律斯問,「你真的要留在卡次拉,然後每天清掃委員會走道?」

「我是認真的。」受到冒犯的彼特回道,「我不懂你們為什麼不相信。」

兩人望著他好一會兒,眼中充滿懷疑。

「走吧,」馬居斯總算開口說道,「我們該離開這裡了,得在天黑前找到住處。」

他們達成共識上路。離開前,彼特又向懸浮於空中的書冊和卷軸望了最後一眼,看見它們好像也在輕輕眨眼,像是有默契似的互道再見。

「明天見。」他低聲道。

最後,他們穿過幾道門,重新回到城市街道上。

§

彼特在卡次拉的生活就是這麼展開的。雖說我們應該加緊腳步,讓故事趕快追上最後一場戰役的主角們，但還是該說說精靈首府這幾年的樣貌，因為當時的那個世界已經一去不復返。在近七十年間，面對命運捉弄的精靈不停自問這個令人厭煩的問題：是該死去好讓出空間給新時代，還是他們的世界本身已接近尾聲？

「我們向來以為只有個人或文明會衰亡，物種仍將存續。」委員會主席有天這麼對彼特說，「但如果是我們這個物種已瀕臨大限，必須不留痕跡地消亡呢？難道不該重新思考這場戰爭嗎？」

不過，是經過了七十年才促成這場對話。即使日子表面上看來一成不變，彼特仍然將生活過得像場持續不斷的冒險。每天早晨，他總是邊打掃邊胡思亂想，而在大雪覆蓋了小徑與青苔的季節裡，他就去圖書館為書卷歸檔，然後閱讀。他會利用每年兩次的休假時間去旅行。有時候，玻律斯和馬居斯會加入，一同開心地遊歷；大多數時候，他則獨自上路，與路上遇到的其他美麗靈魂交流；他肯定是整個薄霧國裡擁有最多遠方朋友的精靈，因為精靈族群習慣上不會離開自己出生的省分。在卡次拉時，他住在城市高處一位老獨角獸精靈家，每天清晨一同享用早餐、閒聊談笑。他可以從房間窗戶看見霧氣在整個大城市升起與消殞。早晨帶青銅色澤的霧氣總讓他心情激動，他非常享受欣賞日出，因此即使天性懶散，還是日日早起。在凜冽寒氣中踏上空無一人的街道時，他忘卻即將展開的鎮日乏味工作。往下走去委員會總部的路程中，居高臨下俯視著在積雪山巒與霧氣堆成的峭壁底下，如扇子般鋪展開來的城市。旭日為群山陰暗的縱谷鑲上一層華麗花邊，在山巔散落成縷縷光芒，光亮城市中的街道與橋梁包裹在琥珀色的濃霧裡，騰騰霧氣在河流上方崩解，恍如流水與樹木盡情享受溫柔陽光的一場長夢。彼特在被朝露點綴得晶瑩剔透的樹林前停下腳步，歌頌美景，並向高踞石頭上的鳥兒、顫動的竹子，還有開在不可思議冬季中的山茶花一一問好。然而，某些拂曉時分，某個物質（用以重新調整或徹底清理航道）所產生的熊熊火光，映照得儂桑四處彷彿陷入通紅火海。那些日子裡總也會起風、短暫下起冰雹，讓整座城市灰濛濛一片；透明霧氣快速上升至天空；猛烈的天氣變化讓他更加明瞭自己追尋的正是生命中所欠缺的刺激。彼特也說不上來那是什麼，但是這股追尋的力量很快就會將他拋入航道，行遍精靈國各地。

旅行是他的第二本能，雖然精靈國度裡無一處不值得欣賞，但是對他來說，路途本身比起造訪的地方更為重要。

他很喜歡茂葉省，這裡可以看到遠方高地上的薄霧國霧之屋與紅橋，不過此地將儂桑與其他各省分分隔開來的繁茂森林更令他驚訝，沒有航道也沒有路徑可以抵達那兒。旅人們會從歇憩小屋遠眺欣賞第一聖地，那兒供應一種有著綿密泡沫、帶青草味的綠茶。滋味久久不散——那是一種濃烈的空無滋味，猶如將精靈出現前的森林濃縮化成一片光滑而蒼白的空地。這杯茶讓彼特看見不尋常的影像，尤其是一幅在絲滑夜色中透出微光的畫面，那兒有一個水杯，旁邊擺放著三瓣被遺忘的蒜頭。他很確定眼前如畫作般的景象來自他方，另一塊未知的土地正在召喚他，即使他還不知道該往哪兒去。

他也喜歡北方各區，那裡和人類世界相反，是薄霧國全境裡氣候最炎熱的區域，蟬鳴不歇，蜻蜓在稻田上空成群翩飛。而且，那兒還有一種散發燒烤青草氣味與加了大量香料的食物。他在南方嚴寒的飾帶省與凍沙省總有回到家的感受，這兒的精靈總無時不刻在壁爐前喝著熱呼呼的蜂蜜。外頭是一望無際的沙灘與風暴平原，還有永無休止的風與幾座冰封小島；不過，當地精靈會在尖尖的茅草屋頂底下一同享用晚餐、暖和身子，把生活過得舒適愜意。為了對得起整晚待在屋內的舒適，隔天曙光初露時，大夥還是會硬著頭皮頂著冷冽霧氣踏出家門，然後一切又突然變得清朗澄澈，一陣狂風捲走雲朵，顯現出廣闊天空。一大片純淨的天空，如此廣大無涯令人泅泳沉浸其中，海鷗像是由一群隱形弓箭手射出，高高地劃過天際。

這就是彼特走遍的精靈國全境，我無法鉅細靡遺地為各位描述山巔、海岸、瀑布、湖泊，還有火山與平原的所有景色。不過，每個省分裡相同的薄霧、樹木和青苔是精靈國的共同特色與認同，他們也有相同的飲茶傳統，與一樣的木造長廊，並在長廊上欣賞大片閒適浮雲。旅行的好處是，即使他覺得自己仍薄霧傍身（這是這個國度裡的說法），但身為外地人卻能為所到的奇幻之地提供另一視角，讓他能夠幸運地從旁觀察精靈同類的風俗習慣，也透過一次次的旅程在心中描繪出一幅極少數精靈有機會身歷其境的圖畫，在他為每個所到之處不可勝收的風光發出由衷讚嘆的同時，他也學會了深愛自己的族群，學會了如何在這片土地上生活。

薄霧國的景色正是靈魂所代表的自我幻化而成。人類，由於他們總將觀看者與被觀看者、創造者與被創造者切割開來，所以無法理解這個一體兩面的鏡像遊戲本質。精靈不將土地視為他們居住世界的一部分，而是將之視為讓他們各自能量可以在其中展現的動態力量，茶則讓他們可以在這巨大的生命融合中擁有內在視覺與聽覺——因此，他們從來不會當自己在欣賞風景，卻會將每一座山谷、每一棵樹木、每一座花園，都當成是薄霧經過無窮盡的震盪與結合後，在宇宙裡所造就出來的成果。這也賦予了精靈愛好和平的特質，因為身在整體之中不會想要去與整體對戰，精靈們應該會對我這樣述說故事感到震驚，對他們而言，從故事裡就只能看見從混合的生命中隨意擷取的片段風景。與人類不同，他們過著和平的生活：他們喝下能夠喚醒宇宙融合意識的茶，為了幫助群體維持良好秩序而工作，一喝下茶並完成相關儀式後，就到花園栽種，或是寫作與朗誦詩文、歌唱，又或者練習陶藝與書法。這些人類歸為閒情逸致的活動，對精靈來說卻是世界和諧的自然延續，一連串動作在薄霧氣流裡發生，反過來又賦予薄霧血肉。然而，假如說這一切能讓彼特這位自識甚高的精靈感到開心，他也會為了圖書館讓他明白的一個原因而感到沮喪。

某天委員會總管發現他因為書籍懸在半空中而面露驚訝之色，便對他說道：「這些文章和水墨保存了薄霧國之夢。」

事實上，圖書館之夢的具體呈現形式就是一冊冊敘述薄霧歷史的精裝書籍、一卷卷歌頌薄霧國的詩文，或是記載薄霧豐功偉業的羊皮紙文件，所有文件都以精緻珍貴的墨水如實描繪出薄霧中的樹木與山林。經過數十年閱讀，彼特覺得這些文物就像是模糊而悲哀的陳年壁畫，他對這些似乎就已總結精靈世界文學與藝術的東西感到厭煩，而且他十分沮喪，無法理解是什麼推動他日復一日持續尋找當年在航道上的狂草所激發的某樣東西。他喜愛閱讀，不過，他閱讀的方法就像某些人在祈禱時一樣，是在神遊的靜心狀態中，將自己浸淫在一種真實生活無法帶給他的現實感中。可是這股奇特的清明感僅曇花一現，就淹沒在無止境重複、單調乏味的頌歌之中，或是他的諸多航行裡，又或是在詩中，隨著一年年過去，只在心中留下與日俱增的挫折感。我對彼特有著特殊的好感，這是由於我雖然喜歡精靈國度陷落前的模樣，卻也能夠理解他心中與眾不同的憧憬——必須某種程度地自外於這個世界，才會嚮往創造世界，也必須對自我似懂非懂，才會想要探訪雙眼可見以外的世界。

不過，可別以為他就不愛自己生於斯長於斯的土地，當他隱約看見這個世界即將走到盡頭時，他的心彷彿要碎了。在登上卡次拉地界的四百年後，他才第一次踏上萊安的土地。連結卡次拉與萊安的渠道非常不穩定，因為兩大城竟然位於精靈國最極端的兩個地理位置上。一個海拔極高，另一個海拔極低，創造出的激流使得這段八小時的航程成為儂桑最難預測掌控的艱險航程。航道時常關閉，在錯過好幾次後，彼特終於在已經走遍精靈國大半土地後造訪此處。以往航道鮮少出現亂流，如今卻是屢見不鮮，在一段有些混亂的航程後，他總算在拂曉之際，在兩位友伴陪同下抵達第四聖地的碼頭，一行三人站在碼頭上驚訝得下巴都快掉下來了。彼特以為自己已經見識過這麼多美景，再也沒有什麼可以讓他讚嘆不已的了，可是他錯了，因為在所有已知的世界裡，再也沒有比萊安更絕對的城市了。當我說絕對，我指的是美麗與力量，不過當中也包含了不可能。城市雖然被陰暗霧色掩蓋，房舍和樹木卻如黑鑽般閃耀。從黑暗中湧現光芒，整個世界被這道光籠罩，同時彷彿透過鍊金術士的濾鏡，使得一切看來都清晰無比，明明白白地顯露在本應將其掩沒的背景中。這兒沒有高山，有的是濃霧堆疊而成的峭壁，和卡次拉的一樣壯觀，如裙襬散開覆蓋整個城市。高懸在城市上方的大型屏障閃爍耀眼，東西橫貫，夜以繼日，萊安都在這股黯淡的光芒下閃耀。還有在黑暗縫隙中，來自太陽虹彩的流動銀光，在一座座橋與靜謐花園上潺潺淌流，一切都是幽暗的，一切都是銀色的，一切都是透明的，我們可以透過霧氣的薄紗看見城市，層層的霧氣像是一道道能量線般劈啪作響。但這一切是在薄霧輕柔的撫摸下發生，當它遠離移向東方時，會令人嘆息不捨，接著，又滿心感激地迎接下一波從西方回返的霧氣浪潮。

「好像一幅水墨和水晶構成的畫作。」玻律斯喚醒兩個看呆了的同伴。

「大家都說沒有什麼可以與黑暗的光輝匹敵。」馬居斯說，「我能夠理解出身萊安的精靈為何這麼引以為傲。」

「其實，在城市的街道上漫步是第一層次的靈性體驗。」抵達的第一天晚上，彼特在一大盅比其他省分的蜂蜜都還要精緻的蜂蜜前如此表示。稍早時，他們行經一座花園，一小方黑沙地上矗立著一株獨一無二的苦橙樹，樹上的小白花散布在幽暗霧氣間，好似遺落夜空的點點繁星。它們的香氣，與彼特在蜂蜜中聞到的一樣，簡直要讓他為之瘋狂。這個城市裡的一切物事都這麼討喜又出色，以致三人都不想離開了。

「萊安就像是濾鏡一樣，讓眼前所見的一切更加清晰銳利。」他再度發表意見。

他不知道自己的這些見解從何而來，不過每次想法出現時，他都覺得一語中的且似曾相識。他也向兩個同伴說起自己注意到的這點。

「是千年之茶的效果。」玻律斯放下自己的蜂蜜盅時宣稱，「從那之後，我們就是跟亡者共存，或是說亡者和我們生活在一起，我不確定，不過他們會為我們帶來更多覺察。」

離開前一晚，三人在和煦暮色中啟程。就在他們沿著河岸散步，沉醉於水流喃喃述說的季節、樹木與山的流動時，發生意料外的巧遇。當時彼特還在為晚餐時喝下過多橙花糖漿而滿懷罪惡感，等到另一個精靈經過他身旁並對著他微笑時，他才認出這位在哈那塞河道上認識的金髮小天使。對方的面容變得更加精緻、眼睛也比往日更顯蔚藍，已經成年的他如此俊俏奪目，讓彼特好一陣子（幾乎）說不出話來。

「在離開萊安前一晚遇上你們，」精靈笑著對他們說，「在我看來真是命運的安排。」

所有人友好地相互鞠躬。「您要到哪兒去？」玻律斯問。

「卡次拉，清晨第一道航程。」他答道，一邊變身為野豬，外型優雅得幾乎像一頭鹿。「我剛獲選成為委員會園藝師一員。」他驕傲地補充道。

「真巧，」彼特說，「我也在委員會工作。」

「父親把我引薦給園藝總管。」俊美的野豬精靈邊說，邊變身成華麗的馬。「他是非常出色的藝術家。」彼特禮貌地說道。

「他應該要是委員會主席的。」野豬漫不經心地說。

一陣沉默。

「現任委員會主席具備治理薄霧國所需的所有特質。」彼特說。

「您這樣想是因為他選上的關係嗎？您認為普通平凡的精靈大眾對領袖需要具備的特質有概念嗎？」對方問。

「世界上沒有比我更普通平凡的精靈了。」一陣靜默後，彼特說。

年輕精靈仔細打量了彼特一會兒，然後露出令人無法抗拒的微笑，趨走所有遲疑。

「我可不這麼認為。」他在優雅欠身道別前這麼說道。

不過，只踏出三步，他又突然轉身。

「下次見。」他這麼對彼特說時，彼特感覺背脊一陣涼意。

§

作為灑掃者主管，彼特親眼見證委員會裡發生的各個重要事件，以及走廊上的諸多密謀。彼特無足輕重的職位讓他像是隱形人一般，可以得到其他較顯眼的精靈不易獲取的各種資訊。尤其是，就算在卡次拉，他也還是跟在暗黑森林時一樣討人喜歡。所有人都喜歡彼特，所有人都想要他作伴，每天都有人邀請他到城裡一起喝杯楓糖漿或犬薔薇花蜜。只要已經讀完當天的書，他也總是毫不遲疑地應允。清掃對他來說是件令人愉悅的神聖工作，掃帚是由一根輕巧的竹子製成，打掃時僅需輕輕掠過地面；這個工作既不困難也不辛苦，而且他很喜歡看著落葉無力地揚起，然後在他掃過後留下一方淨土。他的工作從清晨持續到中午，整個午後時光都是自由的，他也能自由穿梭在委員會總部的各個角落，包含從北門到議事廳間的幾個內花園。不過隨著時間一年年過去，他愈來愈沒有欲望去那兒。園藝總管雖然沒有贏得大選，但是顯然在委員會很有影響力。漸漸地，灰沙替換掉了青苔，所有植栽也都消失了，被奇岩異石取代，那是花園助手們從薄霧國各個角落蒐羅而來——於是，眼前綿延不斷的相同劇碼一再上演，包含石頭與沙地，海岸上的浪潮、精靈世界的永恆高山或如鏡湖泊。然而，這些景物卻總是缺乏靈魂，只是這倒不再令彼特意外。他每天總在委員會主席針對薄霧國現狀發表儂桑晨報時，細心清掃著委員會園籬，因此能聽見園藝總管以及圖書館管理員提出的問題，此外還有十位委員，有時也會有各省分特派代表一同與會。

他無法想像比當選的這幾位委員更優秀的領導人。尤其是霧之屋守護者，他富音律性的嗓音，還有看不出年齡的眼神，總讓彼特油然而生仰慕之情。園藝總管從不與他或是出身卡次拉的野兔精靈正面衝突。野兔精靈以優雅威嚴，以及精靈身上少有的諷刺幽默感主持各項議程。真是群了不起的人物。一群了不起的人物正在為動盪不已的國度獻身服務，因為他聽見每天晨報都提及霧氣不斷衰減的現象。同時，他們還得面對摧毀上千年植物的破壞者。這名破壞者著迷於石頭與完美，而且他也不再隱藏自己的意向，公開向人類宣戰。

「你怎麼可以否認擺在眼前的事實？」他質問委員會主席，「就是因為人類令人無法忍受的輕率，才毀了交到他們手上的天堂，然後又透過紅橋感染，讓我們的世界也日漸衰亡，你怎麼可以對他們的妄為視而不見？」

「沒有什麼疾病是毫無來由的，也都會有補救方法的。」野兔精靈答，「隨意找個代罪羔羊無助於拯救薄霧國。」

「您被花言巧語欺騙了，而這些罪人還肆無忌憚地在戰場上逍遙。」園藝師反駁。

「薄霧衰亡不是罪過，而是挑戰。」霧之屋守護者答。

「如果我們不採取任何行動，薄霧不會自己回來。」對方堅持。

這樣的情景年復一年一再上演，許多精靈開始心生動搖，園藝師的話語漸漸滲透，雖然目前還沒有任何委員對人類問題採取極端立場。

當命運開始轉向，再沒有什麼閒情逸致可以分散我們的憂心。那是個美好的十一月午後，彼特正坐在圖書館一角的柔軟座墊上閱讀，眼前是唯一免於被出身萊安的園藝師用石頭改造的花園。他邊讀邊偶爾發出嘆息，收錄在薄霧國重要經典《聯盟頌》綜合文集裡一系列以悲嘆秋天為主題的詩，隱約引起他的興趣，但也讓他覺得有些無聊。裡面滿是讚嘆山、林、雲彩等大自然和諧景致的文句。大量優美詞藻簡直令人難以消化，以霧氣朦朧的山巔為背景，描寫樹木如何優雅地落葉，以及鳥兒同樣充滿詩意地在高空翱翔。

非春非夏亦非冬

無一知曉
秋日之慵懶風雅

他又嘆了口氣，帶上書，走到第一座庭院裡，倚著一株老李樹坐在太陽下。天氣非常和煦，就在他繼續讀了幾頁描寫落日裡燦爛楓樹的文字，快要睡著的時候，突然讀到了什麼令他驚跳、坐直了身子，心臟猛烈跳動，全身顫抖。他呆望著由一位園藝師擺在青苔上的山茶花，卻視而不見，又埋首文字中，搖搖頭，不斷地一讀再讀。

薄霧重生
透過兩名十一月與雪的孩子
失根者最終結盟

「我的霧呀。」他總算低聲說道（在精靈世界裡，就是「我的天呀」的意思）。

他不確定是哪個原因讓他更感震驚，是他在這些詩句中找回之前在航道上受到狂草影響脫口說出詩句的靈感，又或者是他第一次感受到如此難以置信的文句存在。透過多年的閱讀經驗，他可以肯定這首詩並非在歌頌任何已存在之物，也不是指某天發生的事情，相反地，是在描述霧之衰敗，並提示解方，就像是早已預見並設計好似的。不知名文稿裡的三句詩文，以及與一顆充滿前所未有狂熱的心相輝映的閃耀生命，這樣濃烈的情緒讓他感覺到心臟劇烈地跳動著，而沒有注意到眼前出現的人——站在他面前，靜靜地觀察著的，正是委員會主席。他已經在那兒站了多久？彼特自問，同時一躍而起。太陽西落，陽光斜射在庭院青苔上。他開始感受到些許寒意，眨了眨眼彷彿剛從一場長夢中醒來。他呆立了好一會兒，不發一語地杵在委員會主席面前。

「您在讀什麼？」主席終於開口問道。

他花了數小時動也不動地重複讀著那首詩時，所有的一切在他的腦海中漸漸拼湊成形，最終從口中吐出了令自己也嚇一跳的回答：「一個預言。」

委員會主席聞言挑眉。

「一個預言？」他說。

彼特感覺自己愚蠢極了，低頭看著手裡的書，再次鼓起勇氣。

「一個預言。」他說。

他朗聲唸出那三句詩文，一字一句如尖銳匕首劃破白日將盡的寒涼空氣。

「您在哪兒找到的？」一陣沉默後，委員會主席問。

「在《聯盟頌》裡。」彼特邊說邊把書遞出去。

又是一陣沉默。

「我讀過無數次《聯盟頌》，」主席說，「但是對這幾句詩毫無印象。」

彼特恭敬地沒有回話。

「而且我的記憶力向來很好。」他邊說邊變身為有著一身令眾人為之傾倒的白鼬皮毛的野兔。

他沉思了一會兒，彼特也不發一語，為自己感到困窘，手足無措。

「您在這兒工作多久了？」野兔精靈問。

「七十年。」彼特答。

「您不是卡次拉的人，對吧？」

「我來自暗黑森林，」彼特答，「經過一連串機緣巧合來到這裡。」

野兔又變身為黑馬。

「什麼意思？」他問道。

「這個嘛，」彼特說，「是哈那塞的狂草派我來的。」

黑馬直盯著他，彷彿他變身成蛞蝓似的。

「您是在什麼機緣下遇到狂草的？」他問。

「是南方邊境擺渡人引薦的，他請狂草女主人幫我們準備千年之茶。」彼特答。

委員會主席笑了。

「就只是這樣。」他說。

幾乎像是說給自己聽似的，他低聲唸出擺渡人的名字，以吱吱聲開頭，結尾則是類似噗通的水聲。

「一隻來自暗黑森林的松鼠，受薄霧國裡最資深的擺渡人與茶屋主人所託前來，某種預言憑空出現。」他接著說，「您可以想像我有多驚訝竟然直到今天才發現瑰寶吧？您或許還有其他沒說的？」

彼特漲紅了臉。

「就在抵達卡次拉前不久，我才剛做了一首跟兩個孩子有關的小詩。」

「您是詩人？」委員會主席問。

「不是，」彼特答，「我是灑掃者。」

主席又變身成人形。

「恐怕您得換個職業了。」他說，「明天一早來委員會報到。我會召開一場特別會議，您得有心理準備會度過漫長的一天。」

他離開了，留下彼特像把掃帚似的愣在原地，心慌意亂。

高懸夢境
非春非夏亦非冬
無一知曉
秋日之慵懶風雅

——《繪之卷》

聖地

精靈世界共有四座聖地。

儂桑，位於茂葉省，該聖地透過所有水陸渠道來接收、調節和供給薄霧。

卡次拉，精靈們的首都，也是雪省珍寶，負責維護精靈世界之根基。

萊安，黑霧省中心，掌管的是美之永恆。

最後是哈那塞，聖灰省唯一城市，維繫生者與亡者的關連。

這些聖地就是蘊藏解開偉大的四卷書所提問題答案的秘密核心世界。

儂桑日日祈求薄霧能夠得救，回答的就是關於虔誠信仰的問題。

關於戰場上的勇氣，就是卡次拉委員會時時關注不懈的問題。

而自然畫作所詮釋的美，就是萊安給的答案。

最後是有關愛的問題，這也是最重要的問題，哈那塞的亡者們絮絮輕唱頌歌時所懷著的愛，隨著歌聲穿越時空，乘著幻夢之大風，在某一天不遠千里將答案送到我們耳畔。

預言

委員會主席立刻認同彼特的直覺，認為這三句詩文是一則預言。主席深諳人類文學與精靈文學之間的差異，他知道這首詩絕不可能出自《聯盟頌》——然而，此刻它便是一曲頌歌，或者可以說，它已經成為其中一首聯盟頌歌了。

精靈們說故事的方式和人類不同，精靈不懂得創造故事。精靈歌詠他們的功績，譜曲頌詩來吟詠飛鳥、讚頌薄霧之美，但精靈的讚詩與哀歌永遠非關想像。在全然的整體之中，誰還會需要故事呢？身處於全然的整體之中時，所有事件都只反映全體的一小部分而已。

由於精靈的編年史中並未出現兩名可使薄霧重生的十一月的孩子，而精靈耆老們的記憶中亦無此事，這首無法歸類的詩足可視作預言。委員會主席已開始揣想，他那美好穩定的永恆世界將必須有所應變才能存續。主席領悟到，灑掃者彼特發現的天啓，預示了新結盟的必要。

透過神聖紫羅蘭

一八七〇～一八七一

來自暗黑森林的彼特覺得他的人生一分為二，自從讀到那則預言之後，人生便截然不同。他的前半生忙於灑掃庭院，後半生則是一場冒險。而今，當他回首往昔，當年的人生旅途，以及途中那微不足道的波折，都彷若只是籠中小老鼠蹦蹦跳跳的小動作。

這一年對彼特來說是一場啟蒙，一連串令人難忘的事件宛如巧合般相繼發生，事件與事件間的關連愈漸緊密，直到匯聚所有線索直指戰爭最終走向。然而當時，這些事件的脈絡與意義並不易理解。而且這些事件就在混亂中發生：一樁謀殺案，致使委員會主席前往羅馬；一幅非常奇特的畫作出現在世上，畫中確切證實各世界衰亡的命運；精靈們發現一本灰色筆記本的存在，即將展開的戰爭將會因它改觀；此外，彼特首度品嘗人類釀製的美酒。

灑掃者彼特首度出席委員會會議之後不久，亦即精靈有了與人類結盟的念頭後不久，園藝總管和他的年輕得力助手之間曾經有過一席對話。這位左右手就是來自哈那塞的小野豬，如今已是成年野豬。三十年來，彼特每天都在委員會總部的走道上遇見他，雙方間的敵意持續升高。最初，這頭年輕野豬尚對彼特抱持好感，但自從他發現彼特對園藝總管的奪權詭計興趣缺缺後，態度便轉為輕蔑。這名副手對上司的仰慕讓他成了最狂熱的信徒。你得看看他們倆聚在一起的模樣，當主從兩人一同幻化為人形時，那身影如此放肆，在彼特眼中顯得既美麗又不祥。他們的耀眼微笑有時使彼特啞口無言，但接下來他搖搖頭，那迷人的魅力便煙消雲散。

然而，一月某個早晨，彼特偶然聽見他們的對話，將對話內容向委員會主席與霧之屋守護者稟告。三人在主席辦公室中密談，在這狹窄的空間窗外，有著最令人驚嘆的景致。儘管彼特曾造訪許多無與倫比的花園，但他尚未見識如這般彷彿將大自然濃縮其中的花園。一座全然由精靈之手與精靈之心打造的庭園，這造景的精湛技藝能使人感受最原始純樸的大自然，讓他陶醉，讓他目瞪口呆。那只是一小片淺色沙地，種植杜鵑花和南天竹，一道潺潺小溪流過庭園，前方空心的大石上有鳥兒嬉戲。然而，這庭園儘管簡樸，卻透過某種能夠轉化距離的奧妙技法，讓人感覺置身遼闊世界。另外尚有一些彼特無法參透的神秘原因，至於箇中奧秘究竟為何，彼特已放棄探究。

「這庭園乃是由我親自打理。」某日，主席指著外面廊邊排成一列的園藝剪、小掃帚、竹耙、竹簍，這樣告訴彼特。

彼特很開心這庭院不需其他園丁插手。終於，此刻也該是敵人露出馬腳的時刻了：彼特在工作結束後，漫無目的地沿著委員會的通道遊盪，在走廊轉角看見那兩名罪孽深重的精靈，察覺他們神色有異。彼特跟蹤他們，在他們走進小房間交談時，躲在外面偷聽。薄霧國准許精靈委員會要員的眷屬自由來去兩個世界，而園藝總管有個侄子，顯然最近前往人類國度後便失去聯絡。他在一座名為阿姆斯特丹的城市中找到一幅畫（園藝總管對此意興闌珊）和一本灰色筆記本（他對它倒很感興趣），將兩件物品護送至另一座名喚羅馬的城市後便消失無蹤。在那之前，他曾自阿姆斯特丹返回一次，卻沒帶回灰色筆記本，因為擔憂委員會主席發現它的存在。筆記本似乎對園藝總管至關重要，因此他責備侄子過度小心，害他未能取得。當彼特將這起在他眼中毫無道理可言的事轉述給委員會主席與霧之屋守護者聽時，兩人卻未露任何驚訝神色。

「我們始終留意著居留於人類世界的精靈們，」霧之屋守護者說道，「而那個夜晚，我們見到他的侄子被謀殺了。」

「謀殺？」彼特萬分驚駭。

「是的，謀殺。」委員會主席肯定地說，「他似乎想將那幅畫賣給一位藝術品交易商，藉此賺取人類的錢，但交易商卻殺了他，並將畫和筆記本占為己有。這名交易商名叫羅貝多．沃爾普，我即將動身前往羅馬，和他會面。」

「和謀殺犯會面？」彼特更加驚駭地問道。

「令人訝異的是，羅貝多．沃爾普為人親切溫和，而且今早才成為人父。」委員會主席回道。

「那幅畫讓我們大吃一驚，」守護者說，「畫中有什麼迫使我們非得就近查看不可。不幸的是，在殺戮場面引起的驚惶之下，我們沒看見沃爾普如何處理那本神秘的筆記本。但園藝總管派侄子前往阿姆斯特丹，此事絕非偶然，我肯定他一定知道他是去找什麼。因此我們肩負著雙重任務，一是尋覓兩名孩子，二是尋找灰色筆記本。」

「您認為這兩件事有關連嗎？」彼特問道。

「我們認為所有的一切永遠都是有關連的。」守護者回道，「就連狂草基於某種預感而將某個灑掃者送到委員會圖書館這件事也一樣。」

彼特不發一語。

「我們有時或許很盲目，但我們可不蠢，」委員會主席說道，「你似乎很喜歡旅行？」主席的眼神轉為悲傷。

「然而，我並不確定我要向你提議的事是一項特許的恩惠。精靈首度在人類世界被殺，這件事向我們預兆一段悲哀的歲月就要開始了，但在黑暗之中，我們更應展現識見與果敢。」

他和守護者交換一下目光。

「你在《聯盟頌》中發現的不尋常詩句，明顯指出一件事：時代的關鍵，藏在兩個世界的連繫之間。狂草與南方邊境擺渡人都是我們這世界最高層的決策者之一，我不明白為何在你被他們選上這麼久以後，這詩句的預言才透過你顯現出來，也不知道為什麼命運在這段期間只交給你一把掃帚，但你似乎就是這趟旅程的最佳人選。」

他看著彼特的眼神似乎有點嚴厲，抑或那是莊嚴鄭重的眼神？

「我決定任命你為人類世界的薄霧特別密使，」他說，「你的任務是尋找灰色筆記本，以及《聯盟頌》提及的兩名孩子。」

他起身，示意彼特可以離開。

「明天黎明時過來這裡，」霧之屋守護者說，「準備好數天份能夠應付四季和各種天候所需的簡單行囊。」

彼特離開委員會時心情混亂，以致回家時生平第一次走錯屋子，認不出家裡的老獨角獸。他不斷在心中重複：薄霧委員會的人類世界特別密使！他完全不知道自己該做些什麼，而目前唯一的指令已經使他萬分苦惱。精靈們從早到晚都穿著同一件貼身服飾，但下雨時也會套上斗篷，天冷時則會加件暖和的外套，再戴頂人類會戴的帽子。彼特整夜想著該把哪些衣物放進行李裡，直至天邊呈現魚肚白時，他將幾件衣物隨便塞進旅行布袋。最後，他驚恐地看著已然亮起的天光，趕緊衝至委員會。他不知道自己是如何辦到的，但他很快就抵達昨日的主席辦公室。委員會主席在彼特面前，以若有所思的銳利目光看著他，而主席身旁的霧之屋守護者正對著主席說話，但彼特聽不見談話內容，話聲彷彿消失在濃霧之中，而且那濃霧連他的腦袋都一併淹沒了。

霧之屋守護者將手放在彼特肩上，一陣空白之中，濃霧綿延不絕地溶解在冰霜似的虛無之中，接著他們便置身儂桑。霧之屋非常寂靜。窗戶既無玻璃亦無裝飾，彼特能看見屋外山谷內宛若由薄霧雕琢出來的樹木。後方的紅橋頂端有陣濃霧正在原地盤旋。

「我們是經由何處來到這裡的？」彼特問守護者。

「經由橋。」守護者這樣回答，並遞給彼特一杯茶。

「我以為橋只通往人類世界。」彼特說。

「橋唯有在發揮連繫不同世界通道的功用時才能得見，」守護者說，「而在我們的世界裡，它並不需要特殊的外在物質條件。」

放置茶具的長凳上有一疊衣服，摺得整整齊齊，守護者在彼特面前一一攤開。這些服飾包括一件好像要裹緊雙腿用的服裝，一件外型寬鬆的大襯衫，和一件類似斗篷但有袖子的披風。

「這套服裝不管到哪兒都很合宜，」守護者說，「不過鞋子就不一樣了，得依你的目的地而定。」

「但我要去哪裡呢？」彼特問道，「我一點頭緒都沒有。」

但彼特隨即想起昨日的對話：「或許是去羅馬？」

守護者向他展示一些影像，彼特因太過震驚而變成松鼠趺坐在地。

「羅馬。」儂桑的守護者說。

然而彼特並不明瞭，自己看見的是什麼。

「那是用石頭砌建的房子，」守護者說，「這些是人們聚居的房子，從某個角度來說，或許是宗教與政治中心的建築物。」

「那麼高，那麼死氣沉沉，」彼特小聲說道，「我不覺得自己會想去那裡，說真的，我完全不曉得自己該做什麼，我也一定不會知道該從何著手。」

「相信你的心。」守護者說。

彼特站定不動好一會兒，感到徬徨無助，不知該何去何從。他在茶屋夢見的那名繫著藍色緞帶的老太太的臉龐，毫無預警地自記憶深處浮現眼前，她正朝著他前進，背後是剛翻過土的小庭園。彼特覺得守護者輕輕地進入他的意識，聽見守護者對他說：我看見她了。畫面變換，森林與草原的翠綠風景穿梭眼前，接著停在一座坐落在山谷裡的小村莊上方。彼特看著那些鋪著淺黃褐色屋瓦的石屋，一顆心噗通狂跳。雪覆蓋了果園，冬日的煙一道道升上天際。

「那裡，」他說，「就是那裡。」

影像消失了，守護者睜開雙眼。

「勃艮第，」他說，「至少那裡不缺雪。」

§

一小時後，彼特站上紅橋。從松鼠化為人形，身穿人類衣服的他渾身不自在。而且他腳上還套了一副折磨人的道具，守護者稱之為木鞋。鞋子裡還得塞進羊毛襪，搔得他的小腿肚很不舒服。

「我們會一直在這兒照看著你，你決定回來時，僅需示意讓我們知道即可。」守護者說。

最後，守護者交給彼特一個小錢包，裡面裝著彼特在另一個世界或許會用到的錢。

彼特向前邁進一步，踏進濃霧構成的圈圈裡。霧異常濃密，他感覺臉頰拂過一陣絲一般柔軟光滑的觸感。他心想：現在會發生什麼事？他內心深感不悅，我想依我們這位主人翁的性格可以輕易解釋他此刻為何心情不佳，這是因為他沒吃早餐，飢餓的胃減損了他背脊那股因冒險而顫慄的絕妙興奮感。他閉上眼，深呼吸，等待迎接一陣漫長的冰冷空虛。一陣強風摑了他的前額一下，驚得他睜開雙眼。

他已身處另一邊。他心想：原來如此！同時發現面前就是他夢中的那座農場。此刻已近傍晚，日暮西垂。台階左側，唯一一扇尚未闔上窗板的窗子透出燈光。這時有人打開窗戶，將身子探出窗外和刺骨的北風奮戰。夜幕開始低垂，彼特看不清那人的臉龐，但他不需細看，便已了然於心。他靦腆走近屋子，心跳得很快，踩著木鞋的步伐有點不穩。現在他能看見那張皺紋滿布的年邁臉孔，看見老太太頭上綁著勿忘我花朵緞帶，看見她那充滿生命力的眼神，和他夢見的眼神如此相似，卻是屬於不同人的眼神——他想著，那已是七十年前的事了，眼前這人，是夢中那位老太太的曾孫女。

「親愛的耶穌啊！」她看見他時這樣歎道。

彼特目瞪口呆，心想：我懂她的語言。她打量了他一陣之後，莫名地認定：他顯然不是什麼壞人。她搖著頭說：「你怎麼楞頭楞腦站在那裡，把自己凍成那樣？進屋裡取暖，在壁爐前聊聊吧。」

他笨拙地踩著木鞋走過去，她見狀大笑，捉住窗板，啪一下就關上，然後用同樣的力道砰地關上窗戶。下一秒，門開了。

彼特鑽進門，進入寬敞的室內，火在壁爐中熊熊燃燒。緊挨在爐火前的一夥人不約而同轉頭看著彼特。

「呃，朋友，天氣這麼凍，你在外頭做什麼？」在座其中一人這樣問彼特，同時招手請彼特來爐火前一起取暖。

彼特暗忖：我雖然聽得懂他們說的話，但我會說這語言嗎？他決定豁出去了，先是有禮地鞠了個躬，接著靠近那群人，感覺話語自然地脫口而出。

「我迷路了，」彼特說出霧之屋守護者教他的說詞，這講法適用任何場合，「我想找間客棧過夜，但我一定是走錯方向了。」

另一人興味盎然地看著他。

「講話彬彬有禮，這麼有教養，」他喃喃說著，「卻顯然一點也不靈光。」

他拍了彼特一下，差點讓彼特從木鞋裡跳出來。

「你來得正好，」他說，「我們的表哥莫里斯來拜訪我們，所以今晚有個歡迎會。」他邊說邊指著莫里斯，這名古銅色肌膚的和氣男子面露微笑，舉起兩指快速拂過太陽穴。彼特想著，所以農場的人是這樣打招呼的。

「而且，我們的瑪格麗特正在廚房作菜，她煮的食物可比客棧煮的粗食好吃多了。」和彼特攀談的這位農民說完後，將一只小小的玻璃杯塞入彼特手中。這裡所有人手上都拿著像這樣的小杯子。

那人舉起一個瓶子，瓶中盛滿透明液體，某種特別的直覺讓彼特認為那應該不是水。

「這是老杜釀的李子酒，」他邊說邊在彼特杯中倒滿酒，「老杜可是很認真的，他的酒絕不是開玩笑的。」其他人都笑了。

他直直盯著彼特的雙眼。

「我是尚赫內．孚爾。」他說。

「我是喬治．貝納。」彼特回道。這名字也是霧之屋守護者給的建議。此刻，彼特開始幻想自己真的是這個名叫喬治．貝納的人，能夠永永遠遠待在這間氛圍彷若天堂的農舍裡。

室內飄著他從未嗅過的香氣，鍋裡燉煮的菜餚一定不是精靈平常煮的食物——那香味很神秘，很強烈，帶著麝香氣息，火熱的感官刺激擾亂著彼特，卻又使他著迷。彼特想著這些事時，尚赫內將手中杯子湊近彼特手中的杯子，敲了一下，說了一聲「乾杯！」——而彼特正苦惱於口中因香味刺激而過度分泌的唾液，他很開心能平衡一下嘴裡的唾液，於是便像尚赫內一樣，將頭向後一仰，把杯中物一飲而盡。

他跌在長凳上，心想：我是不是快死了？一陣絕妙的暖意在他肚子裡蔓延開來，而他發現所有人都看著他笑。

「他該不會是第一次喝酒吧？」尚赫內將手放在彼特肩膀上說。

彼特正要開口回答，卻發現自己臉頰上淌著淚水。他突然放鬆下來，接受命運的安排，陶醉在燃燒腸胃的烈火中，他也開始笑了。

「敬上帝！」尚赫內嚷著，同時再度在彼特的杯中斟滿老杜的李子酒。

晚宴就這樣開始，在場所有人都很喜歡彼特這個一頭紅髮、頂著大肚腩的胖傢伙，他似乎不懂得該如何穿木鞋走路，但大夥都立刻在他笨拙的天真老實中，看出他擁有善良而討人喜歡的靈魂。

現在大夥邊飲酒邊笑談這天發生的瑣事，掌廚的婦女們將辛勞的成果端上桌來，指示大夥坐下。尚赫內唸了一段禱詞之後，將發出光澤的圓形大麵包切片，女人們則開始將第一道菜分盛給眾人。晚餐共有四道菜——抑或是十道菜呢？喝下人家倒給他的第二杯葡萄酒之後，彼特就再也算不清了。他們說這是特別珍藏保存的葡萄酒，只有特殊的日子才會拿出來。他很喜歡一開始所喝由老杜釀造的李子酒，而宴席接近尾聲時，為了填滿胃中最後的空隙，他們打開一個玻璃甕，裡面是用蒸餾烈酒浸漬的蜜李，這令彼特讚不絕口。至於葡萄酒，則以更不同凡響的方式讓整個餐宴畫下圓滿的句點，若沒有葡萄酒，彼特絕對吃不完盤中佳餚——要是這樣就太可惜了，因為瑪格麗特可是鄰近一帶出了名的最佳廚師。而且，今晚桌上擺的食物正是上週在積雪覆蓋的森林中獵得的收穫。樹木像大片浮冰般發出劈啪迸裂的聲響，動物們都還來不及叫就在巢穴中被逮住，牠們的肉鮮嫩多汁，那是死前來不及感受死神降臨的獸類特有的美味。既然您對人類的食物很熟悉，我可以在此詳述今夜的菜單，就從彼特面前的不幸動物開始說起：除了農場平時食用的豬五花肉燉湯之外，還有一頭鴨子被插在鐵杆上火烤凌虐，旁邊則是紅酒洋蔥燉野兔肉、雉雞肉醬、鹿肉醬、燉苦苣、烤馬鈴薯、香煎金黃刺菜薊。最後，在每名賓客各享用過半份農場牛乳自製乳酪之後，甜點是李子派和秋季酸蘋果泥，配上一道滿足饕客味蕾的酸甜醬汁。

此刻，彼特直盯著那道湯——在紅蘿蔔、馬鈴薯與大蔥之間，漂著一些帶點粉紅的白色物體，他問鄰座的人那是什麼。

「想也知道，是豬肉啊！」那人這樣回答。

豬肉！我可不能吃豬肉！彼特不斷這樣告訴自己。他驚駭萬分，腦中盡是霧之屋守護者被塞進燉鍋的畫面。但那些粉紅色的塊狀物似乎對著他心中的意圖眨眨眼，而那香味像惡魔似的引誘著他。喝下第三杯葡萄酒後，他終於鼓起勇氣，小心翼翼咬了一口豬肉，一陣愉悅爆發開來，使罪惡感造成的暈眩消散無蹤，況且那罪惡感早已被醉意稀釋而淡化許多。當豬肉的纖維在他舌尖化開，肉汁流進他的喉嚨，他還以為自己會因為這股快感昏厥過去。接下來的體驗更讓人心醉神迷，享用過烤鴨之後，他已不再糾結於自己墮落為肉食者的事實。他邊動手取用肉醬邊想：我晚點再贖罪。就讓入口即化的肉醬油脂和留在嘴裡的肉塊，在齒頰間跳著鬼魅般惑人的芭蕾。毫不意外，到了隔天，他便忘記自己曾經有過與他的文化背景和本質如此大相逕庭的想法，更遑論他為求心安而說服自己身為外來者理當入境隨俗；他也幻想這些動物是在無痛無苦之中被宰殺的——他總得這樣想。彼特完美扮演了他的人類角色，我讓各位自行判定他是否應為此感到高興。晚餐結束後，他們依照人類習俗（應該說是法國習俗，或者更精確來說是勃艮第的當地習俗），男人喝著餐後酒，女人則邊喝花草茶邊在廚房裡收拾，大夥同時對豐富佳餚讚不絕口。莫里斯斬釘截鐵地表示，瑪格麗特的雉雞肉醬是整個文明國度最美味多汁的肉醬，他的發言引發眾人討論，所有人紛紛議論起這個關於肉醬本質的大哉問（美味的雉雞肉醬重點便是乾燥，而他們的言不及義就性質而言也是一種枯燥的概念），接著他們若無其事地央求廚娘和大家分享她的秘密，而她拒絕回答，她寧可被活活處死、被丟在荒郊野外任四下烏鴉啄食，也不願意洩露她的訣竅。

彼特熱愛這些佳餚，而葡萄酒則給了他另一番截然不同的體驗。啜飲一口，便滿嘴都是這片勃艮第土地的滋味，是勃艮第的風、薄霧、石頭和葡萄嫩芽，他喝得愈多，便愈深入理解宇宙之奧秘。從前他凝望山峰和故鄉森林時，都未曾有過這樣的體驗。他那屬於精靈的靈魂以超出平時千百倍的強度，理解了天空與土地結盟所誕生的魔力，而他心中近似人類的部分終於得以發聲。除了酩酊的靈感啟示之外，這其中最美妙的，是葡萄栽種者與飲酒者之間的雙重故事。葡萄樹敘述的，是關於植物與宇宙的一場慢速歷險記，一首山坡與矮牆在陽光下展演的史詩；接下來，則是輪到葡萄酒打開話匣子，開始生出一段段故事，而故事中的預言不過是一種預兆。大家聊著奇蹟似的豐收狩獵、雪中的修女、宗教儀式、神聖紫羅蘭、超乎想像的成群野獸長途遷徙，正在喝完最後的甜酒的村民們熱烈地討論這些話題；然而，在這尋常生活之上，卻添加了一種嶄新的人生，在可見之物的背後熠熠生輝，在清醒的時間之中，開啟了屬於夢象的自由。彼特不知道他這轉變應該歸功於眼前這些人類新夥伴的才能，或應該感謝他每多喝一杯酒都更加飄飄然的美妙感覺。但他感覺到從前的挫折感正在消逝，平時他一向覺得自己和事物之間有著隔閡，但如今，這層膜已然飄逝，而他能夠掌握活生生的情感脈動。世界閃閃發光，變得豐醇濃厚。然而，他也知道，若少了酒，這一切不可能發生。像這樣的現實轉換，葡萄樹與故事都缺一不可。七十年後，彼特領悟了航道上的狂草訊息，他是如此感動，於是喃喃地說了些話。坐在彼特鄰座的人聽見後，請彼特再說一次。

圍著桌子的所有人都安靜下來。

莫里斯請彼特複述他剛才說的話。所有人都睜著溼潤的雙眼，以酒足飯飽後的微醺表情盯著彼特，彼特以微微顫抖的聲音含糊地說：「感覺世界像是一本小說，正等著被寫上文字。」

說出口後，彼特因自己的話語而懊惱。眼看大家都等他解釋，他覺得自己像個蠢蛋。然而，尚赫內卻出人意料地贊同這句話，他舉杯，帶著善意宣告：「當然，如果沒有睡前故事和老奶奶們的寓言故事，我們該怎麼辦？」

所有人都點點頭，酒精卸下了他們的心防，使他們順從地接受這晦澀的解讀。他們思考一下這件事（但也沒想太久），然後繼續先前的對話，對話速度變慢了，因為他們腦子裡正想著等會兒將臉頰放上枕頭、在酒香中打鼾至天明的景象。

然而，當他們慵懶地說著今晚最後幾句對話時，莫里斯起了個話題，瞬間如星火燎原，讓同桌所有人都重新坐直身子，熱烈地加入討論。

「我說啊，沒有比冬天更好的季節了。」他若無其事地大聲說。

接下來，他對自己這一招相當滿意，於是喝下最後一杯酒來犒賞自己。

不出所料，大夥都落入陷阱了。

「這是為什麼呢？」尚赫內以故作和氣的聲調詢問。

「當然是因為打獵和伐林啊！」這傢伙回答。

一場熱烈的討論就這樣展開，彼特聽不太懂內容，只聽見敲打樹木趕出獵物、狗、喬木林、果園，還有這一帶稱為「狩」的神祇。討論持續了一段時間，彼特在彷彿沒有止盡的歡樂中，又多倒了幾杯酒，但到了最後（這還真令彼特感到惋惜），因為時近午夜，也因為最美好的事也總該結束，於是瑪格麗特一肩擔下了為辯論作結的任務。

「每個季節都是神賜的好季節。」她說。

為了尊重老奶奶（還有她烹調雉雞的手藝），男人們紛紛閉嘴，以文明的方式飲盡杯中李子酒來慶祝他們重新找回彼此之間的和諧。但尚赫內．孚爾無法罔顧待客之道，他開口詢問彼特最愛的是什麼季節——此時彼特驚覺，儘管自己才剛像一頭勃艮第豬玀一樣大吃大喝，思路卻異常清晰。他學其他人，舉起手中的酒杯，朗誦《聯盟頌》中的三句詩句。

非春非夏亦非冬
無一知曉
秋日之慵懶風雅

其他人詫異地看著他，而後面面相覷，眼中閃著光芒。

「如果用詩來說的話，當然如此。」尚赫內喃喃地說。

所有人都用一種意想不到的敬意低下頭。瑪格麗特微笑著。女人們將剩下的甜派和最後一點酸甜醬汁推到彼特面前，向他眨眨眼。所有人看起來都很幸福，比天上的小天使更快樂。

「該去睡了。」尚赫內終於這樣說。

然而男人們並未離去，而是以嚴肅的眼神站起身來，女人們則在胸前做了個手勢，彼特後來才知道這是畫十字的動作。彼特被當下的莊嚴肅穆氛圍震懾住了，他想效法這些人，他站起來，做了相同的動作，卻差點摔一跤。他踩著木鞋站穩身子，傾聽最後的禱詞。

「讓我們為在戰場捐軀的人們禱告，」尚赫內說，「尤其是村裡的男丁，他們的姓名刻在教堂對面的紀念碑上，好讓人們不要忘記。今日，人們記憶猶新，但明日人們便將遺忘這些戰事。」

「阿門。」其他人這樣回答。

他們低下頭，在靜默中沉思。彼特心想，所以他們經歷了一場大戰。大夥重新開始交談時，彼特在輕聲的喧譁中感受到，有什麼東西正試著在他心中闢出一條道路——是葡萄酒的恩惠，抑或是這一刻的神聖莊嚴使然？斷斷續續地，他聽見一些隱隱約約的聲音。

「可惜的是，我知道光是祈禱，並不能夠讓彈丸穿入敵人們的頭顱。」尚赫內友善地將手放在他肩膀上說。

沉默片刻之後，尚赫內繼續說：「所以我每天都去墓園，去傾聽我們的亡者對我說話。」

在彼特腦中潛伏醞釀的共鳴，突然迸發。

「大地震動，滿月變紅像血。」彼特說完趕緊住口，嚇壞了。

我在說什麼？他這樣想著。

但尚赫內只是溫和地點頭。

「正是如此，」他說，「我們其他人所經歷過的正是如此。」

最後，所有人都離去了，彼特被帶至他的房間。鋪滿乾草的屋外小棚，裡頭擺了羊毛床墊、柔軟的枕頭以及暖和的被子。從前在茶屋夢見的影像在彼特腦海中盤旋不去，嘈雜的恐懼感再度緊揪他的心。我看見的那些畫面，是已經結束的戰爭，還是將起的戰爭？他這樣自問，但葡萄酒終究征服了他，他倒在床上，轉瞬睡去。

這一覺睡得既無夢象亦無憂慄，這夜晚彷若不存在，他毫無記憶。至於清醒的這一刻倒是相反，他痛苦地感受到自己的存在。他走去大廳——與其說是用走的，不如說是拖著腳步。室內瀰漫一股美味的香氣，有個年輕女子正忙著清理桌面。桌上現在只剩下三瓣蒜頭，旁邊放著一杯水和一只陶碗。

「要喝杯咖啡嗎？」她問他。

雖然彼特的左眼睜不開來，但是第一口咖啡讓他舒服多了。

「男人們要我代他們向您問好，斜坡上的農場很歡迎您來這裡，您想待多久都沒問題。」她說，「這是今年第一場大規模的狩獵，今早他們無法等您。但如果您餓了的話，我可以煮點東西。」

「斜坡上的農場，這是農場的名字嗎？」彼特問道，同時有禮貌地婉拒了早餐。
「是的。」她說，「我們已經不記得是從什麼時候開始這樣叫了。」
「其他女士們去哪兒了？」他再問。
她笑了。
「『女士』，老天爺……」她回頭繼續工作，「她們在馬歇洛農場那邊，神父也在那裡。聽說那邊的老太太大概是撐不過今天了。」
她畫了個十字。

§

一個鐘頭後，彼特告辭，他請這名年輕女子幫他謝謝尚赫內．孚爾，並保證雖然他現在得啟程回去工作，但他一定會再來拜訪。他踉踉蹌蹌踩著木鞋，毫不優雅地走到農場的院子裡。風完全停了，湛藍的廣闊天空下是一片純白的國度：樹枝上的冰珠閃爍光芒，彷若星辰。彼特不太知道自己在做什麼，他沿著主要道路向前走，直到面前出現一道偌大的鑄鐵大門。石牆、筆直隔出區塊的整齊走道、大片方形的地面上滿是墓碑和十字架：這裡是墓園。彼特在墓地前站著，無視嚴酷的低溫，和緊緊攫住頭顱的頭痛。過了一會兒，他抬起頭，高聲說：「我想回儂桑。」
下一刻，委員會主席和霧之屋守護者雙臂交叉，以嚴厲的目光看著他。
「希望你至少還會頭痛。」委員會主席說。

彼特轉化為松鼠，深深感受自己有多想念他的動物本質。

「我的頭很痛。」他淒慘地說。

「大地震動，滿月變紅像血。你怎麼會知道這句話？」

「我一點頭緒都沒有。」彼特說。

「〈啟示錄〉第六章第十二節⑤，雖然你引用得沒頭沒尾。」守護者說，「如果你喝了幾杯人類的酒就能改寫他們的《聖經》，我們或許可以考慮原諒你的放蕩行徑。」

「《聖經》？」彼特重複道。

「你得好好學一些事，我們才能再把你送去人類那邊。」委員會主席說，「事情可不能全憑偶然來進行。」

「事情並非全憑偶然。」守護者說。

彼特感激地看著他，接著在一股衝動的信念驅使之下說：「我必須去有酒的地方。」

委員會主席嘲弄地揚起一側眉毛。

彼特試著說下去，卻找不到字句。

「酒，」委員會主席沉吟道，「我們從來沒注意過酒。精靈從沒想過栽培葡萄來釀酒，更別說是飲用了。」

聽過這番話之後，彼特心中茅塞頓開。他頓悟這件事的方式，正如故事或寓言讓人理解那些自己無法清楚說明的事一樣。

「酒之於人類，正如茶之於精靈，」彼特說，「結盟的關鍵就在這裡。」

透過奇蹟似的狩獵
透過神聖紫羅蘭
大地震動
空中是似血之月

——《戰之卷》

⑤ 此節完整文字為：「我又看見羔羊揭開了第六個印。那時候，大地劇烈地震動；太陽變黑，好像一塊黑麻布；月亮整個變為紅色，像血一般；」

狩

「狩」是這一帶狩獵區唯一的真正神祇，人們敬重祂對每座矮林和樹叢的各個角落如數家珍。人們知道祂於黎明時分出發，標示出追捕獵物的步道，而沉睡之森的靜默祈語便成為最美的晨禱，讚頌大地與蒼穹之恩澤，歌頌斑鶇之聖潔。

旅

若說人類有個精靈沒有的機制，那就是旅行了。

很矛盾地，人類這傾向來自一個無法感受存在於此的缺陷，他們無法自處於事物單純的臨場出現，而這個缺陷卻將人類化做了心神不寧卻又才華洋溢的生物。

我們能否想像：深深沉浸於世界之中的習性，以及喜愛改變的特質，這兩者能否結盟？將虛空納入己身的特質，與歡樂奇想的性情，這兩者能否結盟？是的，我們能夠想像，並且我們夢想著、祈求著幻夢的大風幫助我們成功。

我們都將

一八七一～一九一八

彼特開始在人類世界四處遊歷時，委員會主席從羅馬帶回了令人詫異的消息。

「我們現在知道灰色筆記本的主人是誰了。」某天委員會主席在儂桑見到彼特時，這樣告訴他。當時委員會主席身邊是守護者與一小群助手。

委員會主席告訴彼特，他如何以人類的假身分前往羅馬。他在人類世界的化名是古斯塔・阿齊瓦提——一名交響樂團指揮。他見到了羅貝多・沃爾普，使用的藉口是希望購入義大利文藝復興時期的繪畫。羅貝多・沃爾普是一名和藹可親的商人，謀殺案摧毀了他，而他對那幅畫的執迷則折磨著他。

那天晚上接近尾聲時，委員會主席跟著羅貝多・沃爾普來到一間窗簾緊閉的大房間，那幅畫就掛在黑色絲綢垂掛的牆上。霧之屋守護者將屋內的畫面向彼特展示，彼特好奇地仔細觀看，深色的背景當中浮現的畫作技巧樸實，但手法深刻，畫中主角的臉龐痛苦不堪。彼特如今已較為熟悉人類宗教，他看出此畫描繪的是基督教《新約聖經》的一幕。

「聖殤，法蘭德斯畫派的畫家們畫過數千幅這樣的畫，」委員會主席說，「聖母懷中的基督，以及背景的抹大拉的馬利亞，和幾名悲慟的信徒。」

「真美啊。」彼特喃喃道。

他閉上嘴巴，一股預感攫住了他，卻又隨即消失。

「美極了。」委員會主席說，「但這並非這幅畫唯一的特點。我雖已頻繁接觸人類藝術許久，但我還是花了一點時間，才弄清楚這幅畫是怎麼回事。」

彼特眨眨眼，那幅畫的影像翻轉了。

「這幅畫乃出自精靈之手。」他說。

「這幅畫乃出自精靈之手。畫出這幅畫的精靈，於人類紀元的十六世紀初，以畫家身分留在阿姆斯特丹。事實上，他是第一個前往人類世界的精靈。」

「我以為橋從太古之初就存在了。」彼特說。

「我的意思是：第一個從此定居於人類世界的精靈。對我們而言，他是個消失無蹤的精靈，但他似乎選擇成為人類。之前從未發生過這種事，我們甚至不知道有這種可能性。然而，這是這名叛將的父親今早告訴我們的，我們毫無理由懷疑。他的父親，是霧之屋的前任守護者。」

「三百年前，前任守護者的孩子遷至人類世界一去不返，卻從來沒人知道？」彼特說。

「我請前任守護者來儂桑給我一些建議，並提及被害人是追尋一幅畫和一本灰色筆記本的蹤跡，而前往阿姆斯特丹，」霧之屋守護者說，「在那之後，他便告訴我，他的長子曾經將橋轉化為能夠永久前往另一個世界的狀態，並就此以法蘭德斯畫派畫家的身分定居在人類之中。」

「但前任守護者為何隱瞞這件事？先不問他是如何辦到的。」彼特問道。

「父親的心思總是難以理解，」守護者回答道，「而且他或許害怕其他精靈跟著仿效。然而，今天早上，他再也受不了保守這個秘密，雖然他之前已經告訴過另一個精靈——這精靈我們認識，前任守護者從孩提時期便認識他的家人。」

「園藝總管，」彼特說，「他們都來自萊安。」

他再度觀賞那幅畫，心想：為什麼我明明完全不懂人類繪畫，卻能知道這是出自精靈之手？畫中描繪的是人類的故事，但那種直指事物核心的方式卻是屬於精靈的，不過除此之外，還有一種我不知道是什麼的東西，我無法定義。

「我們的這位精靈為什麼投靠人類呢？而他又是如何辦到的？」霧之屋守護者說，「他父親也不清楚。對方離開精靈世界後，就不願意再和父親見面了。」

「他是用什麼方式轉化橋的？」彼特問道，「為什麼這個轉化沒有改變我們的世界？」

「事實上，那次轉化改變了薄霧。」守護者說，「薄霧原本就已稍稍減弱，前任守護者認為，那次將橋轉化，使得薄霧驚人地再生了。灰色筆記本出自我們這位流亡畫家之手，我想筆記本中有我們尋求的問題的解答。」

就這樣，委員會主席開始前所未見地定期前往羅馬，和羅貝多．沃爾普交談。園藝總管那一幫人漸漸壯大，而彼特全心致力於兩個搜索任務，他若非身在人類世界，就是在委員會圖書館裡。圖書館有一區不開放一般讀者閱讀，必須提出特別申請才能進入。但委員會主席讓彼特得以無條件地自由使用該閱覽區，不受限制和命令的規定。

「人類不知道我們的存在，我們一向對此感到慶幸。」委員會主席將鑰匙交給彼特時這樣說，「我們精靈生性平和，雖然和邊境住民之間有激烈的戰事，卻始終無法摧毀我們愛好和諧的天性。然而，人類卻是好戰的種族，他們的智力和我們截然不同，不是我們這些沒有才能的小精靈或醜惡的半獸人可以相比。」

「為什麼他們那麼有攻擊性？」彼特問道。

「他們的想法都被他們自己的神祇影響了，他們之所以好戰是因為他們否認自己內心的動物性。」他回答，「人類將自己視做萬物之靈，不承認所有生物的和諧一致性。以這個邏輯來看，我想到一件事：我們的苦痛是因為喪失了我們部分的動物本性。」

「聽說，從前我們擁有不只三個分身。」

「我們的祖靈同時是所有的動物。有一天，我會向你介紹其中一位令人尊敬的祖先。」

「一個活著的祖先？」彼特詫異地問。

「說來話長。」委員會主席回答。

圖書館的「人類文學」書區不准隨意進出，但彼特隨即探聽到，近幾個世紀以來，申請進入人類文學書區的紀錄屈指可數。這區的書都是關於人類的學術性書籍，作者是曾經待過人類世界的精靈，當中亦不乏歷代委員會主席與霧之屋守護者所寫的作品。除此之外，該書區也有由人類撰寫的書。彼特飢渴地閱讀這些書，閱讀的興致不但沒隨著時光而消退，反而更占據了他的睡眠時間。

這些讀物讓人難以置信。多年來，精靈們的絕美哀歌總讓他呵欠連連。多年來，他都無從知曉，自己尋找的東西就在旁邊的書區！他拚命地讀那些關於人類生活方式的書，在書中汲取一切有助他規劃紅橋彼岸旅程的素材，但最讓他震撼、超越所有言詞的，是人類寫的虛構小說。這些小說顛覆了世界，並深深銘刻在生命深處。由於他最早開始探索的葡萄酒是法國酒，所以他最先選來閱讀的都是法國小說，他讚嘆自己竟能讀懂法文，雖然他得經常查字典，因為這語言的詞彙似乎無窮無盡。在精靈的語言當中，每個字都有精準而單一的字義，將非表象世界中欠缺的自然轉化為極富旋律性的音調，並能毫不費力地認出每個字對應的事物。至於精靈的文字，則是取自人類世界的東方文明，這些文字由宛如圖像般的線條構成，不同於我們在遙遠的西方那兒用來表示現實的字母形式。而法文，彼特在儂桑恩寵保佑之下，閱讀法文宛如閱讀母語，雖然形構法文文字的肌理不若精靈文字那樣繁複，但這絮絮叨叨的語言似乎卻因為它的長度而彌補了這項不足。彼特非常訝異，本質上如此靈肉分離的語言，竟矛盾地充滿源源不絕的可能性。唯一讓他受不了的是無用的贅語，句子和短語之間充斥著令人厭煩的點綴辭，單純只為修飾之用。他不僅想讀文學作品，也學了文法與動詞時態變化，最後他也讀了作家們的書信集，從中習得故事如何醞釀、如何建構。接下來，愛上這語言、愛上這語言使用方式之巧妙之後，他再度拿起一本小說，埋首閱讀，那再度點亮他的生命。

有一天，彼特向委員會主席吐露他對法語的欽佩時，主席對他說：「人類世界其他民族的語言也會給你相同感受。但我並不著迷於那些不受拘束的創造作品。你如此熱愛的文學作品對我而言相當費解，相較之下，我更喜愛人類的音樂。」

文學是無需移動的旅行，彼特在其中見識的世界，是以一種無法在薄霧國意識到的方式呈現，正如同彼特若未共享那些夜間故事與斜坡上的農場的故事，他就不可能會理解航道上的狂草訊息。如同濡溼布料吐出墨色與染料，人類的幻想故事還原了世界原本不可見的某些層次，將這些原本不可見的事物展示出來，將顫抖著的它們赤裸裸地展示在光天化日之下。這是故事真正的天賦魅力，透過一種繁複的編織手法，我們觀看的永遠不是織物的可見部分，而是恍如透過一抹輕紗，看見背後的閃爍光點。在心的理解之下，這無法形容的震動取代了理智、取代了意志強加的解釋，彼特並不認為寓言或小說中的人物比他在日常生活中遇見的人們來得虛幻。在閱讀之旅中體驗的這股震動，鮮少揭露它的意象與本質。有趣的是，唯有當他漫步於人類的土地上時，才是他最覺得自己是個精靈的時候，而待他返回薄霧時，他卻發覺自己是徹徹底底的人類。奔波於法國或義大利的葡萄園時，他總滿懷柔情地想著寧靜的精靈國，屬於詩與茶的、他的國度；而當他一腳踏進儂桑，心中卻充滿濃濃的鄉愁，懷念人類隨意放肆的風格，想念他們將生命變得奢華的才華，他們總有辦法在生命中加進一點點的不完美，讓它顯得不凡。最後還有讓他讚嘆不已的葡萄酒，為了讓它帶來的益處更臻完善，葡萄的栽培過程也向彼特述說著故事；葡萄樹把根伸入土壤，朝著夢與慾望的天空成長。彼特從中理解：和精靈的茶有著類似功能的，並不是酒，而是酒所催化觸發的虛構故事。酒，並不是造成奇蹟的原因，而是奇蹟的隱喻。然而，彼特避免承認這件事，一方面是因為他還想繼續飲酒，另一方面是因為，每當他品嘗一支美酒，都再度確認他在斜坡上的農場首度飲酒時便開始懷疑的事。

人類酒醉時會神智不清，彼特則相反，酒讓他得以發揮出乎意料的資質天賦。當然，他也同樣感覺得到醉意傾覆了世界，將世界翻轉至令人欣喜的岸邊；他和每個人一樣，喝了幾杯就開始冒失地喋喋不休。然而這一切並不會減損他原有的才能，甚至賦予他不同凡響的才華。上次，彼特在義大利中部造訪一間酒窖之後，在蒙特普齊亞諾⑥一間客棧過夜，卻在客棧中不巧遇上一場打鬥，而這場打鬥讓他發現了這件事。當時他正喝著最後一壺托斯卡尼葡萄酒打發時間，完全不明白四周的人是為了什麼原因激動起來，但這些男子突然用方言大吼著衝向對方，恣意揮拳打了起來。但在一陣混亂中，彼特卻能毫不費力地閃避攻擊：他愈是踉蹌搖晃，就愈讓他的對手受挫，這些人的拳頭都毫無用處地在空中畫圈圈。彼特開心地想著：原來如此啊！這時，有個比他高大兩倍的狡猾傢伙以為能抓住彼特的領子，卻一股腦地一頭撞在牆上。另一個傢伙對彼特出拳，但彼特向旁邊一跌，讓他撲了個空。第三個傢伙打算用長滿毛的大手掐住彼特的脖子，而彼特及時向下一倒，躲過了。這些人終於精疲力竭時，只剩彼特一人尚未倒下，於是他便回到樓上的小房間呼呼大睡，睡得又香又沉。

他待在這些地方的期間發生了許多趣事與爭吵，讓彼特覺得彷彿回到自己家一樣，他也逐漸習慣成為這些地方的常客。他又去了幾次斜坡上的農場，回去拜訪尚赫內．孚爾和其他好心人。他總在隔壁驛站的旅館房間過夜，那邊的菜餚並不像尚赫內說的那麼難吃，儘管如此，瑪格麗特下廚時，他還是不會錯過農場的晚餐。瑪格麗特非常擅長燉肉和烤肉，同時也極度懂得善用花園裡的水果，彼特是如此熱愛她用榲桲做的水果軟糖，所以她總會塞給他一小籃才肯放他走，籃子裡還一併裝滿當季的新鮮核桃、脆蘋果，或一把粉紅石竹。他回客棧時總酩酊大醉，他會在客棧大廳坐下，人家會再端半壺紅酒給他。享受獨酌最後這幾口酒的優點，除了酒意之外，還有另一點：老闆的女兒，她是個笑容滿面而豐滿的金髮女子。彼特在他出身的世界裡鮮少愛慕異性，很長一段時間內，他都以為自己對愛情不感興趣。至少，那種讓精靈們宣示愛火，接著在薄霧的小花園裡公開邀請來賓、生下一些有天會在竹子和石頭之間跑來蹦去的小精靈——他對這樣的愛情沒興趣。那些在客棧工作的年輕女子讓彼特理解，過去他對異性漠不關心，是因為他愛的是人類女性。第一個讓他認清這件事的，就是驛站旅館的珞絲琳。她和彼特之間的第一次對話需要想像一下：一天晚上，彼特自斜坡上的農場晚餐回來，回來的時間比平常晚，原因之一是因為有隻珠雞拒絕被煮熟，原因之二是勃艮第紅酒的支持者與波爾多紅酒的狂熱信徒之間起了一陣熱烈的唇槍舌戰（以下抄錄的是最後的幾句對話）：

「你最美的回憶是什麼？」當時還不識波爾多紅酒的彼特這樣問瓊諾（他正以討好的眼神看著彼特）。

---

⑥譯注：Montepulciano，位於義大利托斯卡尼的小山城。

「我沒有什麼最美的回憶。」賊一般的瓊諾這樣回答，「但我夢想有一天能夠摸摸伯多祿。」

「伯多祿？」這位精靈重複道。當天早上，彼特繼續探究人類信仰與宗教時，在一句銘文前出神許久：*Sanctus Petrus ad januas paradisi*⑦。

這巧合讓彼特陶醉，他說：「我的中間名就是可以暱稱為彼特的伯多祿。」

接著他便心想：真是亂來。

「彼特也是你的名字？」瓊諾開心地嚷道。

從這天起，農場的人就只叫他彼特。於是這晚，當彼特坐在客棧大廳的長椅上時，珞絲琳過來問他還需不需要什麼東西，她的微笑和白皙胸脯，近在他疲倦的眼前，而她接著問道：「該怎麼稱呼您？」

他則回答：「彼特。」

她微笑。

「彼特，這名字真風騷。」她說。

她捏著他的臉繼續說：「親愛的小彼特。」

基於歷史學家的誠實坦白，我必須告訴各位，這件事並非就此結束。隔天彼特回到儂桑時，他的雙頰緋紅、眼神渙散。珞絲琳雖然年輕，卻很靈巧，她以一種令人放下防備的自然本性，將彼特帶進她的房間。她在房間裡溫柔地親吻他，親了許久，這個吻很甜美、很坦率。她的嘴唇有股勃艮第梅克雷葡萄酒的味道，在彼特眼裡，似乎沒有什麼比這名外型豐滿、雙眸淘氣的女服務生更引人慾望的了。當她脫下衣服，露出豐滿沉重而有點下垂的美麗胸脯時，彼特明白了：勾起他慾望的，正是她不完美的部分。她那乳白的肌膚、渾圓的大腿、圓滾滾的肚子、肉感的肩膀——這些特徵在薄霧國是令人難以想像、令人震驚的，但卻使彼特心中充滿慾念，當她將手伸進他的鬍子裡，便將慾念化作一場淫猥的騷亂。而她扯下他的衣服，將他帶到床上，讓他倒在她身上時，她這主動獻身的身體是如此極致柔軟，差點讓他因快感而失控。她投入他的懷抱時，他首度品嘗與異性的親密關係，他告訴自己：去吧，現在不是軟弱的時候。他俯身看著她的臉，看著她肌膚上的細緻顆粒，她兩鬢冒出的汗珠，微微歪斜的鼻子的缺陷美。他再度心想：我喜歡她的味道。珞絲琳身上有股玫瑰的氣味，那是她早上噴的香水，但同時也混合了她工作一整天的汗水味，這是優雅與野性的結合，彼特很喜歡，那和所有能夠誘發精靈慾望的美感標準都截然不同。

而現在，彼特站在他的世界的最高指揮面前，萬分煎熬。

「得想個辦法維持你的隱私。」委員會主席這樣說。主席顯然正在強忍笑意，這實在讓彼特太訝異了，導致彼特加倍臉紅。

「一點點的節制應該不會妨礙你的調查吧，」守護者毫不隱瞞地尋彼特開心，「你們竟然將兩個無

⑦譯注：拉丁文「聖彼得在天堂大門」。

辜枕頭的羽毛掏空了。」

事實上，有那麼一刻，像蠕蟲一樣赤裸裸的珞絲琳站在床上放聲大笑，將一堆鴨子羽毛灑在她那頭披散的秀髮上。

「我很抱歉。」彼特很想從窗戶跳下去。

「我們得講好一個信號，讓我們事先得知你接下來的行動。」守護者說。於是他們談妥了信號，彼特也繼續他的搜索，並不時被葡萄酒和討人喜歡的年輕女子打斷任務。

彼特一向習慣說他是為了做生意而旅行，當人家問他是什麼生意時，他只回答：「我家裡的生意。」因為他家的生意是他家的事，外人多問的話就太沒教養了，可不是嗎？但他在葡萄酒莊那兒遇見的紳士們卻不禁紛紛聊起自己的身分與職業，彼特從中得知人類世界的種種行業與公司團體，也發現人類是如此強盛，儘管人類是如此虛榮的種族，彼特卻喜歡上他們。有天，在科多爾省⑧某個地方，他在朋友認識的葡萄酒釀酒人那裡首度認識了一名作家。這位作家的氣質和他的鬍鬚，都讓彼特印象深刻。讓彼特訝異的，是進入酒窖時聽見的對話，當時這位作家正在喝酒，和其他人說笑。他們的說話內容聽起來只是些露骨的玩笑話，快速地一個接一個，就這樣接二連三地聊了好一段時間，彼特很失望沒能聽見作家說故事。但他接著便忘記這股失落感，開始和旁人一樣開心大笑。他聽見了幾則難忘的俏皮話，譬如「在所有的性變態當中，最糟的就是守貞——基督教為愛費盡功夫，將愛變成一種罪過」。到了最後，還是有一場較為認真嚴肅的對話，當時只有彼特留下來問作家問題。

「您打過仗嗎？」他問。

「我沒上過前線，」作家答道，「但我寫過戰爭，也繼續書寫戰爭。尤其是下一場戰爭將會比以前的戰爭更加慘烈，會奪走更多人命。」

「下一場戰爭？」

「永遠都會有下一場戰爭。永遠都有一個文明將會死去，而後人便將這消逝了的文明稱為化外蠻夷。」

「如果一切都將走向滅亡，我們能做什麼？」彼特問道。

「酣飲美酒，熱愛女性！」作家說，「還有信仰詩意，信仰美。美和詩意是這世上唯一可行的宗教。」

「您不是基督教徒嗎？」彼特問。

「您是嗎？」作家略帶嘲弄地看著彼特。

「不、不，」彼特說，「我是……」

彼特住口。他可不能說出自己的身分。

作家眼神中的笑意更深了。

---

⑧譯注：La Côte-d'Or，位於法國勃艮第。

「您讀書嗎？」他問。

「我讀書，」彼特說，「我也旅行。」

「我們都太專注於埋首書中，忘了體驗大自然。」作家說。

「我在旅行中學到很多事，但在書中學到更多。」彼特說。

「『那麼，因為我不學無術，所以我習得很多。』⑨」作家答道，「有一天，我寫下了這句話，收錄在一本書裡。等我墳上的鮮花枯萎之後，這本書就再不會有人讀了。」

「所以沒有希望了嗎？」彼特問道。

「我們因相信玫瑰而使玫瑰綻放，」作家說，「就算玫瑰最後終將死去，也改變不了這個事實。永遠都會有下一場戰爭要展開，也永遠都會有另一場正要結束，所以必須堅持不懈地再開始作夢。」

在沉默之中，他們喝完最後一杯酒。

「您知道最先死去的是誰嗎？」若有所思的作家終於開口。

彼特無話可答。

「前瞻者。」作家再度開口，「雙方一開始交火時，最先死的，永遠是那些有洞察力的人。當他們在雪地倒下，眼見自己漸漸死去時，想到的是童年的狩獵經驗，當時祖父告訴他們，要尊敬狍鹿。」

他們再度陷入沉默。

「再會了，朋友。」他最後說，「願生命帶給您喜樂，勇氣最迷人的表現形式，就是歡愉。」

彼特經常思索這番對話，對話中先提及的部分他履行起來並無困難——酒和女人。然而，關於「習而不學」，他卻認為，這正是小說的美德，至少對讀者而言是如此；至於寫小說，那應該是另一回事。

這天，除了遇見一名大作家之外，彼特也從科多爾省的友人那邊得知一個令人訝異的消息，他決定沿著這條線索追尋下去。

「我最近去了一趟西班牙。」這位名叫嘉思頓．班若樂的葡萄酒莊園主人突然如此告訴彼特。嘉思頓說這句話時，眼神有點迷惘。彼特很驚訝，嘉思頓很少這麼坦白、這麼多話。

「我去了埃斯特雷馬杜拉地區一個叫做葉培斯的地方，」嘉思頓繼續說，「那裡有座城堡，他們的藏酒很驚人，歐洲所有葡萄酒莊業者都會去那裡。」

他停口不語，喝了一口為朋友保留而絕不外售的酒，並忘了自己剛才說的話。用晚餐時，彼特再度向嘉思頓提起這件事，嘉思頓卻不知該回答什麼。

§

隔天，守護者在儂桑向彼特展示一幅畫面，鋪滿石頭的乾燥平原，烈日下是極少數的樹木與丘陵起伏，地平線有一座村莊，村莊高處是一座城堡。一小時後，彼特便抵達該地。天氣非常炎熱，彼特

---

⑨ 譯注：語出法國作家安那托爾．佛朗士（Anatole France, 1844~1924）文集《文學生活》（*La Vie littéraire*, 1888）。

埋怨著自己被迫戴上一頂竹編帽，那帽子不斷搔著他的額頭。我是否應該說明，自從我們的主角成為精靈委員會的人類世界密使，至今已過了三十年？換算成精靈世界的時間，還不到四年。我是否該說明，關於兩名十一月與雪的孩子的線索，不管哪裡都找不到？這整件事似乎凍結在永恆的冰霜裡。但彼特一直很有耐心，因為一切線索都匯集在一起，互相牽動，而彼特有朝一日終將知道自己會在葉培斯找到什麼。他在村莊裡沒見到任何人，他走進客棧，經過外面火烤般的炎熱之後，客棧涼得像墳墓一樣。沒人過來招呼，彼特在客棧裡不耐煩地等了一陣子，等他涼快一點之後，便再度走出客棧，爬上通往城堡的陡峭小徑。

城塞門口，有個年輕男孩向他揮手。

「是哪陣風把你給吹來這裡的？」他彬彬有禮地問。

雖然有禮，他卻擋住了彼特的去路。

「有個釀酒的朋友推薦我過來這裡。」彼特回答。

「你是釀酒人嗎？」少年問道。

「不是。」此刻彼特不想說謊。

「很抱歉，但你得回頭了。」這名年輕的警衛說。

彼特抬起雙眼看著石牆，端詳那些狹窄的窗戶。空中有隻老鷹飛得高高的，空氣中有一股尖銳的嚴峻，但也有一陣美妙的香氣，一股暴烈氣息混合著玫瑰的香氣，讓彼特想起薄霧的詩。世界誕生因為消亡，他這樣喃喃自語，接著向警衛道別，轉身離去。他想到另一句詩句。彼特示意儂桑讓他回去。

「我們都將誕生。」他在紅橋上反覆地說。

他向霧之屋守護者與主席報告這次造訪，他們聽了也很困惑，決定讓彼特隔天再去一趟。

然而，就在故事進行到這裡的這一刻，有個來自羅馬的新消息彷彿晴天霹靂般弄亂了行動時程，使彼特擱置再訪葉培斯的計畫，並導致委員會主席做出一個歷史性的決定。

羅貝多．沃爾普過世時，將所有財產留給了兒子皮耶妥。委員會主席以他在人類世界的化身——交響樂團指揮古斯塔．阿齊瓦提的身分接近皮耶妥，希望購買那幅畫作。皮耶妥拒絕了，但兩人成為朋友。之前，委員會主席經常以購買文藝復興時期畫作為由拜訪羅貝多．沃爾普，當時皮耶妥的妹妹蕾諾拉．沃爾普便愛慕著阿齊瓦提大師。委員會主席也愛上了蕾諾拉，他無法抗拒命運，因為這名女性的存在對他來說，已經成為全世界最重要的事。她是個瘦瘦高高的棕髮女子，動作緩慢而優雅。她給了委員會主席他生命中未曾有過的感受。她的美是一種樸素的美，沒有矯飾，毫不造作，他在其間汲取到一種屬於土地與根的感受，這和那漸漸消失的薄霧形成強烈對比。但她身上也有著屬於舞者的、輕柔的移動方式，讓他聯想到精靈世界的樹木。於是委員會主席便永久遷居至紅橋的另一邊，但他並未透露如何永久居留人類世界的秘密，而他也必須隱藏他的精靈本質。阿姆斯特丹那位精靈畫家藉由他在紅橋上刻印出來的轉化變身，取得了人類的基因特徵，但現在灰色筆記本失去蹤影，以新身分活動的古斯塔目前便只能假裝自己是個人類。

委員會主席辭去職位並舉行新選舉，這是薄霧國史上的第一次。主席並未說明原因。這消息震撼了精靈世界，曾受眾人景仰愛戴的他，如今被精靈們責怪他在薄霧前所未見大量消失的時刻未能和大家同舟共濟。

想當然耳，園藝總管宣布參選，他的政見比上次更乏善可陳，而他的宣傳手法既粗魯又醜陋。他的對手是一名來自雪省城市依拿利的委員，這名委員是辭職主席的好友，他角逐這至高無上職務的方式和好友一樣優雅，眼界一樣高。來自依拿利的這名委員在選舉中險勝，如今我可以用他的名字直呼他，這名字您早已知曉：索隆，他不僅是古斯塔的老友，也是霧之屋守護者的好友。他在儂桑就任主席之位後，隨即宣布讓現任守護者繼續連任。這名守護者您已經認識許久，我敢打賭，當您得知人類叫他達荀時，並不會感到驚訝。本故事一開始時的精靈主角就此就位——將近四十年後，他們將會接待剛從城堡抵達儂桑的阿雷翰卓．德．葉培斯和赫蘇．羅卡莫拉。

但此刻，索隆、達荀與古斯塔正努力使敵方的詭計無法得逞。敵方陣營的園藝總管使用的人類名字為艾略斯，艾略斯心中的惡魔正磨刀霍霍，集結他的擁護者。他真的認為人類必須為薄霧的衰亡負責嗎？這種事誰能真的知曉緣由呢？他在心裡不斷用謊言說服自己，再加上他不可能向眾人坦言真相，最後這一切變得像是將所有碎片混雜在一起的大拼圖，讓人無從得知事實而被欺瞞迷惑。艾略斯的軍隊始終沒有合法武器，他們現在借用的都是他們打從一開始覬覦的、用來發動一場全面戰爭的武器。這還不是那場即將在人類世界爆發而後將持續三年並震驚儂桑精靈們的戰爭——然而，艾略斯將會在這場三年戰爭中，為他自己正耐心策動的戰爭汲取諸多靈感。又幾年過去了，艾略斯拿到了灰色筆記本，建立了自己的橋。他現在能夠在兩個世界之間來去自如，不需過度動用他布署的間諜，於是他開始移動人類世界棋盤上的棋子。準確地說，他的第一個動作，是將他最忠誠的下屬送至羅馬。來自哈那塞的青年野豬於是成為拉斐爾·桑坦杰羅，首都未來的行政首長，之後成為義大利總理，對他在萊安的主人唯命是從。

每個故事都會出現一些叛徒，在我們的故事之中也有一個。他做盡壞事，我們在此不提他的名字，或許出於厭倦，或許出於悲傷，因為他是霧之屋助手當中最受尊敬的菁英，薄霧國從未有過如此嚴重的背叛行為。這名叛徒將消息通報給他的主人，抹去他行蹤的痕跡，在人類世界與精靈世界執行長官交代的任務。他不惜以賄賂與謀殺為代價，只為找到這本筆記本，並將這本灰色筆記本帶給主人。無論如何轉化，精靈還是有不可能辦到的事，艾略斯需要人類共犯執行謀殺，來完成他那卑鄙的計畫。這名叛徒招募人類共犯，接著再用事先計劃好的方式讓他們消失，而葉培斯城堡血案的殺人凶手也是藉由此方式憑空消失。

薄霧的世界面臨史上第一次內部分裂，艾略斯藉著他那充滿憤怒與恐懼的言詞，日日都拉攏到新的擁護者。我認為這代表精靈們的心中有什麼東西被破壞了，因為精靈原本是與害怕或懷疑絕緣的生物，也不會有恐懼衰落的問題。

彼特繼續閱讀和旅行。守護者再怎麼努力，都無法將他送至葉培斯的城塞內部，最多只能送至他每次被拒之於外的城門口。瑪格麗特因年邁而壽終正寢，尚赫內也因病過世了。彼特在歐洲各地結交朋友，他很不安，此時關於戰爭的流言開始四起，儘管各國曾經信誓旦旦地宣稱上一場戰爭絕對是最後一場戰爭。沉默與陰影如洪水氾濫般漸漸擴大，在歐洲大陸四處蔓延。

我們現在進入人類紀元的第一九一八年，距離精靈與人類結盟的歷史大戰爆發還有十四年，在這十四年間，密謀詭計將會加速進展，戰鬥部隊也將會整軍待命。

但是，十一月與雪夜也即將到來了。

世界誕生因為消亡

我們都將誕生

——《戰之卷》

玫瑰

傳說，某天一枝畫筆畫出一道分離天與地的線，一切便起始於空無之中。那麼，或許就有了一朵玫瑰，接著便是海洋、山脈與樹木。

我們因畫出一條線而使世界顯現，因相信玫瑰而使玫瑰綻放。

費盡如是努力，只為了這終將死去的生命，獻盡如是美好，只為了成長而後枯萎。但這場此生絕無僅有的戰鬥，為的是催生美，這注定終要在夜裡死去的美。

雪

傳說，某天一枝畫筆畫出一道分離天與地的線，一切便起始於空無之中。而後，或許便降了一場雪，柔軟的雪，讓世界誕生的寒冷黎明顯得沒那麼殘酷。

瑪利亞是雪的女王，她能使人身心回暖，能號令輕盈的雪花，也能給人帶來希望允諾的曙光。她初登場便降了瑞雪，或許落幕時也將會下雪，她想著，不知道些許撫慰能否減輕她的痛苦——這折磨來自起始時的那場雪，正如最後結束時的那場雪，沿著黑石小徑兩側，像燈籠一般閃爍光芒。那雪光在我們心中，穿越夜色，落在世界解體的平原上，帶走哀嘆與苦難。

孤寂與性靈
一九一八～一九三八

十一月的雪夜——義大利中部某個地方，一名年輕女子生下一名女嬰；而在卡次拉，委員會主席索隆的伴侶生下他們的第一個精靈孩子。

兩名新生女嬰都有如奇蹟。

那位年輕的女子名叫德蕾莎，她今夜便將死去。這孩子原本不可能來到世上：她的父親是精靈，而兩個不同族類的結合是無法孕育後代的。達苟是在古斯塔．阿齊瓦提位於羅馬的家中邂逅德蕾莎，她是個技藝高超的年輕鋼琴家，是常在大師家聚會的藝術家朋友一員。亞力山卓．桑堤與皮耶妥．沃爾普也是其中成員，索隆、達苟與古斯塔在成為握有大權的盟友與夥伴之前，打從孩提歲月便是一起長大的好朋友，但他們之間的關連遠不只如此，因為薄霧國裡最有權力的三人當中竟有兩人愛上人類女子。誰又能想到其中一對情侶竟會生下孩子呢？

而在卡次拉誕生的是另一個孩子：新生的小女嬰外型絲毫不像精靈，而是活像個人類嬰兒，既未化身為幼年雌馬，亦未轉化為雌野兔，也沒化作其他動物——她是個形似人類孩子的高等精靈，小女嬰睜著黑色大眼觀看世界。

達苟離開義大利，去委員會參加一場機密會議，與會成員只有少數一些索隆認為能夠信賴的委員。他們自從聽聞德蕾莎懷孕的奇蹟之後便開始籌備，但他們沒想到命運的條文將會如此清晰明白。如今，兩名十一月與雪的孩子誕生了，預言即將實踐。

薄霧重生

透過兩名十一月與雪的孩子

失根者最終結盟

「失根者。」剛從羅馬返回的前任委員會主席古斯塔喃喃說道。

索隆點點頭。彼特剛從羅亞爾河畔一處療養勝地返回（聽說那裡有能讓人起死回生的氣泡葡萄酒），此時他的心情緊繃（而千頭萬緒卻讓他頭大得簡直像顆西瓜）。

「我們得將她們藏起來。」他說。

「我把你女兒帶去阿布魯佐，」古斯塔對達苟說，「亞力山卓經常向我提到，他哥哥在那邊當神父，神父的住處旁有座果園，他會照顧她。」

「我相信亞力山卓，」達苟說，「他就像德蕾莎的親兄弟，她很喜歡他。」

他留下淚來。

「她生前敬愛他如兄長。」他說。

眾人陷入沉默，他們也同樣哀慟。

「我把你女兒帶去葉培斯，」彼特對索隆說，「或許這正是命運對我們指示該地的理由。」

§

十一月的夜裡，雪落在所有的命運之路上。

雪落在薩索山區聖斯第芬諾教堂的台階上，德蕾莎和達苟的女兒裹在暖和的襁褓裡，被置於台階上，等著神父發現。不久後，神父便將襁褓中的女嬰抱在懷裡，消失在長廊轉角。

雪落在葉培斯的城堡上，達苟第一次順利將彼特送進城堡內部，不幸的是，彼特抵達時，城堡領主一分鐘前剛遭到殺害。彼特趕緊離開，準備返回霧之屋，但他感覺女嬰似乎打了個哆嗦。城堡內一個老舊的櫃子上放著一片細緻的亞麻織布，他小心翼翼用它裹住女嬰。然後他請紅橋將他送至斜坡上的農場。很快地，安潔莉姨婆走出屋外去餵兔子時，在台階上發現了這名外表跟人類嬰兒沒有兩樣的小不點高等精靈。彼特看著姨婆抱起裹著柔軟暖衣的嬰兒，消失在農場裡。彼特擦擦臉上夾雜著雪花的淚，在積雪的田野中走了好一陣子，才返回精靈世界。

雪夜結束時，一道美好的曙光映照蒼穹，而斜坡上的農場的村民發現這名可憐女嬰的白色襁褓上繡著：mantendré siempre（矢志不渝）。曾以傳令兵身分參戰並遠征歐洲南方的瓊諾二世表示，這是西班牙文。這是個西班牙小娃兒！所有人都驚訝極了。為了榮耀聖母與美麗襁褓上的兩個西班牙字，小女孩便被命名為瑪利亞。於此同時，在阿布魯佐地區，小教堂的老女傭撥開嬰兒額前比春日嫩芽更金黃耀眼的髮絲，對女嬰那雙清澈猶如冰山的眼眸感到讚嘆。那雙眼睛直視著她，彷彿要吞噬她似的。她對女嬰說：Tu ti chiamerai Clara（以後你的名字就是克拉拉）。

於是，這兩名天賦異秉的孩子，瑪利亞與克拉拉，就在收養她們的尋常人家保護下長大，也在她們各自成長的地區的山巒與樹木守護之下成長⑩。在勃艮第的村莊，小娃兒帶來了最美好繁榮的豐收季節，大家不禁懷疑她有某種魔力，雖然天主基督信仰禁止他們這樣想。然而，小女孩周遭有一道變化多端的光暈，而且大家都看得出她能夠和森林中的樹木與動物交談。她是個歡樂而情感豐沛的孩子，帶給農場裡的婆婆奶奶許多幸福，也填補了她的養父母安德列和蘿斯心中的空缺。安德列和蘿斯生下的孩子皆年幼夭折，對於老天爺後來賜予這個如此漂亮又開朗的孩子，他們簡直不知該感謝哪位聖徒才好。而在聖斯第芬諾教堂那兒，克拉拉大半時間都待在廚房，聽年邁女傭訴說薩索山區的故事。桑堤神父待她視如己出，但神父不是什麼有深度的人，克拉拉雖然尊敬他，但和山巒帶給她的喜悅相較，她對神父僅止乎禮的情感便顯得微不足道。克拉拉每天都在山坡上奔跑，熟記那些在她心中唯一重要的地圖：路上的石頭、遼闊天空中的星辰。兩個小女孩長大了，其中一個的棕髮比暮色更深，擁有深色眼珠與蜂蜜色的肌膚；另一個的髮色則極為金黃，擁有蔚藍眼眸與山楂花似的粉嫩肌膚。直到她們十歲生日為止，除了她們明顯的天賦之外，並未發生什麼值得注意的事，愛她們的人們因此能夠安心入眠，將他們的虔誠禱告都榮歸上主。

§

她們滿十歲了，命運之輪首度開始加速運轉，而後再度回復平靜，儘管只是表面上的平靜。勃艮第村莊的人們證實了小女娃確實身懷魔力，在她生日當晚的雪夜裡，她並未返回農場，人們出外在黑暗中尋找她時，出現了一頭奇幻野獸。男人們在丘陵上的林間空地找到瑪利亞時，她身邊有一頭生物，那生物先以白色駿馬的高大外型現身，接著便轉化為野豬的外貌，而後又變為人類，各類物種如此輪番現身，讓所有人看得喘不過氣。最後這頭野獸在所有人眼前憑空消失，而男人們將被緊抱在懷裡的小女孩帶回到農場。我們這些外人知道，這是達荷為瑪利亞帶來影像，告訴她之所以來到斜坡上的農場的因緣，因為他和索隆與彼特都認為，孩子們的力量能因知識而增強，而她們成長時便會習得她們自己的故事。西班牙來的小女孩知道自己是領養的孩子，她看著自己的特殊能力日漸增長，她能和田地與樹叢中的動物溝通，能夠辨識田野中的樹木在空中畫出的脈動與形影，能聽見世界的歌謠，那是從來沒有任何人類聽聞的能量交響曲。還有，她能讓她身旁的人們以十倍的力量發揮他們的才能。她滿十一歲那天，終於出現另一頭奇幻野獸，外型混和了灰色駿馬、野兔、灰眼男子，我們知道，這是索隆第一次於白日在女兒面前現身。

這天，叛徒的存在已是顯而易見。委員會主席的行動遭叛徒窺伺，敵方拋出由黑霧箭矢構成的旋風來恫嚇他們。這件事驗證了他們自艾略斯入侵人類世界並在羅馬掌權時便知道的事：艾略斯手中持

⑩ 原注：《精靈少女》一書敘述之故事由此開始。《精靈少女》敘述的是自一九一八年至一九三一年間發生的故事。

有灰色筆記本，建造了另一座霧之屋與另一道橋，如今他得以在兩個世界之間自由來去，並能任意操控天氣。關於這叛變，不幸中的唯一大幸，是艾略斯從未相信彼特在圖書館中發現的預言，委員會召開時，他依舊抱持相同立場，輕蔑地無視這名出身卑微的精靈的胡言亂語；同時他也對瑪利亞興趣缺缺，因此這名小女孩才得以在儂桑留意關注下在村莊多待一年，而克拉拉不久便加入守護瑪利亞的行列。

克拉拉是名天才孤女。在她將滿十一歲那年夏天，一台鋼琴來到阿布魯佐和她相會，這台鋼琴來自阿奎拉，是桑堤神父年邁的阿姨遺贈給家族後代，並由亞力山卓一路護送至教堂。鋼琴被安置在教堂內，並請了調音師於七月初過來調音。初次碰觸走音的琴鍵時，克拉拉就已感受到一種如刀般銳利、朦朧微弱的全然喜悅。一小時後，她已會彈奏鋼琴，亞力山卓給了她一些樂譜，而她完美地演奏出來，一次都沒有彈錯，她的演奏讓教堂中吹起了山巒之風。

亞力山卓．桑堤已在阿奎拉的姨母家中居住九年了。他年少時在羅馬大肆揮霍的輕狂歲月，如今只剩下痛苦回憶，讓他至今都會在夜裡驚醒，在他活生生跳動的心釘上名為後悔的十字架。終其一生，他都苦於悲戀、苦於對自己作品的不滿足。他是個才華出眾的畫家，卻燒毀自己所有畫作，永遠不再作畫。他曾瘋狂地愛過一名女子，將兩人之間的友情看得至為神聖，但在這名女子與世長辭後，他便放棄了羅馬的生活與友人。然而，在教堂聽過克拉拉的演奏後，他請人送一封信去羅馬。時序進入八月時，一名微駝的高大男子來到教堂門口。他名叫皮耶妥．沃爾普，是羅貝多．沃爾普的兒子，和父親一樣從事藝術品買賣。皮耶妥是大師的朋友，他妹妹蕾諾拉嫁給了大師，而他一生則飽受對已逝父親的恨意折磨。皮耶妥應亞力山卓所求，遠道從羅馬而來，他曾經參與亞力山卓的畫家事業，並視他如手足。克拉拉應要求為他彈奏那台決定她命運的鋼琴，到了隔天，皮耶妥便帶著這名技藝高超的孤女回到羅馬。

羅馬，令人厭惡的大城市。不斷思念著群山的克拉拉隨著大師學習音樂，大師假裝不認識她，收她為徒。每一日，他都要她傾聽樂譜背後的故事，每一日，她都更加不解大師希望她做什麼。她在阿齊瓦提宅邸遇見亞力山卓、皮耶妥與蕾諾拉，蕾諾拉是第一位深受克拉拉喜愛的女性。其他時間，她身邊總有一名奇異的陪伴者隨侍左右，此人名叫彼特，看來似乎不太清楚狀況，總是試著從前一日的宿醉中清醒過來，他的工作就像隻無所事事的牧羊犬。

克拉拉堅持不懈地學習著。

大師會問她一些問題，引導她答出地勢起伏的樹林，或長滿白楊樹的平原，她會在演奏鋼琴時看見這些風景，因為它們深植於作曲者的心靈與記憶之中。終於，有一天，音樂為克拉拉開闢一條道路，將她帶到遠方勃艮第的瑪利亞身邊，很快地，克拉拉便學會僅憑意念看見瑪利亞，並能毫無困難地辨認她的每一個動作。她的魔法目光將瑪利亞在農場接觸的人們盡收眼底，克拉拉對瑪格麗特的女兒歐杰妮產生了溫柔的情感，也同樣喜愛尚赫內的兒子安德列，也就是瑪利亞的養父，還有村裡的神父，這名神父和克拉拉的養父就宛如橡樹與榛樹般不同。

如今，顯而易見的是，這兩個孩子展現的奇蹟不單只在於她們出生時的異象，更在於她們自身的天賦。精靈身處人類世界時，會喪失他們的動物本質，但他們在瑪利亞身邊時卻能華麗地展現三重分身。至於克拉拉，她能看見遠方的空間與生物，並且能在儂桑的霧之屋外部執行她父親的預知力與展現幻象的能力。我們必須承認：兩名小女孩能在人類世界中，創造出薄霧國物理法則也能夠運行的國度。

§

在平靜的表象之下，一年迅速過去了。

現在離戰爭爆發，還有兩年。

一月到來，天候比極地浮冰更加寒冷刺骨，比無光的黎明更加陰暗。天氣異常嚴寒，使得人類以為上帝正一口氣懲罰他們一世紀以來所造的罪孽，但精靈們知道這是因為敵軍有了自己的橋，並以殘酷的冰霜折磨著人類。在這地獄似的季節裡，一連串災難的開端最初看來似乎無害：瑪利亞父親的一名兄弟前來造訪斜坡上的農場，他們以最高禮遇款待這名正直的男士，此人同時也是一名技巧高超的獵人。具體來講，勃艮第的待客之道是先奉上一連串輕浮的自家人玩笑，晚餐的菜色則是松露珍珠雞佐肝醬與酸辣燉菜，慢火細燉的香煎金黃刺菜薊有著濃郁豐富的湯汁，讓用餐的人即使同時喝下產於山丘的葡萄酒，依舊能夠感受到這美味的湯汁緩緩流入喉嚨。為了消化這些豐盛佳餚，大夥想到的甜點是奶油塔配歐杰妮的榅桲水果軟糖——事實上，大夥可不只是想想而已，最後所有人好不容易才從椅子上起身就寢。然而，兩點左右，樓上傳來一陣喧譁：晚餐剛吃下許多肝醬的馬榭，現在輪到他因嚴重的肝病感染而命在旦夕。

相偕對抗邪惡的女人們多美啊，她們的美展現了女性的特質——歐杰妮遺傳了她母親對花朵的喜好、熬煮榲桲水果軟糖的手藝，以及治病的天賦。瑪利亞的能力可大大增強歐杰妮的治病天賦，她們倆都為了至關重要之事而奮戰，兩個具有特殊能力又都身處險境的人結合在一起，而遠在羅馬宅邸裡默默觀察她們的克拉拉也悄悄加入。瑪利亞的力量結合克拉拉的力量，增強了歐杰妮的天賦，馬榭因而出人意料地康復了。然而，世上的能量雖然能夠轉換，卻不能憑空創造，瑪利亞太晚才領悟到：歐杰妮必須死去，才能讓馬榭活下去。當您知曉歐杰妮本人接收到這份關於生死的協議時，該訊息是以一朵鳶尾花的形式呈現，您會驚訝嗎？這朵鳶尾花有著紫紅花芯與橘色雄蕊，白色的花瓣上有淡藍色斑點。連繫兩個世界的紅橋在影像中賦予了有力的真相，紅橋知道該如何表明重要時刻即將到來。一百三十年前，彼特便是透過紅橋接收到茶之詩、接收到歐杰妮與她的鳶尾花的預知畫面，因為紅橋知曉過去已經發生之事，也明瞭未來將會發生之事。我們稱之為真實的這奇異事物在所有時間、所有地層發生的事，紅橋都知道。

不幸的是，瑪利亞認為是自己害死了姨婆。事實上，瑪利亞還太年輕，還不能理解她給了姨婆怎樣的餽贈。歐杰妮得知自己將死之前，看見了她死於戰場的兒子的身影。她看見兒子坐在她面前的宴會餐桌前，那是慶祝聖約翰日的晚宴，桌上放著夏至節日的鳶尾花。他的樣子正如她記憶中那般，儘管他已在年輕人紛紛捐軀的戰場上陣亡了。她對他說：去吧，我的兒子，永遠記住我們有多愛你。於是三十年的苦痛瞬間迸發為深切強烈的愛，歐杰妮深深感謝上帝在最後施捨給她這名虔誠信徒的贈予。最後，歐杰妮在她先前從未體驗過的幸福喜樂之中與世長辭。

但瑪利亞並不知道這一點，而第一場戰役正在醞釀。馬榭奇蹟復原之事引起艾略斯注意，他將滿腔憤怒化作猛烈不止的暴風雨，傾注於這個地勢低平的小村鎮。氣旋與暴雨構成一堵厚牆，牆之後接踵而來的是受艾略斯指揮的戰士。這是一場前哨戰，主要戰爭要到兩年後才會真正展開。二月在田野泥地上展開的這場前哨戰，上陣的軍官們是化身為戰略家的鄉下人，而指揮作戰的將軍則是兩名十二歲的少女，其中一人身在羅馬，用意念和另一人溝通。更驚人的是，雖然瑪利亞不願再讓她愛的人們冒生命危險創造奇蹟，但以人類對奇蹟的標準來看，還是發生了三個奇蹟。

首先，是兩名少女之間的心電感應：克拉拉譜曲彈奏的方式能夠在瑪利亞心中闢出一條默契的渠道，使兩人日日夜夜都能以心靈溝通。

第二個奇蹟，是這兩名十一月與雪的孩子催化了夢象與故事的強度。這一點是人類或尋常精靈都辦不到的事，因為人類雖會作夢，卻不知如何將夢象化作現實，而精靈雖然知曉如何影響自然力量，卻無能創造故事。從今而後，瑪利亞和克拉拉被同樣的語言和同樣的故事連結著⑪，她們在空中開出一道裂口，一批精靈軍隊便透過這道缺口來到人類世界，並仍保有精靈的能力，他們和農民並肩作戰，直到戰勝敵軍。最後，瑪利亞喚來一片漫雪天空，與暴風雨對戰之後，成為一片湛藍晴空，讓人們喜極而泣。透過這兩名少女，精靈們如今有了新的橋，由詩與魔法建造的橋，而精靈們在一小群比皇族更加英勇的人類面前表露身分——最終同盟存活下來了。

第三個奇蹟，和索隆曾向彼特提及的那位祖靈有關。瑪利亞與克拉拉為精靈軍隊打通天空時，這位祖靈曾短暫復活。這一點我們暫且不談，因為關於精靈先祖之事雖然需要光來闡明，但很矛盾地，這光卻只能在黑暗中方能得見。

同日，亞力山卓、馬居斯和玻律斯離開羅馬，上路前往勃艮第。敵軍建造的橋與霧之屋的力量強度尚不明朗，但我方懷疑敵軍或許能夠看見人類世界的影像，甚至能夠清晰預知，目前，陸路旅行應比紅橋更為安全。況且亞力山卓無法透過紅橋旅行，所有企圖讓人類通過紅橋的嘗試全都宣告失敗。戰役結束三天後，當他們抵達飽經蹂躪的村莊，瑪利亞和馮斯瓦神父正等著他們。亞力山卓一見到這名與眾不同的神父立刻覺得他和藹可親，神父深受教友們愛戴，因為他尊重他們，也因為神父總對他們的野兔肉醬與使用過多鵝油來烹調的料理讚不絕口。再加上馮斯瓦神父見證過瑪利亞與克拉拉打通夢象的天空，從此他便感覺自己對現實世界的熱忱取代了他心中一向聽他告解的上帝。他的任務一向透過佈道進行，但如今他在葬禮或彌撒說出的禱詞已和教會信仰沒有太大關連了。他奉獻一生擁戴的

⑪ 原注：「你擁有全部的夢象，你走在漫雪天空的二月凍土上。」這是克拉拉譜曲時憑本能建構的故事，故事來自瑪利亞的內心，和她自身關於詩的力量。

信念所闡揚的是心靈遠較肉體優越；然而，他卻發現自己內心深處是個信奉自然的人類，應當傳遞關於世界不可分化之訊息、宣揚萬物同心之訊息。他學習義大利文，是為了要瞭解這個收到一首義大利文詩的小女孩⑫。長久以來，他始終糾結於基督教對魔法的懷疑和對真理的熱愛。如今他已下定決心，要追隨心中的真理到天涯海角。除了相信這就是他的命運之外，他也想為那些不能再開口說話的人們發聲，一如他當初第一次這樣做的那樣——當時，村裡有一名年輕人在戰場上受了重傷，他在斷氣之前，將遺言交代給馮斯瓦神父。確切地說，馮斯瓦神父並非直接接收到這些話語，而是由瑪利亞握著那個勇士的手，傾聽他的夢，克拉拉則將之轉化為樂聲。透過兩名少女之間的連繫，神父才能聽見那旋律傳遞給他的語句，並將遺言轉達給這名英勇年輕人的遺孀。他的遺言很美，且是出自一顆謙卑的真心，出自一個再也無能訴諸文字卻又道盡千言萬語的心靈，他述說了傲然卓立在蒼穹之下日子裡的榮耀，這一切是因為他愛過，也因為他被愛過。這就是馮斯瓦神父從今而後希望過的生活，跟隨這兩名將愛化作具體事物並熠熠生輝的小女孩，即便他將會遠離他的教會，遠離他舒適的神父住所，也無所謂。

§

接下來是一段隨遇而安的飄泊故事——發生在另一處的故事就此告一段落⑬，就讓我們回到原先述說的故事。這故事敘述的漫漫七年之間，有六年都被戰爭所填滿。如今，危機四伏，敵人隨時可能憑空出現。克拉拉留在阿齊瓦提宅邸，瑪利亞則來到一個她隨即愛上的地區，她喜歡這裡吹著暴烈狂風的遼闊高原和厚重的雪花。

「這是一片魔幻之土，」亞力山卓在穿越高原時這樣說道，「孤寂與性靈之土。」

那兒有一座農場，他們棲身其中，為即將到來的這一年做準備。克拉拉將會在皮耶妥・沃爾普的手下護送之下，來到此地和他們會合。年輕時的皮耶妥對父親心懷怨恨，因此成為街上赤手搏鬥的小混混。如今，他指揮一群秘密的人類義勇軍，這些人比聖殿騎士團的騎士更加忠誠、危險。

「這地方叫什麼名字？」瑪利亞問道。

「奧貝克⑭。」馮斯瓦神父回答。

神父看著四周說：「真是個讓人樂意退隱的地方。」

§

克拉拉在清晨抵達。地平線彼端是阿韋龍⑮的碧綠山巒，被曙光輕拂的群山間歇閃爍著光芒，看來煞是宜人。幾道薄霧掠過，但整個世界似乎明顯處於審慎戒備的狀態。

---

⑫ 原注：「你們在樹下行走時，有野兔與野豬照看著；睡著時，你們的父親越過橋來親吻你們。」這是克拉拉在羅馬發現的、達苟在德蕾莎的樂譜空白處寫下的詩句。是這首詩為克拉拉打開了通往瑪利亞視界的路徑。之後，索隆將同一首詩郵寄至勃艮第。

⑬ 原注：《精靈少女》一書述說的故事到此結束。

⑭ 譯注：Aubrac，法國中南部山區。

⑮ 譯注：Aveyron，法國中南部省分。

一隻鳥兒歌唱著。

無人聽聞相會時電光石火間發生的事——永恆在其中聚合，直到凝縮成一種神奇的眩暈感，然後得到一生的時間來重新譜寫人生。兩名小女孩看著對方，彷若第一次看見彼此，瑪利亞臉上幽暗的小血管脈動著第一場戰役的陰影，讓克拉拉不由自主伸出手，用食指溫柔地輕拂撫平。她們如同姊妹般互相擁抱，我們見證到這幕友情所帶來的欣喜，也必須說這一切有如是在海洋無底深淵處發生，我們無以名之，就姑且稱之為靈魂之生吧。瑪利亞向來是個快樂淘氣的孩子，像閃電一樣敏捷，比燕雀還要快活。但她也經歷了哀痛與憤怒，在歐杰妮逝世時她一個小女孩所流下的淚水，甚至比農場裡一整群大人們掉的淚還多。而克拉拉在抵達羅馬前的十年人生之中，只笑過不到兩次，也並未學過如何哭泣、如何感動。蕾諾拉已開始融化這顆荒蕪冰封的心，而彼特也以他亂糟糟的獨到方式給了克拉拉溫暖，但我們的義大利小女孩仍舊缺乏唯有透過父母關愛才能傳遞之物。尤其是在戰役進行期間的某一刻，大師對克拉拉說：*有一天，你會加入屬於你的團體*——而她理解到的訊息是：你會加入屬於女性的團體。在一股情感同化的激發之下，她生命中的平衡被顛覆了，她看見母親的臉龐，緊接著是血脈源遠流長的女性們，她們或在夜裡唱著搖籃曲，或在拆開軍隊寄來的信件時痛苦地叫喊出聲。在這儀式行列之中，她理解了戰爭、和平、愛與訣別，而這一切重新塑造了一顆長久以來過度缺乏溫暖的心。

當瑪利亞在勃艮第田野上方的天空闢出通道，我們的法國小女孩變成了所有物質的粒子、變成了大自然的每一方寸，這股內在的變化讓她感到恐懼，並加深了她對奇蹟治癒馬榭這件事的內疚。這一切克拉拉都了然於心，她用唯一能讓瑪利亞平靜下來的方式，握住瑪利亞的手。她看著瑪利亞肌膚下的血管陰影，和自己做了個約定：她會阻止這樣的事在未來重演。至深的友情是以怎樣的鋼鐵作為材料來冶煉的呢？苦痛、熱忱，或許還有血脈關係的揭露，從中編織出一段無欲無求而不虧欠對方的愛。克拉拉能夠憐憫體恤，是因為她知道瑪利亞自歐杰妮死後便一直抱持著罪惡感，這使得克拉拉能夠面對自己，讓她完完全全加入了屬於她的團體，藉由這些來自女性的訊息的具體化，讓她體認女性的疆土是多麼廣袤、多麼神秘。然而，當瑪利亞心懷感激地感受到克拉拉能體會她的重擔時，她們的性格發生了奇異的轉移：瑪利亞性格裡的歡愉與調皮穿越了友情之橋，到了橋的另一邊。從此，我們便經常看見瑪利亞面色凝重、面無表情，而她身邊的克拉拉則掙脫了孩提歲月的孤寂與冷漠，顯得溫柔而淘氣。八年後，使阿雷翰卓・德・葉培斯神魂顛倒的，正是她那雖深不可測卻又帶著一股俏皮的眼神。彼特遇見的作家曾說：勇氣最迷人的表現形式，就是歡愉。若此言為真，不久之後，所有人都將會需要她這股鬼靈精怪的氣質。

§

克拉拉抵達幾天後，達苟與索隆從薄霧國經由紅橋來到奧貝克的農場。對擁有另一對父母的瑪利亞和從未有過父母的克拉拉而言，認這兩名素不相識的奇幻生物為父，讓她們有種極不尋常的感受。他們的人類分身讓她們感到陌生，但她們喜歡他們的駿馬、野兔與野豬分身，這是唯有我們心中屬於孩提歲月的那一部分才能被允許擁有的愛。最後，她們朝他們跨出一步，瑪利亞將手伸進野兔的毛裡，克拉拉擁抱野豬身軀。

之後，達荀與索隆再度回到農場時，他們身邊有一名精靈，她先以一頭白色母馬之姿現身，接著轉化為白鼬。那閃耀著光澤的絨毛讓瑪利亞著迷，接著白鼬又化身為一名女子，她的臉龐使瑪利亞驚訝得說不出話。她有著和瑪利亞相同的雙眼、相同的黑髮、相同的金褐色肌膚。她和女兒擁有一樣的鵝蛋臉、宛如斯拉夫人的顴頰、輪廓分明的唇瓣。瑪利亞驚訝地看著這名女子，她知道她正看著自己的母親，這份認知帶給她的衝擊宛如豪雨強擊屋頂一般。

這名精靈以淚眼對著瑪利亞微笑，接著她化作白鼬，淚水消失了。

「我看著蘿斯和歐杰妮將你帶大，我從她們那兒學到很多，」她說，「我分享了她們疼愛你時的喜悅，也分享了她們看著你成長的驕傲，我很開心她們教你認識藥草，也很開心你喜歡紫羅蘭。」

亞力山卓向前邁出一步，向她鞠躬致意。

「瑪利亞繼承了您的白鼬力量，對吧？」他問道，「她能召喚雪，是因為您的血統吧？」

「卡次拉終年積雪六個月，是因為我們喜歡看花朵在該地綻放。」她回答。

「我真想看看你們的世界。」亞力山卓喃喃道。

馬居斯將手放在他肩上。

「我們也希望你能看到。」他說。

從勃艮第至奧貝克山區的旅途上，以及在農場安頓的過程中，馮斯瓦神父、亞力山卓、玻律斯與馬居斯已成為朋友。

「我瞭解你為什麼和彼特感情這麼好了。」住宿客棧的第一夜，亞力山卓點來葡萄酒時，馬居斯這樣說。

「你們不喝嗎？」亞力山卓問道。

「我們試過，」馬居斯回答，「但精靈們招架不住酒精。」

「可是彼特會喝酒。」亞力山卓說。

「我不知道他是怎麼辦到的，」馬居斯嘆了口氣，「我們喝兩杯就不行了，但他喝了三瓶之後竟然還能和人打鬥，而且表現得比平常更好。不過到了隔天，他就不太勇猛了。」

「人類對酒精的耐受度也是因人而異。」亞力山卓說。

「你們有治療醉意的解藥嗎？」馬居斯問。

「治療醉意？」亞力山卓說，「若沒有醉意的話，我們根本無法忍受現實帶來的孤寂。」

「而我們精靈是永遠不會孤身一人的。」玻律斯回答。

§

奧貝克高原上，一年就這樣過去了，兩名小女孩和她們的父親以及瑪利亞的母親經常見面，瑪利亞在和母親相處時，得到了她意想不到的安慰。當她化作白鼬，身上會散發一陣熟悉的香味（和真正的白鼬味道不同，因為精靈的化身雖有著動物的外型，但沒有這些動物的一些特徵，譬如氣味、自我表達的方式，或甚至清潔洗淨身體的方式），村內的一名女子會在裙子下緣縫些馬鞭草香包，散發出來的就是這香氣。村姑的這份文雅或許值得城裡的女士們效法。瑪利亞能和野獸溝通，她總對野兔很有好感，也覺得自己和白鼬有相似之處。她母親的動物分身讓她覺得很親切，彌補了她母親的人類分身無法營造的親密感，大半時間，她母親都以冬日白鼬的外形待在農場，瑪利亞會蹲在她身邊嗅聞她的香氣，將自己的臉埋進那柔軟的皮毛中，其他時間她們則會交談，她母親對她描述薄霧國的世界，描述那些航道、液態石頭與冬季的李樹。瑪利亞聽得起勁，她身邊的克拉拉也殷切地傾聽著。打從在羅馬的某些夜裡，克拉拉所具備的天賦便能讓她看見與話者的內心：克拉拉看得見瑪利亞的母親對瑪利亞講述的那些風景，也能像她父親一樣，將她看見的畫面展現給其他人觀看。每天，瑪利亞緊靠著克拉拉傾聽白鼬說話，兩人間或將手輕輕伸進白鼬的絨毛中，而這兩名緊緊相依的小女孩，是這隻白鼬所知最為珍貴的寶物。

漸漸地，瑪利亞和克拉拉想像著薄霧國的模樣，而達苟、索隆與古斯塔試圖理解如何將兩名小女孩帶至薄霧國。然而，他們的每次嘗試都以失敗告終。

「妳感覺到什麼？」古斯塔以大量的薄霧之茶再度嘗試送瑪利亞去精靈世界時，他這樣問她。

「什麼都感覺不到。」她回答。

古斯塔轉頭看著克拉拉。

「妳能不能藉由彈奏鋼琴來向瑪利亞說一個故事，就像你在勃艮第戰役時做的那樣？」

「你希望我給她一本指南，但當時天空的通道是藉由夢象與故事的力量所開啟的。」克拉拉回答。

古斯塔出神地想了一會，彼特咯咯地笑。

「果然是你女兒。」彼特對達荷說。

他對克拉拉眨眨眼。

克拉拉來到羅馬不久便認識了彼特，後來克拉拉將彼特介紹給瑪利亞認識，當時氣氛很熱烙。

「他從不節制，也從不酒醉。」克拉拉趁機這樣說。

克拉拉對讓她坐在他松鼠尾巴上的彼特拋了個媚眼。彼特化作人形，變成許多人類都覺得善良而開朗快活的那個紅髮大肚男。誰會想到這個笨手笨腳的矮小男子正勤奮地奔波，為了戰爭募集一批組織嚴謹且隨時可投入戰場的民間反抗軍，而且這股高深莫測的反抗力量竟會激怒人類世界的軍隊與國家的最高領導人？彼特在紅橋上來來回回，集結他未來的作戰夥伴，這些正直的人們有男有女，其中當然也有一些葡萄酒釀造者。他們在戰爭期間反抗了好些年，而明日，他們將會發起最後一戰，去支援同盟國。阿雷翰卓和他們的幾名軍事首領一起領導過幾次作戰，這些人都是一些沒有戰場經驗的尋常人士，他們懂得表述作戰地點、目標、行動方式，而後靜悄悄地回到各自的工廠或牧場。他們讓阿雷翰卓想到路易．阿瓦雷茲。如同在地窖向阿雷翰卓顯示的影像那樣，路易和作戰同伴一同走在夏日宛如炎爐的熱氣之中，阿雷翰卓知道那是另一批反叛軍的影像，屬於另一個時代、另一個地點，但也和眼前這批一樣，以玫瑰與山楂花作為養分。

事實上，彼特不單單只是一名貪吃的酒鬼，他的性格其實非常適合統領眾人。他數度必須在薄霧國或人類世界中打鬥，而他在酩酊狀態中所表現出來的鎮靜與沉穩讓他贏得好評，酒精將他的笨拙動作化作天才的舞步。大夥看著他腳步踉蹌卻又熟練，大夥都喜歡他那親切又有效率的作風。他作戰時內心雖不帶一絲仇恨，卻絕不手下留情，這甚至成了那些贏得勝利的戰士們的榜樣。

然而，如今必須戰鬥的次數大幅增加了。敵人徵集了許多部隊駐紮萊安，雖然人數還不足以組成一支正規軍隊，但衝突卻愈漸頻繁，預示了這將不會是一場光明磊落的戰爭。

「他們的行為簡直像半獸人。」在勃艮第田野爆發首場戰役的前一天，敵人突襲卡次拉郊區，因而引發精靈之間的內戰後，索隆充滿反感地說。

艾略斯麾下的精靈大開殺戒的手段殘忍，毫不留情。這邊因此調整了各省的防備，然而，必須和對手用同樣的思維思考，令人心情沉重。

「我們完全不需要如此多愁善感，」彼特反駁眾人，「戰鬥的唯一目標就是勝利，為了得勝，所有可能的手段和計謀都得用上。妙計和騎士精神是無法同時兼顧的。」

「如此高明的戰略思維是出自何處？」索隆問道。

「史上最偉大的戰爭小說。」彼特回道。

「你指的是《戰爭與和平》⑯？」索隆猜測。

索隆並不熱愛人類的小說，但彼特懷疑他讀過的小說至少和自己讀過的一樣多。

「《飄》[17]。」彼特回答。

隔天，索隆召開了一場只有少數委員參與的機密會議，討論儂桑該如何使敵人無法使用主要航道。

「郝思嘉對我們的計畫有何想法？」會議結束後，索隆這樣問彼特。

「她認為北方人奪得交通管道時，亞特蘭大就輸了。」這隻松鼠這樣回答。

達荀大笑出聲。

「總之，」彼特說，「我們若能掌控水道，便能得勝。我不確定敵方的橋與霧之屋有這項能力。」

「我們不知道他們的能力有多強，」達荀說，「但最讓我擔憂的，是我們看不到他們的橋與霧之屋。我們能觀察到的萊安，並沒有這兩項設施。」

彼特接著報告關於灰色筆記本的搜查工作。他去了阿姆斯特丹，但他在那兒搜集到的資料，並未給他更多關於前任霧之屋守護者兒子的線索。這名畫家定居於阿姆斯特丹，並成為知名畫家，於一五一六年在位於皇帝運河旁的家中去世，享年七十七歲，以人類而言是受人敬重的高齡。他留下

---

⑯ 譯注：*Guerre et paix*，列夫．托爾斯泰（Lev Nikolayevich Tolstoy, 1828~1910）於一八六五至一八六九年出版的小說。

⑰ 譯注：*Autant en emporte le vent*，瑪格麗特．米契爾（Margaret Mitchell, 1900~1949）於一九三六年出版的小說。

的，只有羅貝多．沃爾普因謀殺而取得的那幅畫作。

§

一年過去，戰爭爆發了。

彼特、馬居斯、玻律斯、亞力山卓與馮斯瓦神父對他們堅實結盟力量的信心日益增強。他們必須經常更換藏身處，以免被敵人發現。彼特繼續旅行，連結反抗軍的兵力。試圖送瑪利亞、克拉拉、亞力山卓與馮斯瓦神父度過紅橋的嘗試依舊無法成功，接連挫敗，該死的灰色筆記本仍舊下落不明。戰役接二連三，衝突愈演愈烈，成為一場大屠殺。歐洲成為巨大戰場，戰爭也蔓延至其他各洲。聯邦國的各個國家內部發生了各式各樣的肅清鬥爭，極度恐怖，卑鄙至極——拉斐爾．桑坦杰羅成功辦到了他原先亦不期待能夠得逞之事：他成功使那些一心只企求和平的民族亦燃起戰火，血流成河。精靈這邊的最終同盟保持低調，未曾向同盟國表露身分。不過，他們在分裂成兩個陣營自相殘殺的薄霧國裡，已經有很多事要做了。

現在是戰爭的第六年。最後一場戰役的腳步近了。夜幕低垂，卡次拉的委員會正進行著。

「一切都結束之後，世界還會剩下什麼？」索隆語帶苦澀地問。

「世界誕生，因為消亡。」彼特回道。

暴烈狂風與厚重雪花

——《繪之卷》

筆記本

於是，彼特找到灰色筆記本了。您看，羅貝多．沃爾普在蒙特普齊亞諾有個小小的酒莊，由他手下一些忠心耿耿的佃農幫忙管理。該地出產的美酒品質極佳，因此羅貝多年輕時去過葉培斯。誰都不知道，羅貝多繼承了畫作和灰色筆記本之後，會將筆記本攜至該地。

城堡門口的守衛自以為能像以往一樣，三兩下就打發走彼特，但彼特竟出現在城堡的酒窖中，鼻子直接嗅上一支一九一八年分的佩楚酒堡佳釀。筆記本就在一旁。二十年前，沃爾普家有個僕人說溜了嘴，於是桑坦杰羅急派一名釀酒人前往葉培斯，將筆記本的內容抄了下來。

這本灰色羊皮紙筆記簿中，只寫了寥寥數行字：灰茶是轉化的關鍵，它架起橋梁，轉換通道。第一道橋，是繪筆畫出的一道線條加上灰茶的產物。灰茶的墨水是所有重生的根基。酒窖門上的石碑銘刻著這座城堡的箴言：矢志不渝。在這句話旁邊，是阿姆斯特丹那位畫家的手寫字跡：**這是我最先抵達的地方。**

再過八天，便是最後戰役。

橋

亞力山卓·桑提在從未踏上紅橋之前，便已知曉紅橋的存在。三十年前，他還沒見過紅橋，卻已將它畫了出來。畫布上只看得見一大片色塊，與緋紅色粉彩蠟筆所畫的三道線條。然而，所有曾經渡過紅橋的人，都對這奇蹟目瞪口呆。亞力山卓的畫雖未畫出紅橋的具體外型，卻再現了紅橋。

同樣的，亞力山卓到羅馬後給皮耶妥看的第一幅畫，上頭也沒有任何已知可辨認的事物，但皮耶妥知道畫中呈現的是「山」這個讓人一看就能心領神會的文字，那是東方人類與精靈們共同使用的文字系統。

亞力山卓生性適合活在橋的另一邊，正如彼特生來便適合活在人類世界。像這樣希望能夠對調的渴望，是能使兩個世界復甦的所有關鍵。薄霧國的第一道橋曾經讓原本停滯不前的宇宙獲得了重生的力量，而阿姆斯特丹那位畫家轉化這座橋時，亦再度使原先委靡不振的宇宙恢復了生氣。最終同盟的精靈們深信，他們的角色，是強化兩個世界之間的通道。

橋，破冰的橋——它既是戰利品，亦是隱喻。

衰滅

一九三八

序言

四日之內，最終同盟的精靈成員們針對最新的發現與推斷安排了一連串後續措施。

灰茶可以實現在霧之屋內表述的冀願。

兩萬年前，有人（應該是守護者）使用了被貴腐菌侵蝕的茶葉泡了茶，架出連繫兩個世界的橋。

兩萬年後，守護者之子以相同程序，將橋轉化為能夠永久前往人類世界的通道，搬遷至橋的另一端。

他是如何知曉灰茶的力量的？這顯然是無心插柳之作，就如同人類或精靈史上所有著名史詩情節也是如此誕生。

又過了四個世紀，達荀的一名助手成了叛徒，偷偷邀艾略斯來到儂桑，建了一座不可見的霧之屋，與一道隱形的橋。直到最終同盟的成員們發現茶葉上的黴菌魔力，他們才終於在萊安的薄霧消散時，看見那裡閃著盛氣凌人的金光卻又陰氣沉沉的橋與霧之屋。

通常泡製灰茶的方式是把茶葉放在茶壺內持續浸泡二十四小時。直到目前為止，精靈們總會燒掉雨季浸爛的茶葉，而今在萊安，四處的茶園裡種滿了這樣的茶葉。

灰茶能讓人類前往薄霧國，也能幫助他們從薄霧國返回人類世界。不知是命運開的玩笑，抑或是命運的寬宏大量，灰茶也能使醉鬼清醒。

灰茶極為危險，它能夠抹消一切蹤跡，所有檔案都找不到它的線索。灰茶小心翼翼不露行跡，在發揮功用之後便消失無蹤，正因如此，儂桑和卡次拉才會至今才聽聞它所扮演的角色。

灰茶有著類似墨水的功用，雖然畫筆畫出的一道線條所扮演的角色尚不明朗，但大夥都很慶幸亞力山卓加入他們的行列。

最後，灰色筆記本在彼特面前現身，或許是因為葉培斯的鬼魂們選擇與他們站在同一陣線，也或許埃斯特雷馬杜拉有個無人知曉的組織選擇了它的立場，選擇了最終同盟——但這種事很難真的知曉，因為故事總帶有種種特質，而其中兩個特質便是難以預測與愛捉弄人，我們是無法事先知道結局的。

吾人是死是生

　　儂桑，戰爭第六年。先前我們在茶之喪鐘敲響的時刻暫且擱置最終同盟這群人，如今我們必須填補這個故事在其最初意圖與最終結果之間的種種事件——如此多事件，如此多急轉直下的變化，如此多憂慮因死亡而凝結成為真實，還有，如今最後一場戰役已然展開，我們必須述說它對兩個世界所造成的破壞、它所遺留下來的後續，和它所造成的悲劇。

　　精靈們如何能夠試圖摧毀他們自己世界的根基？他們是多麼絕望，才會選擇如此激烈的手段？卡次拉在戰爭中節節敗退，薄霧亦跟著衰減；每當人類與精靈之間的連結增強，薄霧便能再生；然而灰茶已帶來過大威脅，迫使最終同盟必須改變兩個世界之間的通道配置。這樣一來，敵人的霧之屋與橋便會消失，而儂桑並非透過茶所建造，因此仍能倖存下來。

　　「我們將摧毀茶園，」達苟說，「所有茶園，一個都不留。明天黎明便展開行動。」

　　「但是沒有茶的話，你們的世界將會瓦解。」阿雷翰卓說。

　　達苟向他展現了兩名在雪夜中被收養的新生女嬰的影像，接著是她們魔幻人生中的大小事件，包括姨婆們與鋼琴，直到戰爭的第一場前哨戰。阿雷翰卓與赫蘇看見艾略斯送來的那陣強烈暴風雨時，不禁捂住胸口。田野上方的天空裂開一條通道，精靈大軍一湧而入時，他們的心跳平緩下來。很快地，便是兩名小女孩在綠意盎然的山巒環抱中，在農場中庭相會的畫面。接下來是輾轉飄泊的幾年，同時戰爭全面肆虐。最後，時間彷若形成一股快速的沉澱作用，兩名少女對阿雷翰卓與赫蘇而言已變得如此熟悉，彷彿他們和她們一同經歷了成長的過程。這樣的熟悉感通常需要共同度過好些年才能養成，而他們卻是透過一種加速前進的方式相識。最後，達荷展示了另一個畫面。彼特手中拿著一本書，他面前站著前任委員會主席。他們背後是一棵老李樹，另外還看得見青苔地面與木造長廊。

「你在讀什麼？」古斯塔問道。

「一則預言。」彼特回答。

在這秋天已然消逝的溫暖秋夜裡，彼特高聲朗讀。

薄霧重生

透過兩名十一月與雪的孩子

失根者最終結盟

「瑪利亞和克拉拉就是那兩名十一月與雪的孩子，」達荷告訴阿雷翰卓，「我們同意將茶摧毀，是因為我們相信預言。此外，我們這群同伴會在此集結並非偶然，而且我們一找到灰色筆記本，便試圖揭開它將會在最後一場戰役中扮演何種角色。我們當中有一名神父和一名畫家，也絕非巧合。正如你之所以出現在此地，亦是由於葉培斯的引力導致，而非巧合。前任守護者之子首度前往人類世界時，抵達的地方便是葉培斯，而我們相信第一道連繫世界的橋是出現於該處。我們認為葉培斯城堡的繼承人成為同盟國最高指揮官之一並非偶然，而他來自環境惡劣卻又充滿詩意的土地也不是巧合——這故事中的所有土地都不是平白無故牽扯來的。」

他們的內心之眼看見另一幅畫面。最後一場戰役即將展開，精靈世界的茶園將會是戰役的第一戰場。朦朧的夜裡，萊安與依拿利的茶樹靜靜地閃爍著。茶園的邊緣有一些寬廣的平地，採摘下來的茶葉在長長的木桌上碾碎之後，便在廣場上曬乾。矗立在廣場另一邊的，是沒有牆面的穀倉，用樹皮葺蓋的屋頂下方是懸掛在空中的粗麻布袋。糧倉旁稍遠處，看得見頂級茗品的生茶在小屋中熟成。

燒毀依拿利的茶園不會遭遇什麼阻難，但萊安的茶園四周布滿負責執勤站崗的精靈衛兵——這些衛兵主要是熊與野豬，配備著在人類看來巨大無比的長矛與弓箭等武器。放火之前，必須先清空茶園，雖然他們有出其不意的優勢，但籌備如此艱險的一局戰事實屬不易。而且這場作戰是和時間賽跑，因為多數精靈對一般茶湯的共感作用在一天之內便會減弱，而在儂桑喝了茶的部隊則有三天時間。一小時前，狂草已將他們庫存的茶葉全數銷毀——在薄霧國的所有機構當中，僅有哈那塞的機關組織有權貯存乾燥的茶葉。您聽見這件事會感到驚訝嗎？精靈們每天在各自街區的守衛室領取當日的茶葉，而這些茶葉則是每日自產地經由航道配送，或由老鷹精靈、信天翁精靈或海鷗精靈由空路運送。有時一些猛禽或海鳥會前來協助，但精靈們並不喜歡剝削其他生物的勞力。薄霧國的海豚會和南方邊境的擺渡人一同工作並非出於迫不得已，而是出於友誼，因為航道能使雙方享有一種親密感，也讓經常被工作重擔壓得喘不過氣的擺渡人得以暫時擺脫壓力。

「我負責指揮摧毀茶園的突擊隊，」彼特對阿雷翰卓和赫蘇說，「我打算採取罕見的奇襲策略讓敵人大吃一驚，這個戰法需要兩位人類同伴加入。」

這一夜剩下的時間，達荀請他們留在他家休息。屋內的空氣中，有股無法言喻的香氣。孤寂與性靈，阿雷翰卓這樣想。

接下來這一刻，他們置身於一道朝著森林敞開的木造長廊披簷下。月光照亮林木，高大筆直的樹身整齊地指向天際。在林中空地中央，守護者住處的開口比霧之屋的更低更寬，裝飾著輕盈的簾幔，在夜間的風中飄蕩。門邊的牆上掛著一個小小的竹製花盆，裡面插著山茶花。他們一言不發，品味著古老樹木的輕柔囁語。克拉拉與阿雷翰卓在長廊一角坐下，赫蘇和瑪利亞亦在稍遠處坐下，彼特、馬居斯、玻律斯、亞力山卓與馮斯瓦神父則在一旁開會。達荀和索隆進屋去了。

§

時間如同薄紗紙一般，皺了。

「我們或許明天就不在這世上了。」克拉拉對阿雷翰卓說。

她臉上帶著微笑，他領悟到自己為什麼覺得她美。她的前額太寬、脖子太長、雙眼的顏色太淺，但她的笑容之中有一股特殊氣息，彷彿能夠捕捉夢幻之水流。兩人並未對話，然而因並肩作戰而產生的感情，使他們對望時已不復羞怯，透過眼神的交流便足以道盡千言萬語，在這危急時刻間，他們在短短的一小時內便全然領略一生的愛戀。一切的進展都依循所有人知曉的順序進行，於是他們先是體驗了陷溺在好感與愛意中的、飄飄然的初次凝視之中；接下來，體驗過最初那令人驚異的魔法之後，他們漸漸回歸現實；創造了愛情之後，他們孕育出它的真實生活；經歷過華美的黎明與劇烈的暴風雨後，他們真正看清彼此的臉龐；他在壁爐前坐下，疲倦而飽經滄桑，而她深深理解這個男人。當他們終於精疲力竭而幸福地陷入沉睡時，心中滿盈著兩人透過共享飲茶時光，透過古老樹木的歌謠，所一同經歷的所有擁抱、所有分離與重逢、所有暴風雨、所有令人驚駭的身心考驗。稍晚，他們以男人與女人的身分醒來，心中充滿激昂之情，盈滿愛的不同面貌。醒轉之前，他們作了相同的夢，夢境是在阿韋龍農場院子一個冰冷的傍晚，高原地平線彼端聚集了大群烏鴉，在暴風雨下盤旋啼叫。戀人們趕緊避雨，而鳥群之間落下既輕盈卻又沉重的雪花，逼使暴雨退卻——儘管這暴雨像是因老天的憤怒失控而下得又急又猛，更多雪花卻像羽毛一樣，輕柔地、傻傻地落下，溫柔地覆蓋重獲和平的大地。

長廊的另一端，瑪利亞告訴了赫蘇一些事，兩人之間瀰漫著同樣的茶之靜默融洽。

她對他述說鄉間樹木、高大榆樹、溪畔柳樹，還有田野中緊鄰農場的橡樹，這些樹的震動在空中描繪出紋路。她述說村莊東面的山巒，前往這座山必須經過一道蜿蜒的羊腸小徑，直到置身於樹林下的白楊灌木叢中，每戶伐木人家都可以領到這樹林裡的木頭，他們會在初雪降臨時取走自己的配額。在這之後，她也聊起附近六個城區拉縴的水道，聊起那些翡翠綠色的湖泊、燈芯草，還有歐杰妮的菜園、苦艾草、馬鬱蘭、薄荷。他們兩人眼前浮現了瑪利亞姨婆們的臉龐，像秋日蘋果般布滿皺紋，而最後只剩下四位姨婆中個子最小的那一位，她頭上紮著勿忘我緞帶，看來性情歡愉而頑固。

「歐杰妮。」瑪利亞說。

漫無止境而又極其細微的空間分隔了相愛的心，赫蘇在這樣的空間中感受到瑪利亞的痛苦與哀悼，彷彿那是他的苦痛與悼念。現在換他聊起他那片乾旱的鄉野，童年時乾涸的湖泊，留在故鄉的痛苦，離開時的心碎。但他也對她訴說故鄉之美，聊起某些黎明時分的黑暗薄霧，恍若墨跡的水色。

「我們當時多麼純真。」她說這話時是如此哀傷，讓他心頭一緊。

他繼續描述埃斯特雷馬杜拉，那平原、荒蕪的城塞、灼人的烈日、冷酷無情的岩石，以及薄霧國的石頭竟能化作液體這件事多麼讓他驚嘆。

她像個受傷的孩子，眼神中流露出悲痛。

「歐杰妮臨終前對你說了什麼？」他問道。

她告訴他，姨婆自從兒子戰死沙場後，便失去活下去的欲望。姨婆恨紫羅蘭在無辜人們死於戰場時依舊綻放，姨婆害怕殺戮戰場上方的澄澈天空——還有，姨婆治癒馬榭的那一天，也從喪子之痛中走了出來。姨婆在最後時刻來到瑪利亞的小房間，坐在瑪利亞的床邊，對她說：「小不點，妳治癒了我。」

赫蘇握住瑪利亞的手。她的掌心溫潤柔嫩，觸感宛如豐美的蜜桃，纖細的手指如此優美，讓他泫然欲泣。

她和他分享最後一個畫面，姨婆笑著對瑪利亞說話的畫面——這一幕是嶄新的畫面，既非回憶、亦非預知，而是在茶的效應之下、在愛的救贖之夜下的產物。

「妳看，」姨婆以驚奇而歡喜的神情笑著說，「妳看，」她重複道，「那晚我未能對你說的話。噢，上帝的傑作！我們已經死了嗎？抑或我們其實仍活著？這無關緊要，小不點，看看妳賜給了我什麼。」

姨婆向他們展示一座花園，花園中擺設著一些飾有夏日鳶尾花的大桌子。在這溫暖的夜裡，她向一名年輕男子微笑。「我的兒子，」她驚嘆道，「他死於戰場，但我竟能告訴他，我有多愛他。」這段生者與死者之間的對話當中，流淌出一種至福，盈滿了歐杰妮的心，這完滿的幸福是如此強烈，讓她的死顯得不再重要。

「我這已死之人，竟然對妳聊起了我死去的兒子。」她自得其樂地說。

她最後一次轉頭看著她的小不點，對她說：「你要好好採摘山楂花。」

瑪利亞湊近赫蘇，將臉埋進他的胸膛。

他輕撫她的秀髮，感受遺世獨立的愛之時光。

稍遠處，在明暗交加的樹木前，彼特開了幾瓶從阿雷翰卓的地窖中拿出來的酒，所有人都想著：明天或許便是他們的死期了。關於死亡，所有人都知道一件事——這是生者對死亡唯一所知之事。

「死亡永遠來得太早。」馮斯瓦神父說。

「死亡永遠來得太早。」彼特說。

他們喝著葉培斯城堡的藏酒。

「當我想到我們或許應該放棄……」他說。

悲傷地嘆了口氣之後，他又說：「至於女人，啊，真是太折磨人了。」

§

黎明前，眾人在長廊中央集合，索隆、古斯塔和達荷也在其中。長廊沐浴在夜的闇影與月光之中。

「向我們的作物道別的時候到了。」委員會主席說。

彼特喝下最後一口阿瑪羅內紅酒，接著再開另一瓶酒。杯中的淺金色酒液，在月光下柔和地閃耀著。

「羅亞爾的白酒——結合了端莊靦腆與文雅精緻，我為之瘋狂。」他說。

「幾乎沒有味道。」阿雷翰卓將酒湊近鼻子說。

白酒在嘴裡先是呈現一股晶瑩剔透的溫柔礦石風味，再轉為白花的香氣，帶著些許微甜的梨子味道。

「石頭與鮮花。」克拉拉溫柔地說。

她當著所有人的面，快速將雙唇印在阿雷翰卓唇上。

彼特舉杯說道：「一百三十八年前，我第一次來到卡次拉時（馬居斯和玻律斯想起當時的一些回憶，不禁嘲弄地笑了起來——彼特無視他們），完全不知道在這裡等著我的是怎樣的命運。有很長一段時間，我總想著，像我這樣一隻微不足道，又總是搞不清楚自己所在之處薄霧情況的松鼠，命運能夠指望我什麼？後來我才知道，正是這些特質讓我成為命運派遣的使者，使我得以召集許多聰明的人類來圓滿完成命運的計畫，而命運卻是要一名傻子在約定的時刻召集所有人。」

「我還真不知道，所謂的傻子指的是怎樣的人。」馮斯瓦神父說。

「一個相信夢的真實性的酒鬼。」玻律斯說。

「這福音真是太美好了。」神父如此評論。

他們在沉默之中喝完最後的酒，接著玻律斯給了每人一小瓶醒酒液，這支奇異的部隊便踏上儂桑之路。

森林山谷中，發出窸窸窣窣的不明聲響。月光籠罩著黑石小徑。黎明前的這一刻，薄霧大軍的參謀部默默地守在霧之屋前，以戰鬥隊形等候他們。

吾人是死是生

——《祈之卷》

文體

彼特喜歡故事和寓言，因為它們和酒一樣，擁有一股力量，能在清醒的時刻開啓作夢的自由，但除了故事造就的酩酊醺醉之外，彼特其實也同樣重視故事和寓言的文體風格形式，正如他執著於不同葡萄品種所釀造出細緻度有異的美酒。好故事若是缺乏風格，那就如同把佩楚酒堡的頂級佳釀倒進飼料槽飲用一般——彼特總這樣告訴玻律斯和馬居斯，但他們毫不在意這種事。

除此之外，彼特對法文情有獨鍾。他喜愛這語言所擁有的屬於土地的力量，還有那種自我賣弄的講究，因為文字的根基與文雅，就如同美酒的滋味，而文字又更多了一種優雅，這優雅來自於人們對無用之物的熱情，而這裡附加的意義永遠因追求美感而生。

戰略

彼特內心深處覺得自己是個人類，我甚至敢說，他覺得自己像個法國人。若說他對義大利的藝術、光線與美食給予高度評價，那麼法國那種奔放隨興的繽紛混亂特質，肯定更加讓他心動。

一九一〇年一個下雨的日子裡，彼特在英格蘭看了一場英國對戰法國的奇怪賽事。雖然當下他唯一看懂的規則，是要持著一顆皮製的球在對手防守區的盡頭觸地得分。儘管不懂規則，他還是很喜歡球隊展開隊形與傳球的過程，他也非常喜愛人類的打球技術與他們比賽過程所展現具有創造性的巧妙調度能力。

在一群像佩爾什馬一樣氣急敗壞的英國球員面前，法國隊使出一個動作，這一招讓法國球員看來宛若一群芭蕾女伶，這時觀眾席上一名裝腔作勢的英國老先生說：「法國人真討厭，大家都是來看橄欖球的！」這句話恰好說明除了有葡萄酒、女人和宜人的風景之外，為何彼特把法國看得比其他國家都還要重要。

然而，二十八年後，在最後一場戰役開打的時刻，彼特突然有預感，這場戰爭必須採用如芭蕾舞般曼妙卻又有力的戰略才能得勝。

我們迎向風暴

儂桑，最後戰役之黎明。

眼前是出身不同的二十來名精靈，包括一隻獨角獸、一隻河狸、一匹斑馬和一隻黑豹。中部各省的精靈少有機會認識氣候溫暖地區的同胞，但彼特、馬居斯和玻律斯很開心能和他們在北方邊境的朋友重逢——在他們參與過的戰役中，他們曾和身為軍官的斑馬和黑豹並肩作戰。人類盟友則謹慎地站在黑豹對面，但最讓他們訝異的，是參謀部的軍官竟有一半是女性精靈。雖然薄霧國目前的指揮官是男性，但曾有許多女性擔任過委員會主席和霧之屋守護者，她們歷史顯赫。而今，往昔的輝煌使索隆和達荀不禁認為，女性指揮官漸漸減少這件事，亦是薄霧衰滅的明顯徵兆之一。

在精靈分隊中央的獨角獸化身為一名女子，她滿頭白髮、眼珠烏黑、皮膚布滿皺紋，即便如此，她高瘦而健美的身形，那令人驚豔的美是任誰也想像不到歲月竟可醞釀出這樣的絕色。

「我們準備好了。」這位女性參謀長對索隆與達荀說。

他們進入霧之屋，歐度斯、卡度斯和另外十名助手正等著他們。此處和他們第一次造訪時一樣，雖然顯得狹小，卻似乎能夠容納整支部隊。參謀部的成員和守護者的助手們靠牆坐下，其他人則在屋內中央圍成一圈。獨角獸坐在索隆右側，她的首席中尉（一隻河狸精靈）開始報告軍隊動態。所有大隊皆已就位，等儂桑發出最後指令，部隊便將展開作戰，各部隊將憑己身之力依情勢隨機應變；但每支部隊皆已進駐有利的戰略地點，在決定性的關鍵攻勢當中，多半能享有優勢。敵軍無論如何都不可能料想到他們要摧毀茶園；相反的，最終同盟的精靈軍隊已對此做好準備。當然，士兵們已得知回程經由渠道返航的機會已微乎其微；河狸精靈補充道，士兵們無一允許自己抱憾而歸。

報告結束後，輪到彼特發言，他請達荀向眾人展示一幅畫面，當中是三十多名衣著怪異的人類。這些人類當中，有些人趴在另一些人身上，混亂地疊成一團而難以分辨彼此。在畫著白線的大片草地上，位於較遠處的其他人類顯得毫無用處。畫面中有兩組隊伍，一組身著白衣，另一組則穿藍衣，兩組人交錯圍成一團伺機而動，藍衣隊伍的其中一人試著從這堆人當中拿出什麼。沒有人移動，但經過好一陣子之後，他終於達成目標，將自己取得的戰利品向後一拋。一切突然變換速度、轉換形式；一團混亂之中，每一側都有藍衣人和白衣人開始朝著對方奔跑，依照一些完美的對角線來分配隊形；看起來像顆球的物件從前方傳到藍衣人構成的線後側，在兩組人馬構成的線互相接觸時，整體隊形再度變換，重新排列成線狀；但球繼續向前衝，從前方一名跑者跳到後方另一名跑者腳下，宛如舞姿的動作讓馮斯瓦神父不禁讚嘆地吹出口哨。接下來，帶球的人倒在地上，他的球在空中飛行時被一名對手猛然奪下，所有人再度撲向對方，而剛才那名球員拚命試著將他的「聖盃」從一堆人當中拔出來。人堆前方與後方那些無事可做的球員，再度排列成對角線的隊形等待攻擊時機，隊形變化之流暢讓人看得賞心悅目，新隊形在球場一角的兩根高大柱子旁再度上演拔球戲碼。這次，眾人覬覦的那個物件被拋至右方，經過一系列快速而複雜的交叉背後傳球之後，線型隊伍最後一名藍衣球員趴在草皮上，將球壓在肚子下方，使得其他人紛紛起身，有的舉臂歡呼勝利，有的垂肩宣告失敗。終於，畫面消失了，所有人惶恐地面面相覷。

「這是橄欖球對吧？」阿雷翰卓問道，「我曾在村莊裡看過一次橄欖球賽，雖然這運動在西班牙並不流行。我也不懂全部規則，但比賽過程看起來很有意思。」

「是橄欖球沒錯，」彼特回答，「同時也是策略，你們這些軍事專家可以清楚看到這一點。」

「集中攻擊火力與布署的戰術，」赫蘇說，「我們得透過橄欖球來學習這種事嗎？」

歐度斯在圍成一圈的精靈們中央放了一顆圓球，由纖細的楓樹樹枝交織纏繞而成。

「北方邊境的楓樹有個特點：它們一旦被放置在茶葉附近，幾分鐘後便會起火燃燒。」彼特說。

你們會看見植物變成火，赫蘇想起這句話。

「所以我們將以直線隊伍前進，一路留下火種，」彼特繼續說，「這就像是一場同時有好幾顆球的球賽，好幾道線形隊伍同時前進，讓敵軍無法制止攻勢。如果我們同時進攻所有地方，或僅只集中一處攻擊，我們將無法使全區陷入火海又不讓自己被烤焦。但我們若能引誘敵人與我們的線形隊伍後方援軍進行一場混戰，那我們便有機會完成目標。」

「加入這場混戰的士兵將會犧牲。」阿雷翰卓說。

「我的期望是這第一場戰鬥將能無人傷亡，」彼特說，「我們將會主導這場比賽，而敵人並不知道遊戲規則。敵軍會認為我們要攻擊他們，但我們並不會帶上武器，我們只有用來奔跑的雙腳，以及用來投擲火種的雙臂。」

「敵軍擁有什麼武器？」阿雷翰卓問道。

「弓箭、刀劍、長槍、斧頭，」獨角獸精靈說，「還有控制天氣的能力。」

「我們若不武裝，會被他們給剁成肉醬。」赫蘇說。

「這倒不一定，」玻律斯看著彼特說，「我們練就的閃躲技藝，可是由全世界所知唯一一名精靈酒鬼發明的。」

「這一招在近身搏鬥時非常管用。」馬居斯跟著說。

「我們左摔右跌時，能讓敵人吃盡苦頭。」彼特肯定地說。

一陣沉默，唯有山谷中吹拂樹木的風發出微微聲響。

「這或許行得通。」赫蘇緩緩說道，「無論如何，我同意加入這項計畫。」

阿雷翰卓亦表示同意。

§

他們前往紅橋。黎明展開了序幕。在霧之屋後方，遠遠的山谷那頭，短暫的閃電在夜的尾聲中消逝。旭日升起，閃電空中劃出一道道炸裂痕跡，接著消失在黎明裡。遠方傳來雷聲，在閃電空隙中隆隆作響。

「我們迎向風暴。」彼特說。

紅橋中央的薄霧中走出一組隊伍，共有八名精靈——三隻松鼠、兩隻熊、一頭野豬和兩隻水獺。他們滿懷敬意地向索隆與達荷打招呼，加入彼特指揮的隊伍。阿雷翰卓看著克拉拉，赫蘇看著瑪利亞，全員到齊的部隊向其他成員鞠躬致意，走向紅橋。

雷聲大作。

參謀部其中幾名成員進入紅橋的薄霧之中，其他人則進入霧之屋。

§

最後的戰役開始了。

在人類現實世界的另一端，這頭彼特指揮的部隊抵達萊安灰茶茶園的邊緣。精靈世界裡那頭，參謀部的成員則現身在依拿利茶園。在世界另一頭的某個角落或某處邊緣，抑或某個象限之中，身在金碧輝煌的樓閣中的艾略斯與桑坦杰羅開始懷疑有什麼事正在醞釀。

萊安作戰行動就這樣展開了：史上前所未見的唯一一支跨物種橄欖球隊以迅雷不及掩耳的效率展開隊形前進，我必須說，彼特的啟發勉勵使他們進攻的效率倍增。抵達萊安時，彼特一到定位站穩腳步，彎著腰躲在一排排的茶樹後方，立刻從包袱中拿出一瓶酒，並慷慨地和周圍的盟友分享瓶中物，接著他便以惡魔般的姿態站直身子，舉起他的第一顆楓枝火種——於是整支部隊便衝進茶園，並且幾乎立刻便遇見敵軍。阿雷翰卓與赫蘇在左方構成這條對角線的盡端，並和線形隊伍最盡頭那名精靈保持距離。他們看見包括彼特在內的前鋒正面迎戰一群配備長槍的熊，他們以玻律斯盛讚的閃躲技藝愚弄對方——那真是美妙極了，最終同盟的精靈們像醉漢一樣在對方腳邊東倒西歪，接著像鰻魚一樣溜走，只留下敵軍在他們後方忙於相互攻擊。好一段時間內，阿雷翰卓與赫蘇只需全神貫注於奔跑，但到了最後，攻擊重點已經在他們所在位置附近，他們與第一批敵軍正面交鋒。一般而言，高級軍官並不擅長近身肉搏戰，但阿雷翰卓·德·葉培斯與赫蘇·羅卡莫拉兩人出身於荒地之鄉，那裡的領主和奴隸都得承受相同的桎梏和嚴酷天候。他們都有在惡劣條件之下生存所需的機敏，懂得仰倒、扭轉身子來避開斧頭攻擊、長槍投擲，以及詭異的旋風。這些小型的龍捲風在空中如箭矢般呼嘯著，碰觸地面時便解體消失。過了一會兒，真正的箭開始在空中飛舞，這些箭胡亂地朝著茶樹上方發射，而新吹起的陣陣龍捲風洶湧落下，有時甚至落在它原本應當保護的敵軍身邊。艾略斯陣營原本試圖進行滴水不漏的攻擊計畫，但這一切都發生得太快、戰術太精明狡猾，使他們因而挫敗。奇襲部隊穿越茶園又溜走、放下火種後再度穿越茶園，他們的前進方式極度縝密，大概足以吸引人類世界的許多教練，而我必須說，這場只由一支隊伍進行的荒謬球賽，偏偏完美地展現了橄欖球賽的精髓。彼特不喜歡騎士精神，也不喜歡騎士精神所隱含的道德感與多愁善感；他認為，在所有的惡行之中，戰爭是最卑鄙可惡、最醜陋的；他認為戰爭應以最迅速、最決然、最絕對的方式戰勝；他也認為間諜與殺手是贏得勝利的真正核心人物。但彼特痛恨這些必要之惡，也痛恨戰爭本身，而既然他知道接下來的戰事將會和敵人的恨意一樣可憎，他還滿開心至少開戰的第一幕有那麼一點格調。橄欖球賽之美來自於它的組織特質，團隊若無成員則不存在，而成員若少了團隊，亦無事可為。開場之後很長一段時間裡，混戰顯得漫無止境，隊伍吃力地向前推進。但接著直線行隊伍展開隊形，開始在廣闊的球場上四處奔馳，這賽事之所以讓人情緒沸騰，不只因為動作流暢，也因為雙腿與內心合而為一，因為得分者承接了所有隊友的精準傳球與戰鬥熱忱。因此，來自暗黑森林的彼特，這名細心謹慎又熱情激昂的精靈，雖然狡獪而詭詐，卻十分直率而友善可親，而且醉心於遠遊，最後，儘管他忠於父輩、忠於他的薄霧，但在這場戰爭中，至少有一場戰役像法國人的橄欖球賽一樣適合他的本性，他還從這場英法交手的比賽中見證了一種細緻優雅、一份莊重尊嚴，說實話，威士忌所代表的英國人風範並沒有被白白糟蹋。彼特知道接下來只會是一連串的殺戮，因此他細細品嘗這最後一場既不喧鬧也不會有人死傷的對戰。在悲劇發生之前的黎明，他已準備面對絕望，並在絕望之中看見公義與勇氣應得的崇敬。

阿雷翰卓與赫蘇這兩位西班牙人一殺入敵軍陣線，便像河魚一樣滑溜前進，然後來到一大隊野兔部隊的另一端時，他們感受到一陣狂喜，阿雷翰卓接到的第一顆楓枝火種彷彿真的像個聖盃；阿雷翰卓拿著這顆樹枝球前進了一百多公尺，將它放在兩棵茶樹間的地面上。接下來，最初的線形隊伍拆解出一支較短的隊伍，阿雷翰卓在這列隊伍後方繼續奔跑，箭在空中呼嘯，盲目地胡亂落下，艾略斯陣營放棄使用龍捲風，士兵們奔跑時不再只聽見呼嘯風聲，而能聽見茶園周遭傳來飛箭的喧囂警示。裝備更加齊全的敵軍部隊前來包圍茶園時，我們的主角們已經跑了一古里的距離。阿雷翰卓將他剛從前方士兵手中接到的球傳給赫蘇之後，便迎面撞上一頭野豬的肚子。撞擊的力道讓阿雷翰卓暈頭轉向，害他一時無法發揮應有的敏捷立刻站起身來，赫蘇驚駭萬分地看著那頭野豬舉起斧頭，不禁大叫出聲。身在隊伍前方的彼特轉過身來，俐落地一箭步跳過去，瞄準野豬的鼻子直接一擊。斧頭落在距離阿雷翰卓頭顱只有兩公分之處，阿雷翰卓鬆口氣地大叫一聲，同時縮起身子，迅速起身。

他面前是一名手持巨斧的高大精靈，看得出這名精靈毫無飲茶品茗的心情。

「棕熊！」茶園另一端的玻律斯嚷道。

斧頭再度舉起，阿雷翰卓鑽進巨獸雙腳之間，感覺自己的右鞋在空中飛舞，他匍匐著拚命向前爬行，但對方轉過身來，經驗豐富的阿雷翰卓知道，下一擊就會劈裂他的背。

他絕望地爬著，等那一擊落下。

後方再度傳來赫蘇的吼叫聲。

那一擊並未落下。

後側的南邊地區起火了。

一排排的灰茶茶樹突然起火燃燒，空中傳出一陣喧囂，風勢助長了火勢，茶園燃燒起來。彼特也大吼一聲，從這驚人的一幕當中抽身，同盟的團隊再度前進。驚駭萬分的敵軍愣在原地，警報響起，敵方組成了灑水行列，但突擊部隊已毫無困難地抵達最前端的茶樹。他們已經前進一點五古里，眼前還剩下兩古里，一路無人阻擋。他們撒落最後一批楓枝球，接著前往空無一人的貯茶糧倉。彼特將最後的火種扔進那些懸掛在空中的布包之間，這植物之火正確落在定點，在包著茶葉的布袋之間搖晃並震動著。向儂桑發出回營訊號之前，彼特在陷入火海的茶園邊緣停下腳步。天空染上了狂野的黃褐色調，在火災的閃光之中，跳動的火舌宛若翩翩起舞的花朵。

然後，所有人返回儂桑。

§

此刻，薄霧參謀部的獨角獸指揮官凝視著依拿利的瀕危末日。比萊安的茶園廣闊一百倍的綠茶茶園，冒出了薄霧國從未見過的濃煙，她看著濃煙盤旋攀上天際，而她自幼生長其中的世界就在黎明之中消亡逝去。她曾經從霧之屋觀看另一個世界，也曾前往人類世界造訪前任委員會主席，她讚嘆過人類的天才、見識過他們那奢華的藝術，以及人類給予他們子民的希望，但到了最後，她見過最美的事物，終究是在卡次拉城前升起的薄霧。在那極致的金色曙光之中，來自哈那塞的塵灰墜下融入精靈聚落，在霧氣的每道變化中輕聲呢喃，生者與亡者的聲音混和成一種融洽和聲，她知道這是任何人類都絕對無法達到的境界。

茶園的火光投影在她腳邊，她後退兩步，感覺淚水沿著臉頰滑落。

§

最後戰役的第一階段結束了。地平線聚滿了濃煙，在地表上方停滯不動。大氣微妙地變化，所有精靈都能聽見索隆對他的人民發表的最後致詞。

「依拿利與萊安的茶園已起火燃燒，」他說，「薄霧國的最高領導者被迫做出如此痛苦的決定，這是史無前例之事。然而，重大衰亡之後總有新生，我們亦寄望於此後的復興時代。我在此請求所有從未懷疑我方部隊德行智慧的精靈們：請勿害怕這項改變。對於那些加入敵軍陣營的精靈，在此表達我對這場因仇恨而導致的災厄所感到的哀傷。我們精靈屬於夢、屬於樹木與石頭的奇幻寓言、屬於薄霧繚繞的心靈幻夢、屬於促使生命能量運轉的蒸汽動力。我們是大氣層吹出的一道氣息，我們是時光長河上的塵灰所映照的熠熠光芒，而這時光長河集結了物件與生命、匯集了生者與亡者。我們是幻夢之風吹拂而過的和諧，是玫瑰與灰燼自動前來薈萃的無邊平原。然而，我們亦是所有生物當中最古老的民族，現代世界成了我們的桎梏，也就是說，我們已垂垂老朽、幻滅失望，不知如何在現今的世界存活。這衰亡的必然結果，便是在我們的薄霧滅弱時，我們的祖靈也同時麻木鈍化。橫越精靈世界與人類世界的橋梁，曾經兩度使得薄霧復甦。悲劇總來自分裂、源自高牆阻隔。若不願永遠深陷於徒勞悲劇之中，那麼架設於未知彼岸的橋梁之重生，以及茶之衰滅，便是通往新的結盟之門。居住於薄霧國的精靈們：我了解你們對人類抱持保留的態度，他們罪業深重，他們統御世界是多麼漫不經心，他們對其他生物做出多少殘忍行徑？他們犯下多少殺戮、引發多少戰爭？當他們無法透過薄霧或茶來使所有信念達成一致時，他們是如何厚顏無恥、不擇手段地利用其他物種？但儘管如此，他們卻擁有我們沒有的珍寶。他們有能力繪製從來不存在的事物、述說永遠不會發生的故事。這對我們這些一向沉浸於世界脈動之中的心靈而言，是如此特異之事。他們的這項能力形構了一種平行的真實，將可見之物一分為二，並形塑了他們的文明。我們如今必須自己創造未來，而人類這項充滿想像力的天賦若結合我們與大自然的和諧，將有能力拯救我們的世界。如今，茶已燃燒殆盡，我不知道我們的群體意識還能共同連繫多少時間，但我有信心：言詞話語用盡之處，思想將會繼續。至於我，我會做我該做的事，矢志不渝。」

索隆說完後，達荀在薄霧中展示最終同盟的人類與精靈們的臉龐。忠於儂桑的陣營在他們回覆的訊息中表示效忠，同時也表達擔憂與哀傷，並矢言全力杜絕仇恨，也對領導者的正直表示全然的信任。最後，他們也無預期地表達對兩名誕生於雪夜中的女嬰誠摯的讚嘆。

離開霧之屋前，參謀部指揮官將手放在彼特肩上。

「你的背後傳球攻勢相當漂亮。」她說。

「等一切結束之後，」他答道，「我帶妳去看一場真正的球賽。」

「誰知道我們會看見什麼，」她說，「是一場比賽，還是一場戰役？」

「眼盲心不盲，」彼特說，「或許我們都看得太清楚了。」

我們迎向風暴

——《戰之卷》

木

植物的生命就是萬物存在的絕對條件，是它自身與大自然之間的全然整合。植物將它觸及的一切都轉化為生命。它將普照的陽光化作生命體，它做的遠遠不只是適應周遭環境而已，而是孕育生命。它創造大氣層，萬物在其中創生、互相揉合，而不失本性。它創造流動性，萬物若無流動性便無法共存、無法相遇。它孕育出製造山巒與海洋的素材，使萬物各自的生命迎向所有其他生命。它是第一個世界的起點，第一個世界是屬於氣息與動態的世界，這原始的第一世界是霧氣地帶，也是創造各種氣候的處所。植物是生命沉浸於世界之中的典範，它也代表了萬事萬物的流動循環。

彼特在南方邊境落入航道薄霧之後，想著：我們居住於大氣之中。樹木的堅毅、屹立不動與力量，就是這件顯而易見之事最具象又最詩意的證據。樹木是呼吸的轉接者，是氣息生命的原始樣貌——換句話說，它就是精神生活的起源。

石

空中飄遊的是星辰，而樹木將之化作生命。石頭與薄霧在這當中維護著一份如此親密的相互連帶性，而在山巒之間度過童年的克拉拉，便將她的藝術構思為溪間小石的旋律。

另外，昔日薄霧國的液態石頭所構成的庭園，亦如我們先前所言：它們是生命的根基、心靈的礦物特質，亦是救贖的路徑。

泥之火焰

忠於儂桑的陣營表示效忠最終同盟；對於阿雷翰卓而言，精靈們表現出的豐沛善意，如一陣狂風般將他心中最後一絲殘存的長年孤寂一掃而空；而對於赫蘇，則像是洗滌他內心背叛之傷的河流之水。但薄霧國子民對兩名年輕女子的讚嘆，更以百倍的力量震撼了他們。

她們皆是在浪漫的愛情之下誕生的孩子，她們肩負著這場時代之戰的重任。被愛之人能夠承受寒冬，而愛人之人能從中汲取戰鬥的力量：瑪利亞與克拉拉知悉所有形式的愛，命運的動盪對她們而言，是溫情與天賦的再現。況且，命運將她們兩人如一根樹枝的小分枝般連繫在一起，只有克拉拉能理解瑪利亞害怕的是什麼，只有克拉拉知道如何安撫瑪利亞的驚恐；反之亦然，只有瑪利亞能夠給予克拉拉那股淬鍊擺渡者的力量——我指的是全然而盲目的信任，毫不隱藏也絕無保留；我想，瑪利亞的奔放與快活之所以轉移至克拉拉身上，原因正是這近乎瘋迷的依附，透過一種轉換，兩人之中較強的那一個，便在一段適當的期間內仔細關照對另一人最有益的事。儘管她們並未擁有同一副身軀，但她們的靈魂卻相互融合，除此之外，這兩名年輕女子尚且擁有同一項殊異特質：她們皆是血緣特異或外型殊異之生命，這一點不只讓她們在相遇時感受到那份難以言喻的魔力，也使得兩人的友情更加堅不可摧，這份情誼是一般人類或尋常精靈所無法想像的。

阿雷翰卓與赫蘇看著她們，他們已不再想著她們在同盟國部隊中缺席的事。兩人非常肯定，真正的戰役是在這兩名十一月的神奇女子身旁展開。她們像所有受人喜愛的女性一樣美麗，其中一人一頭金髮，另一人擁有小麥色肌膚，但若和她們那不可見的天賦才能相較，她們天生的優雅與高貴氣質，不過是粗淺的外在表現。身為軍人、身為詩意之鄉子民的阿雷翰卓和赫蘇，希望有幸能夠在陽光之下死去，凝視那不可見之物，任其燒灼目光。他們希望能夠認識這片讓他們的感知達到極限的土地——然而，這片看不見的土地沒有地面亦無邊界，它的名字是女性之域。誕生於風雪之中的兩名女子竟能將這疆土拓展至此等境界，一路閱讀這故事到此的人們，對於這件事或許不會過於訝異，因為雪、風、薄霧是揭示事物秘密輪廓的濾網，它們揭露事物永遠變動不停的本質，賜予超乎年齡的視野。

「誰知道我們正看著什麼？」阿雷翰卓心想，「我們只想鞠躬盡瘁或就此死去。」

這時，世界各地都陷入戰火，似乎不為女性問題困擾的彼特在此時宣告：「敵人反擊了。」

「若儂桑陣營的瘋狂程度還需要多加說明，」艾略斯說道，「我們神聖的茶園即將化作的灰燼，就是最確鑿的證據。我們的亡者與祖靈、我們的時代皆透過茶來表述，而今他們被凌辱了，羞辱他們的是一小撮喪心病狂的領導人、由一個又窮又髒的流浪漢發掘的一則假預言，還有支援他們的一支毫不公道的外地人傭兵。人類是禽獸，他們擬仿的獸性招致許多災厄，他們使美德突變為邪惡，使死亡四處蔓延，他們蹂躪這片滋養萬物的大地，並對他們自己的星球造成威脅，帶來毀滅。他們是許多毀滅性戰爭的存活者，但他們並未從這些戰爭之中記取教訓，沒學到力量僅是空虛這項道理，亦未習得和平之美德。他們以鎮壓回應飢饉，以少數人的富足來回應所有人的貧窮，以壓迫弱者來回應人們對正義的渴求。你們這些失去理智的精靈，竟想和失去理智的人類結盟，請你們告訴我：死亡不正是他們所應得的嗎？若世上一個人類都不剩，對我們薄霧國會造成影響嗎？憶起茶園滅亡之前的萊安，我為此哭泣。茶之壯麗榮光如今已然殞落，這是我們能夠接受的事嗎？黑霧在黎明時分穿越我們的城市；天色的金光落在銀色的河流之上；我們在沉默之中共同品嘗茶的滋味；航道開啟，我們一同生活於屬於平靜心靈的世界。然而，卡次拉的雪不會復返，而我們將不會再聽見我們的亡者之聲了。我們將會生活在地上，而不再是活在薄霧之間，我們將會忘記大氣與其輕盈，忘記樹木的吟詠，忘卻不同世界之間的默契。我們將會像人類一樣，游移於他人的思想貧乏與心思叵測之間，因為人類只是服從大眾，但我們在本質上便是群體共存的生物。儂桑陣營的行動，將會逼迫我方採取善良精靈們厭惡的戰術，直到戰場上只剩下勝利一方的勇士。」

艾略斯的聲音消失了。

「他現在身為一名為災厄發聲的辯士，口才比起他在和平時期的發言表現好多了。」彼特說。

「『採取善良精靈們厭惡的戰術』，」馬居斯重複道，「這場戰役可不會太體面。」

「我們將會記得，自古至今最浩大的一場戰爭，是由一名精靈刻意發動的，」彼特說，「這名精靈致力使人類以種族純淨之名滅絕，他的陣營將自己獻身給完完全全的罪惡，他們玷汙了世界。話說，我們會提醒他們，他自己也加速滅絕了他親愛的薄霧。」

「『人類是禽獸』，」亞力山卓引用艾略斯的話，「有些人真的會相信。」

「我才不在乎他們相信什麼，」彼特說，「戰爭是和朋友一起打贏的。」

精靈們對兩名年輕女子發出的善意一波接著一波，輕輕拂過意識。一陣陣的振動膨脹擴大，在溫柔的哀歌之中消失，最後只記得自己曾聽見這句話：你們來了。然而，除了這些忠於儂桑的精靈們表示效忠與善意的曲調之外，亦能聽見遠方來的喧囂聲。

「所有部隊都加入戰鬥了。」參謀部女指揮官說。

達荷展示了一幕末日景象。

「北方邊境之省的馨紐都⑱，薄霧國的糧倉。」他說。

§

一望無際的麥田之中，精靈們橫屍遍野，血流成河。在血肉模糊的殺戮戰場上方，閃電在空中作響，恍若暴風之幕。轟隆隆的爆炸聲響，土壤冒著煙，不斷震動。草原上四散無數的弓，倒地不起的精靈數量同樣驚人，他們的頸項若非被飛箭刺穿，便是被刀劍割開。薄霧國的子民不會穿戴甲冑或盾牌，因為維持同一個分身所需的能量會使他們在作戰時分神，無法專心；在不斷變化本體之下，他們只能以靈活身手與敏捷動作來彌補裝備防護力不足的缺點。其他精靈繼續這場屠殺，暴露於近身肉搏

⑱ 譯注：Shinnyodo，字源為日文之「真如堂」。

的混戰之中，轟隆雷聲一陣一陣愈來愈強，化作暴風雨。空氣與水形成的龍捲風穿越平原，火勢緊接在後蹂躪四方。兩者相觸時引發寂靜的爆炸，將大片區域的精靈炸得粉身碎骨，他們的鮮血在這場無聲爆炸結束後依舊汩汩直流，久久不停。戰線前方那些與持劍敵軍對戰的精靈面臨的狀況，則是他們腳下突然裂開一道深淵，將整支武裝部隊吞沒殆盡。有些地方的土壤如發狂的鼴鼠般匍匐前行，接著如高山一樣升起，迎面擊向它的對手。箭矢與長矛在風向助長之下大大加速，這些風開出一道令人頭昏眼花的航道，敵軍射出的武器一路射穿二十具身體之後，才停在它最後射穿的咽喉上。

就在此刻，西方的敵軍陣營傳出一陣喧譁。大片大片的薄霧升了起來，往東方前進。艾略斯的士兵們穿越薄霧，朝著天空高舉手臂，高聲嚷著復仇。

「無恥至極。」達苟喃喃說道。

薄霧觸及目標時，便變化了形貌。有那麼短暫一秒，薄霧兀自旋轉，像過往幸福歲月時那樣，以舞者的姿態將自身包覆起來，用全世界最優雅的方式重新調整形式，接著以一種令人瞠目結舌的美麗豎起一道牆，加速攻入最終同盟的隊伍當中，薄霧成為刀刃，宛如切割溪畔的燈芯草一般，氣勢萬鈞地將士兵們打倒。阿雷翰卓嚇壞了，他心想，比起大自然這般走火入魔的雷電，人類的武器簡直毫無用武之地。

突然之間，天空裂出一道道紅色裂痕，有東西從裂痕流進暴風雨中，接著一些薄霧之刃轉而由東至西打倒敵軍的精靈。

「我們怎麼還不行動，我們在這裡等什麼？」赫蘇問道。

「等一個徵兆。」索隆回答。

「經過兩個世紀的等候，」彼特說，「最後的這一小時漫長得像是一千年。」

吾友彼特，最後的一小時，是唯一不屬於時間的一小時。發動戰役的時刻，死亡或見識死亡的時刻，都是無盡的時間裡所包含的無窮痛苦。就連時間也一起加入，隨著時間流逝，我們更是飽嘗無限期的極端痛苦。

「這一小時，我們將會看盡所有凌辱。」達荀說。

戰役的西方地平線上，一片陰暗的汙漬以洪災之姿蔓延擴大。而東方的部隊僵住不動，四下響起巨大的喊叫聲。士兵們尖叫著「半獸人！半獸人！」，眾人的叫聲中充斥著驚愕，同時也充滿輕蔑與憤怒。加入敵軍的半獸人如同巨大的蟑螂，腳步扭曲。艾略斯陣營的精靈們在半獸人前方讓出通道，但可以感覺到他們的厭惡與羞恥。

「如果你們還相信精靈的騎士精神的話，今天就是它的毀滅之日。」彼特說。

比起精靈，半獸人的體型較為矮壯，他們沒有頭髮或體毛，但有著螞蟻似的表皮，布滿黏糊糊的斑點。他們的步伐笨重，幾乎是跛行前進，怪異的是，在他們那令人厭惡的身軀背後，還有間歇拍動的藍色翅膀。

「半獸人就像困在蛹殼中的昆蟲，他們只是半獸，從來無法真正成為那些在他們心中沉睡的動物。」索隆說。

「我們可以想像這些卑鄙的生物化身為蔚藍色的蝴蝶嗎？」馮斯瓦神父問道。

神父的語氣中毫無輕蔑之意。

「在這世界，一切都是有可能的，」彼特說，「但我不覺得他們現在有羽化成仙的心情。」

低嚎與喘氣聲構成的大合唱，清晰地傳入他們耳中。

「也沒有學夜鶯啼唱的心情。」玻律斯說。

「我不願想像艾略斯如何成功說服他們，也不想知道他在交涉過程中損失了多少密使。」索隆說。

「他們住在哪裡？」赫蘇問道。

「邊境，」彼特說，「那是個介於兩個世界之間的過渡地帶，不屬於薄霧國、也並非人類世界，住在該區的是不同的凶狠物種。」

§

馮斯瓦神父看著麥田。士兵們將麥穗踩在地上，但垂死的士兵對著蔚藍天空舉起他們沾滿鮮血的軍帽時，四下蓬亂的花朵自窪地中重新直立；腥紅色的血滴自帽簷落下，宛如珍珠，一粒一粒回歸塵土。這鮮血漸漸變得漆黑僵硬，流過大片麥田。隨著精靈一一死去，大片鮮血蔓延、擴大，映照著風暴的閃電。天空的憤怒爆炸成為流星，閃閃投擲在深邃的墨色之中，這一幕儘管恐怖，卻也有著令人著迷的一面。馮斯瓦神父看著北方，北方的平原被薄霧遮掩，一道未受破壞的麥田邊緣構成平原界限，在已凝結變黑的血漬對照下，顯得有些慘白。神父以雙眼看透這場蒼白與黑暗的對戰，他用自己的心來包容這場李花逐漸被吞滅凋零的跨世界戰爭；他以靈魂容納高大的榆樹與薄霧時代的結束，最後，他以全部身心接納這場使土地花草不生的浩劫。

他想著總是太早來到的死亡，想著永遠不會結束的戰爭，因為他是在上一個世紀的大戰之中誕生於這個世界，年輕時又經歷過這個世紀的第一場大戰。他尋求人生方向，希望有個導師能告訴他如何在災厄的時代之中存活下來，他相信自己在弟兄們的宗教之中找到了解答。他深深信仰這座方舟，舟上乘坐的是在基督的愛之下結盟的人們，他畢生致力於將這些人交給上帝、避免他們落入魔鬼的陰謀。他將宇宙視為戰場，而在這場戰爭中，對善良的渴求將會戰勝邪惡，死亡的帝國將會在生命的戰馬面前退卻。然而，八年前，一月的某一天，村莊裡一名年邁婦女過世了，而馮斯瓦神父在朗讀最後的祈禱文時，他在記憶中苦尋自己慣常使用的禱詞，卻遍尋不著。那一刻非常奇異；有如敵人自遠方引發風暴，讓一場新的戰爭步步進逼；在這樣的威脅感中，他送給這位在戰爭中痛失愛子的姊妹應得的最後話語；事物以其自身樣貌在他面前現身，帶著黑暗與鮮血，如海洋一般空無而殘酷；而他領悟地上空無一物，天上亦空無一物，而人們心中只有屬於人類的無盡孤寂，於是關於惡魔與上帝的空想便進駐人心；仇恨、年老、病痛已經令人承受不住，而他再也不願在這上頭加上關於錯誤、受難與復活的十字架。在某個比絕望更深沉、比刑求更痛苦的時刻，他在背棄信仰的天空下猶豫了。若他什麼都不再相信，那他心中還剩下什麼足以證明他身而為人？他曾經在刺骨寒風中的墓園裡環目四顧，所見盡是永遠安息的正直人們。他看過了每一張臉龐，每一個前額，在輝煌的強烈光芒之中，他曾經希望成為他們的一分子。如今，八年後的現在，他想起墓園中滿滿都是前來悼念過世姊妹的鄉下人，他心想：比我們自身更加偉大的，並不存在於天上，而是在我們面前，存在於另一個人的視線之中，我們應遵循這樣的節奏活著。除了苦痛、美、殘酷與活下去的渴望，這世上只剩樹木、喬林、大榆樹與朝露之晨——世上唯有精靈、山楂花與人類。

§

畫面消失了，當另一幕取而代之時，霧之屋劇烈震動起來。達荀將畫面從馨紐都戰役那邊轉移至他處，他如今俯視的是另一片陷入戰鬥的平原。大地被劇烈的敲擊聲震動，四處都是染血的閃光，天空如廢墟陷落。田野高處的丘陵上，架設了大砲。平原上擠滿士兵、坦克車、就定位或機動的機槍連。遠方能看見別的翠綠山峰，更遠處是一片藍色汪洋，海洋邊緣是淺色海岸與白堊土質的懸崖。大海——若非因為看得見這片海，這地方會讓人以為是奧貝克山區。山巒珠光閃閃，翡翠般鮮綠的毛茸茸植被覆蓋了起伏地面，風的氣息沖刷著凸起的峭壁與小海灣。

「看啊，愛爾蘭的平原，它的美與它的淪陷，」達荀說，「現在四處都是像這樣正在苦戰的地方，我選擇向你們展示此地，是因為這片土地屬於靈性、屬於仙子，崎嶇貧瘠，卻有種魔力與詩意，這故事似乎偏好這樣的土地。這片土地曾孕育出許多偉大詩人，其中一位寫下了這樣的詩句，我認為非常適合描述今日情景：

愛爾蘭平原降雪　泥之火焰
雪落在斜坡之上　落入盲溪
墓地矗立於黑血泥濘

一聲巨響，較先前的爆炸聲更為強烈。戰場搖晃起來。平原中央聚集許多立在大砲與機槍後方的步兵與砲兵。我們現在可以看見造成這場悲慘戰爭的人們或倒臥在地，或殘屍堆疊，命喪於這片飽受衝擊摧殘的土地。他們既沉重又狂躁，頭髮沾滿泥濘與血漬；這一切又加上令人難以忍受的暴雨洪水，那規模比起愛爾蘭平日的大雨更加異常驚人，因為當龍捲風觸及攻擊目標之時，敵人便將龍捲風化作冰霜長矛。

「困在嚴寒、泥濘與火之間，」阿雷翰卓喃喃說道，「這是地獄。唯一的地獄，真正的地獄。」

愛爾蘭的畫面變黑，轉為南方邊境的航道河口。一批海豚部隊集結於該地，繞著一些停泊著的船舶四周打轉。暗黑森林的精靈們從來沒想像過，竟會有如此多的海豚——或許數千隻吧，浮橋上有一名精靈正對牠們說話。

「航道正在滅亡，」他說，「你們走吧，回大海去吧。」

碼頭四周的薄霧航道出現一道破口，洞口透出一道微弱的光，接著，幾公尺外又出現另一道缺口，航道搖晃起來。從缺口之中傳出刺耳的噪音，這聲音非常怪異，由無法辨識的聲源組成——究竟是房屋、樹木、街道抑或山脈的聲音，無人能夠說得出來。

浮橋上那名水獺精靈朝著天空舉起兩隻前腳。

「擺渡人。」彼特感動地輕聲說道。

「永別了，」他說，「友情會在淪陷之後存活。」

海豚們發出一陣低沉的琵音後，便潛入水中，永遠不再回來。最終同盟的成員們看著航道，看著航道上方的城市，城中飄著一團又一團的灰燼。薄霧繼續減弱，航道中傳出死亡之歌的撕心旋律。

§

畫面再度切換。

「最後一幕之前的最後一眼。」達苛說。

在種植玫瑰的小庭園中，古斯塔・阿齊瓦提將一名女子緊緊擁在懷中，對她說我愛你。他身邊有個用紙包住的方形物件靠牆擺放，靜靜等候。稍遠處有一名高大微駝的男子也正在等待，這名男子雖已屆高齡，但看來很健壯。古斯塔擁抱這名男子——他擁抱的是皮耶妥・沃爾普。蕾諾拉的哥哥，羅貝多的兒子，也是那幅開啟未來之門畫作的繼承人。

最後一次凝視蕾諾拉之後，如今已是人類世界的音樂大師的前任委員會主席啟程前往儂桑。

愛爾蘭平原降雪

泥之火焰

——《戰之卷》

淚

這幅關乎命運的畫作當中，有著如此多淚水。

描繪風景的畫作，展現的是世界的靈魂。畫家的才華在我們的日常感知當中萃取出一種倒影，映照出世界的靈魂。而在聖母憐子圖中的淚水，讓人看見的，是人類以其不可見的裸裎本質呈現的模樣。

就此變得透明澄澈的靈魂，終於化為可見之物的虔誠之美——我們現在必須幻想一片包括所有風景的風景，一種包含所有淚水的淚水，以及能夠包容所有其他故事的故事。

四卷書

人的生命因祈禱、戰鬥、繪畫與傳承而有所不同。

祈，因祈禱而讓世界擁有意義。

戰，因他人的戰爭而展開與自己的交戰。

繪，無論是庭園之景或畫作之藝，它動搖視界，揭露可見之物背後隱藏的精華本質。

而唯有透過不可見的遺贈，我們才能獲得愛。

愛的最後一刻

前任委員會主席出現在薄霧橋上，手臂夾著那幅命運關鍵的畫作。走下橋拱時，他化作一匹黑馬，接著轉化為一隻皮毛潔白無瑕的野兔。踏進霧之屋時，他化身為人類，看見克拉拉時，他驚訝得目瞪口呆。

「我臉上有笑容，是因為我不再為你彈琴了。」克拉拉戲謔調皮地說，而大師似乎更加瞠目結舌了。

當他來到瑪利亞面前，將畫作交給她時，她臉上的微細靜脈變得更陰暗了。

她輕柔地拆開薄紙，讓畫作顯現。

在晨光中，這幅畫的所有紋理盡現眼前。它的秀異光彩絲毫未減，而儂桑的曉陽賜予畫中的肌理色澤與布料質感一種新的意涵。那不再是描述哀歌與虔誠之場景，而是一則漂流不定的故事，正等候字句來敘述它。然而，這幅畫依舊是人類藝術家不斷重複繪製的同一幕；瑪利亞和基督的信徒們為基督從十字架上卸下的遺體哭泣——恍若露珠的淚，法蘭德斯畫派的手法之美，如此清晰、如此晶瑩剔透；儘管如此，除了畫面呈現的情節之外，最終同盟的成員們能夠感受某種震顫，畫中有什麼與霧之屋的森林共鳴，回應著山谷間的樹木，回應著茶之小徑的石頭。畫布的這一邊有什麼正試著掙脫束縛。森林中出現了尚未遭受損害的輕盈薄霧。在最遠的樹冠彼端，暴雨將至的天空持續轟隆作響。鳥兒歌唱。現實的規律法則中，有什麼翻轉驟變，黎明的曙光大放光明，使亞力山卓想到他曾經鍾愛的法蘭德斯畫派作品中的景色。原本一覽無遺的小徑被遮蔽了，片刻過後，那些原本不可見的樹木在陽光之中顯現。黑石小徑沿途種植了幾百棵楓樹、松樹與李樹，在小徑上方相互交錯纏繞，這些樹木原本早已消失了的輪廓得到了一種可以化作影像的能力，那強烈的存在感是任何活生生的樹木都無法企及的。原本清晰可見的通透小徑如今因樹蔭遮蔽而變得不可見，這超越死亡的新生是精靈們所等待著的徵兆。他們將凝視復甦樹木的目光轉回屋內，再度看著那幅畫。

在畫作表面，將目光焦點轉換到令信徒們感動得淚如雨下之處，有一道透明的波穿過。瑪利亞將手伸向畫作，這道波動便平緩下來，靜止不動。聖母的臉頰上流淌淚水，滴滴淚水匯聚成串，映照著模糊的倒影，在畫作的這一邊震動著的什麼，似乎藏身於這些移動的水珠之中。

「霧之屋揭露了這幅畫的本質，展現了它關於轉化的內在力量。」索隆說。

所有人都感覺自己的心正在狂跳，宛如見證新生兒誕生那一刻。

達荀遞給每個人一個小瓶子。

「讓我們看看灰茶能發揮什麼效用。」

所有人喝下灰茶之後，瑪利亞和克拉拉看著對方。

「先是皮耶妥，」瑪利亞說，「接下來是其他的戰役。」

「我希望能有一架鋼琴。」克拉拉說。

室內出現一架鋼琴。

這是一架漂亮的練習用鋼琴，雖已經歷許多旅程與彈奏，卻像鵝卵石一樣磨得光澤飽滿。克拉拉走近這架在她將滿十一歲那年夏天出現在她生命中的鋼琴，是它讓她發現了音樂予人的快樂滿足感、引領她在皮耶妥的護送之下前往羅馬，並將她帶向羅貝多因謀殺而取得的那幅畫前。

當她輕撫琴鍵，音符形成一種遺世獨立的時間，使時間的絲綢破裂，開出一片山風吹拂的區域。您必須了解克拉拉．桑堤是什麼人。這名來自阿布魯佐的孤女在一小時之內便學會彈奏鋼琴，她熟識家鄉山坡上的每顆石頭，如同航海者熟識闃黑天空中的每顆星辰。她是達茍與德蕾莎的女兒，她懂得宇宙的通道與靈魂的道路，她的音樂能使風景與心產生連結，她是擺渡者，能夠跨越不同地區，集結不同時代的心靈。最後，瑪利亞在世界上具體顯現的夢象，也是由克拉拉來賦予它的形象。

音樂述說這對恨著對方的父子的故事，他們之間一個不明白怨恨因何而起，另一個則不願解釋。但克拉拉彈著鋼琴，在灰茶的魔力之下，大家聽見了羅貝多告訴兒子的懺言。

羅貝多說道：「你出生的前一天，我殺害了一名男子。他想將那幅法蘭德斯畫派油畫賣給我。他向我展示那幅畫時，有個東西一閃而逝，但我能感覺得到，這個人是惡魔派來的。我在一時衝動之下殺了他。殺人凶手沒有資格得到愛，我贖罪的方式，是禁止你來愛我。我毫不後悔，因為，若我沒有做出這個決定的話，那麼這起謀殺必然會導致更多的殺戮。永別了，好好去愛你的母親和妹妹，正大光明地活在世上。」

最後，在最後一道思緒驅使之下，他說：

讓十字架的苦難歸於父親

讓慈悲照拂孤兒

鋼琴聲停了。

達荀展示了另一個畫面：一間偌大的廳室，放滿了畫作與雕塑作品。這名藝術品交易商跪在地上，像個孩子一樣哭泣，豆大的淚水在他臉頰滾動，宛如露珠隨著他在這頓悟時刻想到的字句滑落，輕盈地跳躍。「你這個傻子，」他說，「我愛你，而你永遠不會知情。」

而後他消失在儂桑這些精靈與人類的腦海裡。

擺在牆邊的畫作變了。水再度開始流淌，抹去畫中的哀歌場景。畫中的臉龐開始顫動，被波動捲走，很快地，畫布上只剩下聖母瑪利亞的淚水。這些淚水膨脹擴大到極點之後，只剩下一顆淚珠，一顆透明的、凸起的珍寶。隱藏在第一眼看見的畫面後方的新畫面，在其中顯現。被覆蓋在聖殤圖底下的，是精靈畫家繪製的一幅碧綠而湛藍的風景，畫中有丘陵，有濱海斷崖，還有綿延的大片薄霧。唯有法蘭德斯畫派的大師們才能如此完美地呈現這一幕，他們精準掌握光線的技巧，渲染這絢麗多彩的世界。然而，眼前這幅畫多了一絲靈魂、一種美，畫家先在儂桑開始繪製這幅畫作，接著在阿姆斯特丹以聖殤圖將其覆蓋。這幅畫因此便維持這個狀態，直到霧之屋與灰茶的結合讓它顯露出雙重層次，讓人看見人類與精靈兩個世界與薄霧的共生。

「簡直就是愛爾蘭。」彼特說。

大地劇烈震動，搖晃著霧之屋，達苟再度展示其他影像。愛爾蘭的月亮高掛空中，儘管戰場上暴雨傾注，月亮依舊在暴風雨的雲層空隙之中閃耀。眾多屍體堆疊成一座又一座血紅小山，黑色血漬覆蓋了馨紐都的麥田，各地戰場都布滿了撕裂的屍體與模糊血肉。

於是。

於是瑪利亞加入了戰鬥。

《戰之卷》

愛爾蘭的平原上空，月色變得血紅，克拉拉演奏著比雪花還輕巧的氣音樂章。所有人都能聽見這樂章述說的故事，那故事關於鄉間的雪和靈魂，如李花在冬季的樹林上相遇般，將戰場的黏土化作火焰。而後在瑪利亞的力量加持之下，旋律有了生命，戰場的泥土似乎真的發了芽，嫩芽抽高長成一棵火焰之樹，這棵樹並不熾熱，卻溫暖了戰士們的身體與心靈。寒冷消逝後，地面變得穩固堅實，所有人都看著灼熱的泥土覆蓋戰場，讓戰鬥止歇。天空開始下起雪了。

您得了解瑪利亞・孚爾是什麼人。這個成長於勃艮第的西班牙小女孩，是兩名位高權重的精靈生下的孩子，卻由斜坡上的農場的老姨婆們撫養長大。瑪利亞對大自然全然理解的能力，呼應由克拉拉所詮釋的完整藝術。自孩提歲月開始，她便恆久不輟地接觸物質之脈動，這脈動之流以不可觸知的軌跡，讓她認識了事物放射出來的光芒。除了紫羅蘭之外，她不相信其他宗教，她非常訝異其他人不像她能聽見蒼穹的聖歌、枝椏的交響樂、雲朵的管風琴、溪流的小夜曲。第一場前哨戰在勃艮第的田野開打時，瑪利亞便透過這魔法使活生生之物描繪的輪廓進行轉化、新陳代謝，彷彿將欲念畫上畫布一樣。她藉此翻轉天空與大地，在其中開出一道裂口，讓精靈戰士們現身於人類世界。

愛爾蘭的戰場下著雪，當美好的雪花不斷痴痴落下，屠殺之泥成為火焰，各種苦痛在火中合謀。

克拉拉的琴音變得悲傷。

在世界的另一端，兩名年輕女子的力量使得萊安的橋與霧之屋起火燃燒，晦暗的金箔順著壯麗的漩渦升上天空。

在儂桑這邊，透過霧之屋沒有屏障的開口，能看見紅橋變得朦朧。橋搖晃著，接著像海市蜃樓一樣消散，但橋拱的薄霧閃著銀色的光，一排一排飛揚起來，在空中停滯，不確定是否就此消逝。

在萊安那邊，金色的煙轉變為灰色的汙痕。

儂桑震動著，索隆說道：「他們喝了他們最後僅存的茶。」

薄霧中聽得見敵人傳來的最後訊息。

「瘋了，你們太瘋狂了！你們有給我們選擇餘地嗎？寫下歷史的不是欲望，而是屬於絕望的武器。」

馮斯瓦神父感覺一陣冰寒刺骨的顫慄在他脊椎流竄，接著是一股隱形的存在感隱隱約約地溜進他的心中。

請給我們字句，克拉拉的聲音這樣說。

什麼字句？神父問道。

無言的字句，克拉拉這樣回答。

《祈之卷》

馮斯瓦神父在山丘上那場戰役結束後自省，村裡最英勇的戰士之一便是命喪於這座山丘。這個男子是一名辛勤苦幹的農人，比頑石更固執，說話大聲，但心中懷抱著粗獷的溫情；喜愛大吃大喝，但非常看重友情；他深愛他的妻子，深情摯愛如熾熱燭火屹立於星空之下。身為農民，他是窮苦的，但身而為人，他所擁有的是旁人無法占有的獨一寶藏。在勃艮第的戰場陣亡那一刻，他將自己的告解交付給馮斯瓦神父。那是一個夢境，夢中的木屋門口朝向森林，那裡的每個人都憧憬愛、嚮往平和的人生，那裡的土地只屬於土地自身，那裡狩獵到的當季獵物很豐足，那裡經歷的四季顯得如此壯闊，讓人隨著季節遞嬗獲得成長。他的夢是個關於欲望與追求的故事，是他對一個散發著馬鞭草與樹葉香氣女子的夢幻想望，那是宛若用神秘蕾絲花邊裝飾的單純心靈發出的甜蜜幻想。然而當時，這名名叫歐傑．馬歇洛的勇士，垂死的他卻無法傳達遺言。一股內在火焰在田野泥地上熊熊燃燒，激昂地宣示他如同王子一般英勇，但他不知道該透過何種方式來告訴妻子：他能夠屹立於蒼穹之下而不倒下，都是因為他愛她。瑪利亞與克拉拉的力量，使得馮斯瓦神父能夠聽見這顆單純的心想訴說的話語，神父為這名勇士闔上雙眼之後，便將訊息帶給他的遺孀。

今天，在悲歎的淚水稀釋淡化之下，馮斯瓦神父似乎終於瞭解歐傑．馬歇洛的無聲告解，體悟了這份告解在當年的前哨戰中代表的意義，也領悟了它在最後一場戰役中所扮演的角色。他見過了歐杰妮葬禮那些眼淚背後的風景，當他在心中搜索基督的禱詞，心中的明證卻只有樹木之宏偉、天空的魔力。神父心中想著：死亡本身便足以闡述我們的痛苦，而世界的虔誠便足以印證我們的信仰。他突然想起另一幅曾經在他青春時期如閃電般震撼了他的畫——十六世紀的德國畫作，畫中是剛被卸下十字架而尚未復活的耶穌，躺在墓中一張白色裹屍布上，孤單、寒冷，被棄於即將腐敗的狀態之中。於是神父高聲說：「若世界不過是一本等待被寫上字句的小說，那就讓我們選擇一個不需被折磨便能得到救贖的故事；選擇一則肉身既無罪孽亦無苦痛的故事，在這故事中，心靈與肉體乃是單一實體的兩種偶然面相，而痴傻地熱愛生命的人們無需付出殘酷的懲罰作為代價。人類與精靈的人生如是，輪轉著受難的場景與遼闊平原的風景，輪替著戰鬥與祈禱、哭泣與蒼穹。我看著瑪利亞的淚水，我在完全的風景之中召喚歐傑．馬歇洛的愛；我看著耶穌受難像背後的風景，我在我們淚水的實體中召喚這和諧；藉此，世界之間的疆界消弭了，人心之間的界限解除了，自從人類起始之初，我們便稱這現象為愛。」

最後，他看著彼特，心想：「讓十字架的苦難歸於盲目之人，讓慈悲照拂傻子。」

當克拉拉以琴音將訊息傳給瑪利亞時，馮斯瓦神父傾聽她彈奏出來的旋律，完美演繹了他的字句，美好而抒情，平靜而安祥，他覺得自己搖晃起來。世界的樣貌改變了。他看見世界的本體與能量如擺動的摺扇在眼前展開，像船舶的主帆一樣變換形狀、砰砰作響。有股力道以靈活的能量跳躍，與世界的脈動並行，在模糊隱約的種種共振構成的深淵上方，它在霧氣之上添加了彷彿具有磁力的線條。當這一切都消失時，他以為自己看見了一幅明亮的畫作，心想：大地與藝術擁有相同的頻率。當風暴平息下來，世界回復為他平素熟悉的樣貌時，他心想：原來瑪利亞眼中的世界是這個模樣，她看見的世界是以波之形、以流之貌來駕馭所有事物的變化。他也想著：她所擁有的力量應該會讓她筋疲力竭，但她臉上卻只有幾絲傷痕。

在畫布的風景之上，自動繪出新的圖形。畫中出現了玫瑰、鳶尾花、山楂花，人類與精靈們，還有一些朝著森林敞開的小屋。這奇蹟該如何描述呢？這幅畫在他們面前轉化為兩個世界的集合體，當中有葡萄園與茶園，有位於寂靜的高大森林邊緣的木屋與石屋，有坐落於河流沿岸的城市，無帆的舟艇在河中穿梭。四處都能感受到歐傑．馬歇洛的夢象，四處都能感覺薄霧的和諧；沒多久，畫作表面出現一束閃光，閃光中浮出一道模糊的形影，抹去了畫中的人們與精靈。

它覆蓋了畫中的所有景象。

「這一切都出自你之手嗎？」亞力山卓問瑪利亞。

她給了肯定的答案。

「不過，是克拉拉的音樂賜予我這其中的影像與意義。」她說。

索隆在霧之屋的地上放了一個小小的圓形物體，它的表面布滿絨毛，那絨毛和畫中的模糊形影極度相似。

「是祖靈。」彼特喃喃說道。

毛茸茸的圓球開始旋轉，釋放出第一個分身，那是一隻水獺。繼水獺之後又出現一隻野兔、一頭野豬、一隻熊，就這樣不斷演變，直到各式各樣的物種紛紛現身，所有動物一起在霧之屋那無限擴張的空間中旋轉。最後出現的生物，是一隻黃褐色的松鼠，這場本體轉化之舞就此停歇，最後出現的松鼠在原地蹦蹦跳跳，和牠的同伴一起完美展現動物王國的全貌。

「這是我們會變成的樣子嗎？」赫蘇看著復甦的祖靈問道。

畫作再度變化，祖靈消失，出現的是兩道身影，其中一人是開朗快活的農民，另一人是矮胖的紅髮男子，也就是歐傑·馬歇洛與來自暗黑森林的彼特。接著風景漸漸消失，新的水流在畫布上形成若干小漩渦，人物與事物的輪廓在漩渦下變得模糊，被那些自墨黑天空落下的淚滴碰撞，因這些不可見的淚滴而震動，在其中被吞沒的風景完全消失，使聖殤圖再度顯現。

現在輪到聖殤圖改變樣貌。

再沒有比看著瑪利亞以細緻筆觸顯現一幅場景更令人讚嘆的事了，因為她的心靈在灰茶力量的催化之下，變成了修改生命故事的畫筆。克拉拉回應馮斯瓦神父的字句而譜曲的音樂，結束於一曲令人心碎的頌歌——那是最後一場戰役輕聲呢喃的道別，最後的一眼。首先消失的是受難之釘，接著消失的是耶穌的傷痕、荊棘桂冠，以及耶穌額前的血。畫中只剩下一名死去的男子，身邊圍繞著哀痛的信徒，風景再度浮現，樹木與開滿玫瑰和山楂花的丘陵，重疊在他們的臉龐上。

「人類與精靈的人生如是，輪轉著受難場景與遼闊平原的風景、戰鬥與祈禱、哭泣與蒼穹。」馮斯瓦神父心想，「為何要在痛苦之上添加痛苦呢？儘管只有一場戰爭，但光這一場就足以帶給生者痛苦了。」接著他又想著：「那麼，但願傻子戰勝狂人。」

鋼琴聲戛然而止。

《繪之卷》

歐度斯在亞力山卓面前放了一枝細毛畫筆和一瓶黑色墨水，我必須告訴您，這墨水出現於此地亦非偶然。它來自薄霧國邊緣的採石場，你可以在該處的險峻山坡上採集燻黑的墨石，而亞力山卓的人生便是透過這墨石而進入反覆輪迴的連環套之中。抵達羅馬時，他給皮耶妥看的第一幅畫作，是僅用一個動作一口氣畫下的四道中國水墨線條。在精靈的文字當中，這是代表山的文字。亞力山卓沒學過這語言便能夠寫出山，這件事讓能夠閱讀該文字的皮耶妥瞠目結舌。在此之後，亞力山卓只畫出一些他覺得不值一提的作品，儘管羅馬藝文界盛讚他是天才。直到有一天，皮耶妥讓他看了那幅法蘭德斯畫派畫家的作品，畫中的激昂狂熱燃燒他的雙目，使他不知該如何在這樣的美之中苟活下去。離開羅馬前往阿奎拉⑲隱居之前，他創造出最後一幅畫作，這是以平塗法繪製的黑墨畫作，既無人物、亦無輪廓，只添加了三道胭脂紅色的蠟筆筆觸。儘管如此，所有曾經見過薄霧之橋者，都能明顯辨識出這幅畫中的橋。

自此之後，他便永遠放棄繪畫。

在霧之屋的地板上，銀白色的灰塵凝結不動，接著紡出一縷一縷微細的星辰。「我們都是迷途之人，」亞力山卓看著彼特這樣想，「迷惘的遊子，盲目地尋找屬於自己的國度，儘管我們出身本地，卻知道自己事實上屬於他鄉遠方。我們都是同時身處兩個世界的迷途者，迷失於自己出生的世界與心中渴求的世界。彼特出生於絕美的精靈宇宙，卻只想著飲酒與訴說故事；我來自不完美的人類生命，花在喝酒上的時間比用來作畫的時間還多，雖然我憧憬的是影像中那靜默的絕對。我們懂得土地的珍貴與風的訊息，懂得扎根的況味與失根的迷醉，我們可以是架設未知橋梁的先驅者。」

達荷將最後一小瓶灰茶遞給他。

「庭園之李。」喝下灰茶後，他喃喃說道。

---

⑲譯注：Aquila，義大利中部省分，位於阿布魯佐。

他將畫筆的刷毛沾上墨水。

空氣出現怪異的震顫——抑或震動的是大地、天空、宇宙？他們眨著眼睛。世界化作黑白，除了有血有肉的生命，與許多分身正在震動的祖靈。

讀者，請別以為這道真實的線條誕生於畫布之上。它發生於畫布的這一邊，發生於畫家汲取所有可見之物時的吸氣之中，發生於畫家準備在筆尖釋放世界的吐氣之中。當畫筆輕拂地面，霧之屋輕輕震動。他的動作持續了多久？那動作轉瞬即逝，卻又無窮無盡，既集中又發散，獨一無二而又盈滿複合的面相，而亞力山卓用了六十年的時間醞釀這個動作，這動作如行雲流水，而最終同盟的成員們揉揉雙眼，因為霧之屋的木地板上只有一道線條。

一

赤裸裸的一道線條
包含所有其他線條
黑色線條之中可見
所有色彩和所有形狀
一道線條自霧之屋地面發出
與法蘭德斯畫作的表面結合

將畫中人物與故事盡皆吸收

彼特已在卡次拉見過一道類似的線條，出自委員會主席之手。據說委員會主席曾經見證橋之誕生。那道彎曲的書法線條似乎包含所有可能存在的曲線，同樣地，他們今日僅見畫筆畫出一道線條，卻能在其中感知所有可見之物的全貌。該透過視界的哪種幻象，才能戰勝世界的稠密與絮叨？當世界正在恢復色彩，瑪利亞亦將她的心神投注於亞力山卓的筆畫時，彼特又這樣想道：「賦予故事血肉的是前瞻者，但若要寫出故事的文字，前瞻者還需要兩個小不點的力量。」

墨水在地上硬化，那筆畫漸漸擴大，穿越了霧之屋如今已變得透明的木牆隔間。它在屋外轉化為一個巨大構造，延伸為一座橋，閃爍著闃黑之光，橋上既無橋拱亦無支柱，唯有一道簡單的黑色條紋，投射在視線邊緣。

「新的橋。」瑪利亞說。

原本籠罩橋拱的薄霧如今以最後一絲優雅的衰弱態勢，收合於自身之上，接著解體、緩緩消失。地平線上出現了來自四面八方各省的薄霧，所有薄霧在山谷上方延展，逐一飄向這座連繫不同世界的新橋梁。

薄霧盡皆消失之後，他們看見新橋的盡頭結束於虛空之中。那純然的線條傾注於空無之中，在那空無的內部看不見薄霧、樹木，或雲朵，而下方出現了一座黑暗的湖泊。

「我活這一生，就為了這幅景象。」亞力山卓說。

屋內，以多重分身現身的祖靈開始旋轉，祖靈每轉一圈，便有一種動物被吸收回祂身上，同時祖靈自身亦穿越霧之屋的牆，消失在橋上的塗漆之中。克拉拉開始彈奏一首聖歌，這奇異的曲調如浮雲般自由，卻又像烈火般危險──而那幅畫已化作一道單純的黑色墨漬，此時畫布上浮現了一些如今人類可以理解的精靈文字。他們從一開始便有預感，這顛沛流離的故事，這一心企求被寫下的故事，這等著某人繼續完成阿姆斯特丹畫家作品的故事，述說的是愛之淚水與虔誠之景色。

愛的最後一刻

一切終歸虛空　終於美好

如何捕捉轉瞬即逝的火花呢？精靈懂得將生命縮減為它的骨架、將生命以最本質的赤裸樣貌銘刻於最後的風景之中，然而，僅只如此並無法捕捉這瞬間火花，若要捕捉它，必須像人類懂得的那樣，將最後的風景轉化為最後一個故事的背景──小說中的小說，故事中的故事。

愛的最後一刻

一切終歸虛空　終於美好

文字脫離畫布表面，這些文字亦穿越霧之屋的牆，消失於墨之橋。薄霧曾經活著，如今虛空取而代之，生物與事物皆在這虛空之中運行。往昔的薄霧曾經造就使世界永遠無法全然可見的奇蹟，薄霧有時選擇覆蓋整個世界，僅獨獨展現一枝裸露的枝椏，接著又縮合至使人看見最大比例範圍的事物；虛空亦是藉由相同方式，重新建構所有不可見之物全貌的平衡。

您必須了解我們說的虛空代表什麼，因為我們這些來自西方的人總習慣將虛空視為虛無，認為虛空僅只是生命與物質的缺失與不在場，但這屬於世界的新小說所祈願的「空」卻是實質存在的本體。這虛空是事物沐浴其中的山谷，是事物棲身其中的嘆息，這虛空在循環之中催化事物的轉變，它是可見之物的不可見的特質，是活生生的生物的內在圖像，是世界脈動的裸裎本質，而夢象之風湧入這裸裎脈動之中；它是讓世界圍繞著不可見的核心旋轉的動力；關於在世存有，這件神秘之事的不可觸知性因它而得以被觸知；而不可言之的事物則因它而成為具體顯現之事；它無視山楂花與玫瑰的美好，它將花之美好留存在一幅畫中，而又不斷消去這幅畫——我真想讓您體會這樣的美，只有當虛空戰勝盈滿，這美才能藉由虛空而存在，在呈現世界的畫作重新建構之下，隨著一波一波的抹消動作，那些糾纏我們、殘害我們的事物陷溺在這波浪之中，這樣的美將其根源探入大地、伸進天空之中，它並非誕生自事物的連續性之中，而是誕生於讓心振奮的空缺之中。畫布上掠過了這故事的新風景，構成這景象的是翠綠的山巒與河流，滿布白色樹木的山谷，以及在雲朵的隱蔽特質當中掩沒的枝椏。畫中的這些事物一片接著一片消失了。虛空以微微流動的氣息包圍它們，如同一件純潔無瑕的白鼬披肩，讓它們閃耀著燦爛的裸裎本質，接著緩緩將之溶解，孕育出大自然的嶄新面相，這是影像之神妙特質的嶄新勝利。

「在這裡，一切都有所可能。」彼特想著。

「我們聽見了傻子的福音。」瑪利亞對馮斯瓦神父說。

「虛空而美好。昨天路易在地窖中讓你憶起的埃斯特雷馬杜拉古老歌謠。」赫蘇說。

—

「昨天，」阿雷翰卓喃喃說道，「從昨天到現在，已然經過了永恆的歲月。」

愛的最後一刻

一切終歸虛空　終於美好

——《父之卷》

一

要實現自然與心靈的和睦一致，必須使用精靈與人類東方土地共同使用的語言，但若要從中創造一個統御所有故事的故事，則需要人類的想像力。

畫筆畫出的一道線條是一種和諧，事物的多樣性從中而生，它是介於不同物種與不同世界之間的橋梁，是所有小說的共同發源處，它揭露了短暫閃現的光芒，使美好之物昇華，它是屬於虛空的自由，是世界的神妙。

不僅如此，畫筆畫出的這道線條證明了一件事：真實永遠孕育於轉化為虛構故事的影像之中。儂桑部隊的提議非常清楚明白：美好生於虛空，而虛空又回過頭來孕育出屬於美的單純特質。

而隨之而來的，是屬於虔誠的複雜曖昧。

父親

四卷書的第四卷，是《父之卷》。

這裡指的父親不應解讀為四卷書以外的意思。我們完全是透過女性心中的疆域而學習如何在世上活下去。我們在這裡說的父親，亦可以是母親、兄弟、姊妹，或同伴。但人類與精靈在超越性別與文化的親子關係中，銘刻了無形傳承的真實，以及生者與亡者相互照應的證據——於是，《父之卷》亦是國土的保管者，是肉眼無法覺察的血脈與傳承。

真正的囹圄與真正的遺愛，都非肉眼所能看見。它們皆由夢象之風與樹木的呼吸來傳遞。

尾聲

一九三八～二〇一八

父親們亦前往援救最終同盟。

無父便無子，無責任便無生命，無傳承便無自由。阿雷翰卓在緘默之中見證了紅橋嬗變為黑色步橋的過程，以及槁木顯現於一覽無遺的通透小徑上方的景象。這景象的震動與葉培斯墓園的震動在本質上非常相似，而阿雷翰卓在這當中尋回了過往時光的閃耀光芒。「不同國度的死者們會交談。」他這樣想著。他想將這念頭與他所愛之人共享，然而，看著克拉拉時，他卻發現她表情陰沉，目光凝重地看向遠方。

「怎麼了？」他低聲問她。

「有什麼事不對勁，」她緩緩地說，「但我不知道是什麼事。」

達荀向他們展示兩個世界的各地戰場，戰場上的烈火已停止燃燒。火焰之泥燃盡了兵器與屍體，愛爾蘭與其他各地的倖存士兵們嗚咽著在漫雪之下失神遊走。阿雷翰卓看著馨紐都的麥田陷於黑色血漬之中，田裡的半獸人、弓箭、刀劍與死者全部消失在由土壤化作的火焰裡。他彷彿聽見一陣新傳來的喧囂聲。達荀又給了他一小瓶幾乎轉變為黑色的茶，這茶在嘴裡有股熟悉的味道，他喃喃地說：

「雪利酒。」馨紐都麥田中鼓譟的喧譁聲愈來愈大，而灰茶讓他看清這聲音的本質。

您知道活在生與死的國度是怎樣一回事嗎？那是個奇異的國度，但唯有人類能說那裡的語言。他們必須對生者說話，亦得對死者說話，彷彿生者與死者是相同的存在。阿雷翰卓通曉這語言。童年的他，無論行走哪條道路，他總不由自主地回到葉培斯的墓園。在那裡，在墓碑與十字架之間，他覺得找到了自己的歸屬。他不知如何對死者說話，但那個安詳平和的場所發出的沙沙作響聲，對他而言便是言語。此外，即使在沒有特殊含意的時刻，死者的樂聲還是可以觸動他胸懷中某個無需訴諸語言文字便能加以理解的點。像這樣極度圓滿的時刻，他會在視野邊緣瞥見一種強烈的閃光，而他知道自己看見了某種形式的靈魂之光，屬於強而有力的未知靈體。今天，這光景在儂桑展現了新的形式，而他領悟灰茶賜予他的是什麼樣的力量。

他看著瑪利亞，瑪利亞點頭回應。克拉拉在他們之間的無聲對話中汲取靈感，並演奏了一首詩篇曲，她的琴音與一種由蒼穹護送的傳承相互配合。

《父之卷》

第一批復活的死者，是馨紐都的亡者。這一幕真令人難以置信，不只因為阿雷翰卓的渴望在克拉拉的音樂伴隨之下、在瑪利亞的力量催化之下，使得死者復活了；也因為世界變成了大氣，身在其中的所有人都感覺自己漂浮在一種大融合的真實之中，生者與死者在此聯合起來。「我們活在大氣之中。」彼特這樣想——而在變成液態的世界中，在剎那即永恆之中，現在、過去與未來相逢了，所有時代的死者們皆站起身來，加入最終同盟陣營的士兵。出現在戰場上的，是那些屬於已然消逝時代的男人、女人與精靈們，他們並非以死亡那一刻的姿態現身，而是以他們人生中最幸福時刻的樣貌出現，服裝打扮都是依循各自年代的風俗。他們以能夠觸摸的肉身之姿出現，身上絲毫不見鬼魂在一般信仰中所具備的特徵。

所有戰場都看得見這樣的已逝者，或毋寧說是亡者軍隊，戰場上的倖存士兵看見這些死者，紛紛在震驚之中跪下。死者們的部隊並未武裝，亦未企求戰鬥，他們僅是穿越戰鬥之雪，沿途播種李樹之花，述說不可見的遺贈，使戰爭的瘋狂蒙羞。在這群死者當中亦能感受一陣輕盈的氣息，形態宛如玫瑰抑或雪花，並能聽見來自女人們的獨特訊息，如河川流水般在意識中流動。她們喃喃說著：我們與你們同在，而所有人都能感受屬於系譜血緣傳承的力量，那流暢的力道、那原始大陸的恩澤庇佑。然後，克拉拉的琴音停了。

路易・阿瓦雷茲和米奎・亞班尼茲出現在霧之屋中，阿雷翰卓與他們相擁——在這最後一刻，大融合的真實將路易與米奎帶回阿雷翰卓面前。「我在祈禱之中加入了屬於詩意的悲憫，我接受了這份責任，」他心想，「為了獎賞我的虔誠，我看見了我的死者們重獲生命。」而當阿雷翰卓看見他們自九泉之下歸來，他亦發現了往昔寫下他們命運悲劇的原由。他看見了殺害米奎的凶手，那人和葉培斯滅門血案的凶手一樣，都是受雇於精靈叛徒的人類殺手，事成之後，他們便被送至虛無之中，無人能夠返回：這叛徒將他們送至薄霧國，手法和他們將人送至儂桑或羅馬的方式如出一轍，而這些不幸的人便永遠消失了。敵人便是因此得以不著痕跡地殺害米奎·亞班尼茲這名有能力瓦解聯邦國的將軍，並將發現灰色筆記本調查行動的葉培斯證人們悉數滅口。

屋外，新橋傾所有生命之力顫動著。橋下，新的時間之湖正在擴大。湖岸被水淹沒，水消逝於虛空之中，並在虛空的另一邊進入人類的世界。這水在葉培斯的城堡周圍延展擴大，流過埃斯特雷馬杜拉的平原。這一幕很美，因為映滿風景的湖泊自身亦轉化了樣貌。這黑色的水流是否為目光賦予一種單純簡約的形式來看待神妙的事物？我們是否能在世界泯除多餘矯飾的液態形體之中，感受世界其實沒那麼滿盈？此外，這水是否描繪了一則沒有宗教教會的故事，一則能接納每顆心願望的寓言？

戰鬥結束了。

「我們得走了，但我們卻不知道在殺戮與詩當中，何者將會戰勝。」路易說。

「由殺戮開始的，亦將結束於殺戮。」米奎說。

「因背叛而造就的，亦將產生背叛。」路易又說。

「有什麼事不對勁。」克拉拉再度低聲說道。

「有什麼事不對勁。」索隆說。

亞力山卓·桑堤站起身來。

達荷展示了葉培斯的影像，那景象已經變了樣。

湖泊燃燒著。

狂怒的長長火焰自水面升起，隨著火焰喧囂地延燒，世界亦漸漸被填滿——是的，世界變得更滿、更稠密，讓人窒息的全景影像之中擠滿了密密麻麻的城市、房屋、工廠，人潮在這些背景當中漠然走過。

路易與米奎消失了。亞力山卓步履蹣跚。

他倒在霧之屋的地板上。

眾人奔向亞力山卓，瑪利亞與克拉拉跪在他身邊，握住他的手。

他發著高燒。

「他快死了。」克拉拉說。

古斯塔、索隆與達苟猛然起身，仔細探查世界，以他們宏偉心靈的所有力量投入這場戰鬥，透過茶的力量細細檢視世界，穿越每一片土地與每一條道路，獵捕背叛的源頭，搜尋每道力量的每個弱點、檢視夢的每次震顫。

雙方一開始交火時，最先陣亡的永遠是有洞察力的前瞻者。當他們在雪地倒下，眼見自己漸漸死去，想到的是童年的狩獵經驗，當時祖父告訴他們，要尊敬狍鹿。

這是誰對我說過的話？彼特想著。

然後他想起來了。

「是那位作家。」他說。

彼特跪在亞力山卓身邊。

「給他雪。」他對瑪利亞說。

瑪利亞看著他，不懂他的意思。

「他正在死去，」彼特說，「用雪來撫慰他吧。」

「他不能死。」她說。

亞力山卓睜開雙眼。

「小不點，打從十年前開始，我每次重生或死去時，你都在我身邊，」他低聲囁語，「這還會重複多少次？」

他吃力地繼續說：「我活這一生，就為了這一刻的平和。」

霧之屋中開始降雪，一陣風吹過，為眾人的思緒帶來一些影像，先是積雪森林邊緣的一隻狍鹿，接著是夏日的果園中，晶瑩剔透、豐饒如瀑的李子。

空氣再度變回凝滯不動的狀態。

「他走了。」馮斯瓦神父說。

雪緩緩落下。

新的橋上出現金色裂紋，像蜥蜴似的亂竄。

「我們太盲目了，」達荀說，「敵人從一開始就騙了我們。」

「寫下歷史的不是欲望，而是屬於絕望的武器。」彼特說，「灰茶是致命毒藥。」

要使命運的詭計挫敗，必須擁有明察秋毫抑或必須盲目呢？在這一切之中，彼特有種預感，真正刺中我們心坎的，永遠是我們最後才了解的事——心神疲倦之下，我們首先只能看到非本質的事物，這些事物如網子般束縛了我們的希望，而我們逕直穿越靈魂花園前方，未能看見。灰茶是致命毒藥。當卡次拉與儂桑接受讓灰茶主導控制他們的願景，便已寫下注定失敗的命運。究竟是艾略斯在最後一刻使灰茶的毒性活化，抑或灰茶自一開始便有這樣的作用？要解開這些謎，現在已為時太晚。敵方寧願自我毀滅，也不願讓同盟軍得勝。所有飲下灰茶者，都將在今日死去，無論是敵人或盟友，都一同捲入這最後的悲劇。

為什麼有些人生來就是為了承擔其他生命的重擔？這就是我們的王國與任務，我們的職責就是在死亡管理者所在的領土上為他們賦予生命，也讓他們接到命定傳承的使命。你們今天飲下了千年茶，這份永恆與責任也將落在你們身上。

「這是誰說過的話？」彼特心想。

然後他懂了。

凡喝過千年之茶的，都將能夠不被毒藥毒害，因為他們的旅程已永遠伴隨著他們的死者。彼特、玻律斯與馬居斯這三名當時才剛走出暗黑森林的精靈，在南方邊境的擺渡人賞賜之下，將會繼續活著。

未飲千年之茶者則將會死去。

「我們失敗了。」索隆說。

「沒有預言，」彼特說，「只有希望與夢。」

「喝過千年之茶者將會存活，」達苟說，「或許我們的女兒也會，因為她們同時來自兩個世界。」

在兩個世界的戰場上，復活的死者消失了，不同陣營的戰士被隱形之火摧殘得筋疲力竭。某處傳來痛苦的叫喊聲，達苟讓眾人的叫喊持續一陣子之後，才將這駭人的景象切換至埃斯特雷馬杜拉湖泊。燃燒的火焰已經止息，一道褐色汙泥滲入黑色湖水之中，這有毒的物質溢出湖泊邊緣。汙泥藉由地面、透過空氣，在世界蔓延開來，在土壤的地層之下、在天空的氣層之中，汙染了田野與雲朵，這毒害將長年綿延，無止無盡。樹木哭泣著，他們聽見一首令人心碎的安魂曲，小徑再度轉為清晰可見的通透樣貌。最後，枯葉緩緩消逝，直到完全消失在他們眼前。

「人類知道我們的存在了。」索隆說。

「戰爭會怎麼結束？」阿雷翰卓問道。

「戰爭會繼續在人類的土地上發生。」瑪利亞說。

「茶已逝去，」索隆說，「我們已無法掌控歷史的動向。」

「會有其他陣營建立起來。」達苟說。

「霧之屋會繼續存在。」馮斯瓦神父說。

「但少了它的薄霧，缺了它的死者與它的橋。」守護者說。

死亡的腳步靠近時，我們只有一座湖泊可以慰藉心思。每個人心中都有一座湖泊，它來自童年時期的慈惠恩典與苦痛哀傷。它始終留在每個人的心中，變得堅硬如石，直到因邂逅而歡欣，在喜悅之中再度變為透明清澄的液態。

赫蘇想起的畫面，是家鄉乾涸的湖泊，他父親和悠長世代的眾多不幸漁民在該地含辛茹苦；他想起棄家離鄉的滋味，以及卸下重擔時鬆一口氣的救贖；想起他身為兒子所進行的戰鬥、身為軍人所參與的戰役，那些喪失理智的戰爭，與戰爭帶來的苦難；赫蘇看著瑪利亞，他又再度看見那些被薄霧化作液態的石頭。「到最後，一切都是虛空而美好，」他心想，「所以，非得死去才能在沒有痛苦的狀態下理解事物不加修飾的本質嗎？」他的心就此卸下了悔恨的重擔，他很開心能夠加入父親們的亡靈行列，去找尋那位受人敬重、以敬重感激的態度深愛著妻子的歐傑．馬歇洛，加入所有早他一步體悟邂逅帶來的心靈寧靜之人。

阿雷翰卓心中浮現的影像，是路易的湖，寧靜而又奧秘。企求活下去、希望去愛的人們，都在此處祈禱。「我一輩子都在懇求，希望拯救我死去的親友們，」他心想，「而在我將死的這一刻，是他們拯救了我。」他眼前再度浮現那只陶碗，在那當中能看見土地與謙遜的生命。他憶起薄霧中的精靈們，他看著那名教導他什麼是愛的女子，聽見先他而去的那些人的最後訊息。「虛空而美好。」他喃喃說道。「思想總能戰勝兵器，而無論路易喜不喜歡這一點，詩意終能戰勝殺戮。」

整個敘述要闡明的主要是關於一個人放下自身憂傷、進而包容他人迷茫的故事。在這無我狀態之中，他終於體會並接受生存於世的美好之處。赫蘇．羅卡莫拉與阿雷翰卓．德．葉培斯卸下重擔，看著他們深愛的女子。

在這所有夢象都即將傾潰瓦解的時刻，不知自己將是生是死的兩名女子外貌有了變化。她們心中生出因戰爭而起的轉移，克拉拉的歡愉與淘氣再度流轉，在最後一次的心靈轉移之下，瑪利亞又變回從前那個宛如潺潺流水一般輕盈喜悅的孩子，周身散發著小女生任性可愛的魅力。而她看著克拉拉，想知道這名義大利小女孩在經過這場反轉之後，是否又變回了孤僻的靈魂。然而，往昔不識歡笑與淚水滋味的克拉拉雖然再度恢復了昔日的嚴肅凝重，卻仍未脫那曾經轉移至她身上一段時日的快活痕跡，於是她雖然重拾兒時的自己，卻沒了當年的陰鬱與孤寂。瑪利亞．孚爾與克拉拉．桑堤便如此重新找到屬於友愛的平衡點，一同踏上女性之域的階梯，在系譜傳承的共感撫慰之下，準備與她們的團隊一同出生入死。所有人都能感受到她們之間的連繫，因昇華的團結心而緊緊結合。大夥都感覺得到，瑪利亞背負著的苦難——這關於力量與訣別的苦難，如清醒後的夢境般消失了。克拉拉的嚴肅則煥發著銀色的光澤，刻劃著幸福的痕跡。

§

玻律斯、馬居斯、歐度斯與卡度斯以一塊淺色布料包裹亞力山卓的遺體，一群人走出霧之屋。

「死者永遠不會離開我們，」走在阿雷翰卓身旁的彼特這樣說，「第二聖地是精靈世界的核心，要是我能早點領悟這件事就好了。」

「這會改變什麼嗎？」阿雷翰卓問道。

「這樣的話，你們也能飲下千年之茶。」他回答。

「你們有緣喝了千年之茶，這代表你們夠資格。」阿雷翰卓說。

「命運才不懂什麼夠格不夠格，」彼特說，「但喝下茶之後，我就有責任看顧接下來的歷史，就像所有活著留下來眼看他們的世界衰亡和朋友死去的人一樣。」

「在我們所有人當中，你們才有這個特權。」阿雷翰卓說。

他們來到湖畔。褐色汙泥從橋的另一端玷汙湖水，以充滿惡意、形似字跡的渦流擾亂了湖面。黑橋以一種奇異的方式裂解：狀似蜥蜴的裂痕產生一道道斷層，這些斷層自相吞食，在原本盈滿薄霧的地方製造出一片虛無。接下來，這片虛無似乎創造出一種新的實體，既濃稠又擁擠，在那之中可見濃霧中的大都會與城裡的建築物——黃色的、黏糊糊的霧，當天空敞開讓惡意之光通過時，那霧便黏在人們身上、黏在事物表面。

「虛無並非虛空，」索隆說，「虛空中能湧現夢象，而虛無則導致滿盈。滿盈會使我們窒息、殘害我們。」

「我們怎麼會輸掉這場戰爭？」達荷問道。

「第一場殺戮永遠不是最初的殺戮。」馮斯瓦神父說。

「世界並未準備好迎接故事之中的故事。」彼特說。

「但這是一場很美的夢，」馮斯瓦神父說，「一個沒有教堂的敘事，一則沒有教會的故事。」

「當他人能夠為你選擇命運，誰還要創造自己的命運？」彼特問道。

突然間，道別的時刻到來。這種時刻總來得太早，讓人無法預先做好準備，因為好好活著本就是難事，而好好死去更是難上加難。現在是十一月的秋季，這是最美的月分，因為萬物皆在此時盛極而衰逝於美之中，在此時帶著優雅綽約而死去——這令人心碎的痛苦讓一切在凋零的同時，留下光芒曾經短暫閃爍後所遺留下的熱忱，這便是我們稱之為愛的事物。於是，在一切正在衰滅的這一刻，四卷書的最後一卷在此展露，這最珍貴的一卷，唯一對生者與亡者的生命都至關重要的一卷。我無法對您詳細描述這些將死者心中想著什麼，但可以知道的是，那名法國小女孩，同時也是西班牙小女孩，臉上原有的陰暗細小靜脈，如今已經消失不見了。彼特含糊地說了些什麼，只有馮斯瓦神父聽見他說的話：愛的最後一刻。

彼特從他的包袱中拿出一瓶瓶身積滿灰塵的酒。

「這瓶酒選擇了我。」他說。

被溼氣侵蝕的殘缺酒標上，能看見這行字：

一九一八——佩楚酒堡——頂級葡萄酒

我是否應該說明，當所有人用傻子彼特包袱內奇蹟似完好無缺的水晶玻璃杯共飲這末日的最後一支酒時，凶兆之水的湖面浮現了奇異的形影？

狂草現於湖上。

當代之四卷書全文完

景觀

在這故事之中，有兩種主要地景——一為葉培斯的地窖，二為環境艱苦而充滿詩意的土地：勃艮第、阿布魯佐、奧貝克、愛爾蘭、埃斯特雷馬杜拉。

葉培斯的地窖吸引許多釀酒人前往朝聖，並使得幽魂現身，乃是因為葡萄樹與死者們一同參與了世界的壯闊故事——在小說的實驗室中，萃取各種寓言濃縮而成的精華玉液，由旅人攜帶上路，這不正是最好的隱喻嗎？

最後，這故事的所有人物皆成長於孤寂與性靈之鄉，這乃是因為一切皆誕生於大地與蒼穹，而當這與生俱來的詩意被忘卻之時，一切便盡皆解體，如同往昔阿雷翰卓・德・葉培斯從路易・阿瓦雷茲那兒聽見的詩。

矢志不渝是薄霧國的箴言，亦是葉培斯城堡的箴言。若不將這關於亡魂與玫瑰的故事裡的魔法矢志不渝地堅持下去，那人生還能做什麼呢？

小說

小說若非幻想之物，則成謊言。[20]或許彼特有一天會遇見寫下這句話的作家。

真實世界中的心靈與小說中的心靈並無二致——於是，執筆者以這墨水掌握了所有曾經存在與將會發生的一切。穿越薄霧國之橋的第一位精靈去了葉培斯，是因為他想前往真實世界的邊界，前往不同世界與不同靈魂之間的疆界消弭的奇異國土。第一位選擇人類生活的精靈之所以前往埃斯特雷馬杜拉這片詩意之鄉，是因為我的筆決定了這件事。我的夢象以及我的同類們，給了宇宙全體屬於它的聲音。

最後，我也書寫了亡靈與酒，因為每個人身上都繼承了一個故事，而且也要寫出一篇屬於自己的故事，而我們都知道，這故事將能經得起陳年佳釀的考驗。

---

⑳ 譯注：語出法國作家朱利安．格拉克（Julien Gracq, 1910~2007）文集《首字花飾》（*Lettrines*, 1967）。

暗黑森林 彼特眼中的末日

傻子總因盲目而只看著遙遠的前方；他以他的心去領會時間與空間，用心靈去認識現實世界的起起伏伏；所有人皆透過他而集結在此地，因為他是故事的侍從，而這是我做出的決定。

彼特清楚希望的力量，他也知道衰滅乃無可避免之事，他熟知反抗的堅毅偉大與戰爭的永無止境、夢象之強大與戰役之持久——總之，他知道生命不過是在災厄的空隙中所發生之事。絕望之人才是最好的朋友，夢的追隨者才是最驍勇的士兵，在末日臨頭時飲酒的無神論者才是神妙的英勇騎士。

最後，當所有人待在黑水之前，當未能飲下千年茶的人類與精靈在所愛之人懷中斷氣時，彼特以這段話作為明證。

我們輸了這場戰役，但時間並不因這次失敗而止息——我注定要繼續書寫這本關於戰爭與幻想的奇異國度的小說，我們稱之為人類與精靈的生命。

年表

西元前四百萬年 霧之屋創立。

西元前十萬年 薄霧首度衰滅。

西元前兩萬年 儂桑第一座橋創立。

一四〇〇年 薄霧首度再生。

一五〇一年 薄霧第二度衰滅之起始。

一名精靈首度永久遷居人類世界。

一七一〇年 薄霧第二度再生之起始，歷時兩個世紀。

一名出身卡次拉的野兔精靈（在人類世界化名古斯塔・阿齊瓦提）當選薄霧國委員會之委員。

一七五〇年 薄霧第三度衰滅之起始。

一七七〇年 一名出身萊安的野兔精靈（後來的艾略斯）成為薄霧國委員會之園藝總管。

一八〇〇年 彼特抵達卡次拉。

一八六五年～一八六七年

古斯塔當選委員會主席，一名出身卡次拉的野豬精靈（人類稱之為達苟）被任命為霧之屋守護者。

一八七〇年

普法戰爭㉑。

艾略斯的侄子在阿姆斯特丹尋獲畫作與灰色筆記本。

羅貝多・沃爾普殺害了艾略斯的侄子。

皮耶妥・沃爾普誕生。

彼特發現預言；產生結盟想法。

彼特成為委員會之人類世界密使。

一八八〇年

蕾諾拉・沃爾普誕生。

一九〇〇年

羅貝多・沃爾普逝世。

古斯塔與蕾諾拉結婚。

一名出身依拿利的野兔精靈（人類稱之為索隆）當選委員會主席，達苟續任霧之屋守護者。

一九〇八年

阿雷翰卓・德・葉培斯與赫蘇・羅卡莫拉誕生。

一名出身萊安的野豬精靈（在人類世界化名拉斐爾・桑坦杰羅）加入園藝總管麾下服務。

一九一〇年～一九一三年　人類世界的第一次世界大戰爆發㉒。

一九一八年　瑪利亞與克拉拉誕生（《精靈少女》一書開頭）。

艾略斯獲悉灰色筆記本之內容。

一九二二年　艾略斯建立萊安之橋與霧之屋。

一九二六年　拉斐爾·桑坦杰羅成為羅馬行政首長。

一九二八年　克拉拉抵達羅馬。

一九三一年　前哨戰於勃艮第田野開打（《精靈少女》一書結尾）。

精靈內戰爆發。

一九三二年　人類世界的第二次世界大戰爆發㉓。

一九三八年　戰爭第六年。

彼特尋獲灰色筆記本。

薄霧時代之最後戰役。

㉑譯注：此為書中人類世界之年分，現實世界的普法戰爭發生於一八七〇年至一八七一年。

㉒譯注：此為書中人類世界之年分，現實世界的第一次世界大戰發生於一九一四年至一九一八年。

㉓譯注：此為書中人類世界之年分，現實世界的第二次世界大戰始於一九三九年。

誠摯感謝讓—巴蒂斯・德爾・阿莫（Jean-Baptiste Del Amo）與愛迪特・烏瑟（Édith Ousset）。

感謝柴田重德。

僅以本書紀念梅齊安・耶西（Meziane Yaici）與堤佐世子。

國家圖書館出版品預行編目（CIP）資料

奇幻國度 / 妙莉葉．芭貝里（Muriel Barbery）著；
吳謦竹，周桂音譯. -- 初版. -- 臺北市：商周出版：
家庭傳媒城邦分公司發行, 2020.08
面； 公分. -- (獨.小說；45)
譯自：Un etrange pays
ISBN 978-986-477-887-4(平裝)

876.57　　109010687

獨．小說 45
奇幻國度

作　　者 / 妙莉葉．芭貝里（Muriel Barbery）
譯　　者 / 吳謦竹、周桂音
企劃選書 / 黃靖卉
責任編輯 / 羅珮芳
編輯協力 / 陳青孀

版　　權 / 黃淑敏、吳亭儀
行銷業務 / 周佑潔、黃崇華、張媖茜
總 編 輯 / 黃靖卉
總 經 理 / 彭之琬
事業群總經理 / 黃淑貞
發 行 人 / 何飛鵬
法律顧問 / 元禾法律事務所 王子文律師
出　　版 / 商周出版
台北市104民生東路二段141號9樓
電話：(02) 25007008 傳眞：(02)25007759
E-mail：bwp.service@cite.com.tw
發　　行 / 英屬蓋曼群島商家庭傳媒股份有限公司城邦分公司
台北市中山區民生東路二段141號2樓
書虫客服服務專線：02-25007718；25007719
服務時間：週一至週五上午09:30-12:00；下午13:30-17:00
24小時傳眞專線：02-25001990；25001991
劃撥帳號：19863813；戶名：書虫股份有限公司
讀者服務信箱：service@readingclub.com.tw
城邦讀書花園：www.cite.com.tw
香港發行所 / 城邦（香港）出版集團
香港灣仔駱克道193號東超商業中心1F E-mail: hkcite@biznetvigator.com
電話：(852) 25086231 傳眞：(852) 25789337
馬新發行所 / 城邦（馬新）出版集團【Cite (M) Sdn Bhd】
41, Jalan Radin Anum, Bandar Baru Sri Petaling,
57000 Kuala Lumpur, Malaysia.
電話：(603) 90578822 傳眞：(603) 90576622
Email: cite@cite.com.my

封面設計 / 徐璽設計工作室
內頁排版 / 立全電腦印前排版有限公司
印　　刷 / 韋懋實業有限公司
經　　銷 / 聯合發行股份有限公司
地址：新北市231新店區寶橋路235巷6弄6號2樓
電話：(02)2917-8022 傳眞：(02)2911-0053

■2020年9月3日初版
定價390元

Printed in Taiwan

城邦讀書花園
www.cite.com.tw

商周出版

廣　告　回　函
北區郵政管理登記證
北臺字第000791號
郵資已付，免貼郵票

104　台北市民生東路二段141號2樓

英屬蓋曼群島商家庭傳媒股份有限公司城邦分公司　收

請沿虛線對摺，謝謝！

商周出版

書號：BUC045	書名：奇幻國度	編碼：

請於此處用膠水黏貼

商周出版

讀者回函卡

感謝您購買我們出版的書籍！請費心填寫此回函卡，我們將不定期寄上城邦集團最新的出版訊息。

不定期好禮相贈！
立即加入：商周出版
Facebook 粉絲團

姓名：＿＿＿＿＿＿＿＿ 性別：☐男 ☐女

生日：西元＿＿＿＿年＿＿＿＿月＿＿＿＿日

地址：＿＿＿＿＿＿＿＿

聯絡電話：＿＿＿＿＿＿＿＿ 傳真：＿＿＿＿＿＿＿＿

E-mail ：

學歷：☐ 1. 小學 ☐ 2. 國中 ☐ 3. 高中 ☐ 4. 大學 ☐ 5. 研究所以上

職業：☐ 1. 學生 ☐ 2. 軍公教 ☐ 3. 服務 ☐ 4. 金融 ☐ 5. 製造 ☐ 6. 資訊
☐ 7. 傳播 ☐ 8. 自由業 ☐ 9. 農漁牧 ☐ 10. 家管 ☐ 11. 退休
☐ 12. 其他＿＿＿＿＿＿＿＿

您從何種方式得知本書消息？
☐ 1. 書店 ☐ 2. 網路 ☐ 3. 報紙 ☐ 4. 雜誌 ☐ 5. 廣播 ☐ 6. 電視
☐ 7. 親友推薦 ☐ 8. 其他＿＿＿＿＿＿＿＿

您通常以何種方式購書？
☐ 1. 書店 ☐ 2. 網路 ☐ 3. 傳真訂購 ☐ 4. 郵局劃撥 ☐ 5. 其他＿＿＿＿

您喜歡閱讀那些類別的書籍？
☐ 1. 財經商業 ☐ 2. 自然科學 ☐ 3. 歷史 ☐ 4. 法律 ☐ 5. 文學
☐ 6. 休閒旅遊 ☐ 7. 小說 ☐ 8. 人物傳記 ☐ 9. 生活、勵志 ☐ 10. 其他

對我們的建議：＿＿＿＿＿＿＿＿

【為提供訂購、行銷、客戶管理或其他合於營業登記項目或章程所定業務之目的，城邦出版人集團（即英屬蓋曼群島商家庭傳媒（股）公司城邦分公司、城邦文化事業（股）公司），於本集團之營運期間及地區內，將以電郵、傳真、電話、簡訊、郵寄或其他公告方式利用您提供之資料（資料類別：C001、C002、C003、C011 等）。利用對象除本集團外，亦可能包括相關服務的協力機構。如您有依個資法第三條或其他需服務之處，得致電本公司客服中心電話 02-25007718 請求協助。相關資料如為非必要項目，不提供亦不影響您的權益。】

1.C001 辨識個人者：如消費者之姓名、地址、電話、電子郵件等資訊。
2.C002 辨識財務者：如信用卡或轉帳帳戶資訊。
3.C003 政府資料中之辨識者：如身分證字號或護照號碼（外國人）。
4.C011 個人描述：如性別、國籍、出生年月日。

請於此處用膠水黏貼